旧金山
味道
中餐·西渐记

Taste of
San Francisco

〔美〕刘荒田　　　　　　—— 著

广东旅游出版社
GUANGDONG TRAVEL & TOURISM PRESS
悦读书·悦旅行·悦享人生

中国·广州

图书在版编目（ＣＩＰ）数据

旧金山味道 ： 中餐西渐记 ／（美）刘荒田著.
广州 ： 广东旅游出版社，2025. 3. -- ISBN 978-7
-5570-3447-4

Ⅰ. I712.65

中国国家版本馆CIP数据核字第2024T3R346号

图字：19-2025-040号

出 版 人：刘志松
策划编辑：陈晓芬
责任编辑：王湘庭
封面设计：艾颖琛
内文设计：秾　芳
责任校对：李瑞苑
责任技编：冼志良

旧金山味道：中餐西渐记
JIUJINSHAN WEIDAO:ZHONGCAN XIJIANJI

广东旅游出版社出版发行

（广东省广州市荔湾区沙面北街71号首层、二层）
邮编：510130
电话：020-87347732（总编室） 020-87348887（销售热线）
投稿邮箱：2026542779@qq.com
印刷：东莞市星河印刷有限公司
（广东省东莞市谢岗镇谢岗新城五路1号7号楼）
开本：889毫米×1194毫米　　32开
字数：140千字
印张：9
版次：2025年3月第1版
印次：2025年3月第1次
定价：49.80元

序

周松芳

　　我是研究饮食文化史的，而且以岭南饮食文化史为主。岭南饮食在国内赢得了"食在广州"的殊荣，在海外特别是美国，更是在很长时间里是唯一的中餐，代表着中国菜，不仅是海外粤人的主要生存资本，也为中国的革命和建设做出了巨大贡献——孙中山先生后期的革命经费很大一部分就来自美国的中餐馆。

　　孙中山先生说"华侨是革命之母"，从某种意义上，也可以说"中餐馆是革命之母"。这就是后来孙中山先生在《建国方略》中，以前所未有的极高姿态，在开篇即礼赞中餐，鼓吹致力中餐馆事业的重要因由。为此，我专门写了一本《饮食西游记：晚清民国海外中餐馆的历史与文化》以为表彰，并获得读者的好评。

　　但是，由于种种原因，我只能写到民国时期，又只能望洋兴叹"闭关撰文"（未曾有机会赴海外考察），还只能是"纸上谈兵"（缺乏饮食从业经验），我的读者也因这种种不足而不能惬意。对此我是有歉意的。为了弥补这种歉意，每每跟刘荒田先生一起时，我都怂恿他写一部关于新时期美国中餐馆的作品，因为他的条件太好了。

他是广东台山人，晚清民国中餐馆的老板大多数是台山人；他是饮食从业者，从1980年移居美国旧金山，几乎一直在餐饮行业工作，第一份工就来自中餐馆；他先是业余的诗人、小说家，最后成为散文大家，已在国内结集出版40余种……凡此种种，都可以对我形成碾压性的优势。现在摆在读者面前的这《旧金山味道：中餐西渐记》，就是一本对同类题材具有碾压性优势的作品。好在刘先生的笔触限于20世纪80年代后，否则我的《饮食西游记》就会没有读者了，现在反倒可以蹭一下刘先生的热点——可以对照着读。

旧金山可是欧美中餐馆的发祥地，始于1848年兴起的淘金热。起初是以台山人的矿工食堂的形式出现，到1868年中国首个外交使团访美，旧金山的唐人街已经发展成"远望讶如羊城"，酒楼也是珍馐海错，不亚羊城。但后来，随着李鸿章访美，中餐馆走出唐人街，以中国人不待见的"炒杂碎"大受洋人欢迎，以致赵元任夫妇在欧美度蜜月时，相戒中餐须到唐人街。

随着中餐馆之间的竞争，以及与其他各式餐馆的竞争，"杂碎馆"形态的中餐馆在不断升级换代，唐人街的中餐馆也在升级换代。但这些，我只是从一些论文和外国人的作品里边了解到，且大多语焉不详，没有生动形象的即视感，因此深感遗憾。现在这本《旧金山味道：中餐西渐记》就大慰所望了。

《旧金山味道：中餐西渐记》开篇《吃在旧金山》说，早在20世纪80年代，位于美国西海岸的旧金山市，人口才70万，市内餐馆达6000间，"全市居民在同一时间外出用餐，人人都有座位。"这些餐馆，几乎囊括地球上所有菜式，其中，毫无疑问地，中国菜占重要席位。中餐馆遍布全市，数以百计，粤菜、潮州菜、客家菜、川菜、上海菜、湘菜、鲁菜，应有尽有。由于华人的主体是广东人，所以，粤菜馆最多，以茶楼为代表。正是这种生态，催生了旧金山最佳中餐馆"金宫"，自1985年创立后连年入选《米其林美食指南》，一洗中餐给人"味道好可惜档次偏低"的印象，政商、影视界大咖趋之若鹜，成为了国际著名食府。老板当然为台山人。

更令人欣喜的是，旧金山的中餐馆特别是粤菜馆，在追求高大上与国际接轨的同时，也更追求地道家乡风味。比如位于华人聚居的利治文区的"台山煲仔王"，老板兼大厨刘彩云移民前在台城开煲仔饭店就赫赫有名，每天用餐达3000人次，单是大米一天就用掉1200斤。到旧金山开店后，烹制的多款"荷香煲仔饭"，食材无论是黄鳝、腊味、咸鸡、咸猪手还是咸虾肉饼、梅菜肉饼，味道无一不正宗，让人品出醇厚的乡情。

现在台山的煲仔饭尤其是黄鳝饭，不仅是台山特色美食，在广州也颇受追捧，还上了米其林的榜单。更有时代特色的是，以前都是以从家乡请来大厨为招徕，现在却有不少在海外打拼的粤菜台山菜厨师回归乡土再创业，可见海外粤菜馆及其厨师水准之高（详见笔者与岑向权先生合撰的"粤菜师傅工程"专题文章《"台山菜"的前世今生》，载于2022年7月21日《羊城晚报》）。

刘荒田先生是诗人，是小说家，更是散文大家，动人的故事自然是本书必不可少的诱人之点。给我印象最深的是旧金山的百年老店"三和粥粉面"（Sam Ho）的故事。虽然这家百年老店2012年因为建筑物年久失修，加上老板垂垂老矣被迫关张，关张那天，就餐的顾客却直排到凌晨3点，其中一对姓Kimball的父子，半世纪以来每年最少光顾几次，赞美"三和"

是他们吃过的"最好的中国菜馆"。

别人的故事不如自己的故事。刘荒田旅美的第一份工作是在中餐馆"海运"当了三个月帮厨，生动地记下了几个老板以及从头镶厨师到洗碗工的各种情状，这可是我前所未见的描写。而其关于员工餐的记叙，更是具有中国特色，也很难在别的文章中读得到：

离开海运，我没有在任何打工的场所享用如此豪华的伙食。究其因由，老板们都是打工仔出身，同煲同捞的惯有作风没来得及改。硕哥负责为伙计餐煲汤，他毫不客气，要么是大石斑鱼，要么是活鸡，杀好就往甑子扔。汤的质量，比起给客人送的例汤，多了真材实料。反正老板没在场监督，开饭时，厨房工一桌，楼面工一桌。菜已够高级了，蒸排骨、煮白切鸡、炒虾仁、青菜……可是，抓码师傅以有功老臣自居，看看菜盘子，用鼻子哼一声，说"等等"。回到厨房，旋开煤气开关，爆炒一大碟大虾，浇上豉油王，"砰"一声放在桌中央，说，这才像样！三个老板尴尬地点点头。有时，整只鲍鱼、龙虾、生蚝，厨师也敢拿来做菜，理由是快过期。老板再心疼，也不敢说不行。

最后，我还想强调的是，拙著《饮食西游记》是"中餐西渐的晚清民国史"，刘荒田先生这本则是"中餐西渐的当代史"，同时还是刘先生旅美四十余年的心灵史，所以不仅特别精彩，还特别动人。我之被感动，则不止于此，而是刘先生作为一代散文大家，命我作序，实是奖掖提携，所以绝不敢言序，聊书恭读的感想，希望能引发读者的共鸣。

目 录

第二辑　我的生涯　/ 087

第三辑 烹饪行业人物志 / 199

第一辑

旧金山『吃』文化

吃在旧金山

　　早在20世纪80年代，位于美国西海岸的旧金山市，人口才70万，市内餐馆达6000家，"全市居民在同一时间外出用餐，人人都有座位。"本地最大的英文媒体《纪事报》这般自豪地推介。这些餐馆几乎囊括地球上所有菜式，其中，毫无疑问地，中餐占重要席位。中餐馆遍布全市，数以百计，粤菜、潮州菜、客家菜、川菜、上海菜、湘菜、鲁菜，应有尽有。由于当地华人的主体是广东人，所以，粤菜馆最多，以茶楼为代表。

　　旧金山市华人占总人口七分之一，是美国所有城市中比例最高的。台山作为中国第一侨乡，乡亲来美的资历最长，人数最多。早期移民中，餐馆和车衣厂是分别容纳男女性移民的两大行业。放在60年前，在唐人街，台山话就是中国话，如果身为中国人不会说台山话，进中餐馆见工，头厨会甩去一句："哼，唐人唔讲唐话，点搵食吖①？"

---

① 粤语方言，意思是："中国人不知道讲中国话，怎么出来混！"

旧金山这一中华美食的荟萃之地，豪杰辈出，其中不乏台山人。1985年，市内金融区和唐人街交界处，别名"金字塔"的泛美保险公司大厦内，新开了一家中餐馆，中文名"金宫"，英文名Tommy Toy，位置优越，装潢号称五星级。老板为蔡暖、周锐、尤国驹三位，而以自家英文名作店名的蔡暖为灵魂人物。

原籍台山的蔡暖在这一行打滚30多年，此前他在家吃饭，从分餐上桌获得灵感，从而创出"中餐西吃"的全新风格——以最流行的粤菜为主干，巧妙地加入部分法国式烹调，给餐桌提供的服务取优雅的西式，一洗中餐给人"味道好可惜档次偏低"的印象，政商、影视界大咖趋之若鹜，被本市大报读者票选为"最佳中餐馆"，连年入选《米其林美食指南》，成为了国际著名食府。

蔡暖于2008年病逝，这位立志创建中法融汇新菜系，名列"美食名人堂"的乡贤至今仍被中西饮食界和食客深深怀念。

延至今天，作为粤菜支系的台山菜不但是成千上万乡亲的热门菜，也广受"老番"们的吹捧。洋味蕾早已不满足于百年前的杂碎、芙蓉蛋，而热衷于地道的咸虾蒸烧猪肉、牛腩萝卜等。

台山人经营的餐馆众多，且举一家，它叫"台山煲仔王"，位于华人聚居的利治文区。东主兼大厨刘彩云，移民前在台城开了一家"吉祥快餐店"，每天用餐达3000人次，单是大米，一天就用掉1200斤。

如今，该店烹制的多款"荷香煲仔饭"，食材无论是黄鳝、腊味、咸鸡、咸猪手还是咸虾肉饼、梅菜肉饼，味道无一不正宗，让人品出醇厚的乡情。刘彩云烹制煲仔饭的独门功夫，一是选料唯"好"是问。她先购买市内超市所能买到的所有种类大米，加州的国宝、金凤、佛祖，日本的寿司米，泰国和印度的香米，还有黑米，红米，仔细比较口感，才决定用哪一种，其他食材尽量自制，亲手腌制三牙鱼，基本不放盐。二是火候。疫情期间，"台山煲仔王"不但成了许多乡亲的厨房，"老番"也频繁登门。每天用米200磅[①]，速冻黄鳝50磅。端午节期间洋食客纷纷在这家网购台山粽，碱水豆沙粽尤其抢手。

烧腊是粤菜的重要组成部分。旧金山拥有众多华人开的烧腊店，唐人街中心的"德兴"是名气最大的一家。本市多少年来，卖得动的只是烧鸭，许多有志者多次推出烧鹅，却无一成功，原因在烧鹅皮的香脆不及烧鸭，且皮下脂肪太厚。该店东主、台山人陈德和另辟蹊径，改用加拿大产的幼鹅，精心改良佐料和用火，终于制出色香味上可与家乡烧鹅有得一拼的美食。

祖国菜、家乡菜是移民最持久的乡愁，展望未来，包括台山菜在内的菜式在美国的天地一定更加广阔。

---

① 1磅约等于0.9斤。

百年老餐馆和明星侍应生

旧金山的唐人街，是享誉全球的"中国以外的中国"。2012年2月18日，因为奥巴马总统来这里的"迎宾阁"买了130元点心，打包提走，唐人街火了一把。到了4月，它又上了美国主流媒体的热门新闻，因为最老资格的"三和粥粉面"（Sam Ho）被迫关门。

"三和"位于华埠中心华盛顿街，楼高三层，宽11英尺①，长45英尺，由于面积太小，整座建筑物两边没有墙壁，最多只能容纳50位客人。它的楼下是厨房，客人进门，踏着镶上铁皮的木楼梯到二楼，在从来不铺桌布的简陋木桌前就座。二楼坐满了，继续往三楼爬。

"三和"创建至今，已过百年，当初由何、冯、李三位华裔合伙，所以取名"三和"。后来两位老板退股，由现任老板何继彤的祖父一人撑持。听说孙中山曾多次在这里用餐。如今，摸着老气横秋的云石桌面，从老出褐色来的竹

---

① 1英尺约等于0.3米。

筒，拔出一双带点油腻的非一次性竹筷，想不发思古之幽情也难。洋鬼子认为，它历久弥新的魅力，恰在原汁原味的"旧"——旧桌椅，旧餐具，旧式服务，纯粹的古老中国的氛围；还有，价格低廉，菜式可口。

这次，关门的根因也在"老"上，何继彤夫妇从父亲手里接下，已经营了30年，卫生局每年来检查，提出意见，他们都尽力而为，作了改善。今年的年检过不了关，毕竟，太老旧了，防火及安全标准都不符合，只好关张。这消息经媒体报道后，"三和"门前就排起长长的人龙，从下午直到凌晨3点。"人龙"中，一对姓Kimball的父子，半世纪以来，每年最少光顾几次，赞美"三和"是他们吃过的"最好的中国菜馆"。

"三和"扬名显声，不全因为硬件了得，还因为出了一个名为Edsel Ford Fong的侍应生。这位姓冯的堂倌，1927年出生于旧金山唐人街，大红大紫在20世纪70年代至80年代，那时他已是发福的中年。他身高6英尺（接近1米8），体重200磅（90公斤），发型是齐刷刷的平头。他是雄踞"三和"二楼的头牌"企台"，名满天下，靠的是"旁门左道"——以"顾客就是上帝"为宗旨的服务守则，他全部予以颠覆。

客人进门，他的例行问候语不是"您好"，而是恶狠狠的"坐下，闭嘴！"一个白人顾客回忆，1981年，他和友人走进"三和"，先穿过一楼的厨房，"干活的人看你，眼神都有点怪异；唯独老冯，如果你不是中国人，在他看来，不过是'新鲜肉类'。我点了咕噜肉。老冯说：'你真死板，你们白人干吗只点咕噜肉？你们只知道这道菜，点炒面不好吗？'接着，我又犯了一个错误，向他要可乐汽水。他说，没可乐，只有水。要可乐，自己过街买。我们两个人下楼，走过街对面，5分钟后，买了汽水回来，菜已摆在桌上。然后，每隔5分钟，老冯来问一次，吃完没有？最后，我点头说，吃完了。他立刻把盘子收起。我的朋友没吃完，想从他手里要回盘子，老冯不让拿，扬长而去。"这位洋食客称老冯的英语很烂，带很重的中国口音；叫他气结的是，老冯从头到尾不像开玩笑，正经八百的模样。

试想想，唐人街的餐馆上百家，哪一个以侍候人为天职的侍应生不是点头哈腰，逆来顺受？唯独老冯，大大咧咧地称顾客为"蠢材""肥人"。客人向他要英语菜单，他不给，还给人家难看。你不会用筷子，他偏不给你刀叉。你笨拙地用筷子夹菜，他冷不防把筷子拿走，撇下一句：笨死了！他常常出错，不是上错了菜就是忘记了人家点什么，但不会对你说"对不起"。你要炒饭他偏给你馄饨汤，你最好别抱怨，当心他来一顿讥讽。他不会小心地把盘碟轻轻放在桌上，而是重重一下，叫汤汁溅在客人的名牌西装或体面的裙子上。临走，他说你是小气鬼，"才给15%的小费"。你就座，老冯看你不顺眼，便拒绝侍候你，你只好灰溜溜下楼去。

这个逆潮流的现代店小二，被赫伯·肯恩（Heb Caen）先生发现了。肯恩（1916-1997）何许人也？他为旧金山最大的纸质媒体《纪事报》的头版写专栏写了近60年，得过普利策新闻大奖。这个嬉笑怒骂都引起主流社会轰动的旧金山舆论权威，常去"三和"，每次和老冯过招之后，都在专栏上，以生花之笔再现老冯羞辱他、消遣他的妙语和花絮。于是，老冯"全世界最粗鲁的侍应生"这一品牌被他建立。

肯恩所撰写的《旧金山旅游指南》，把"去挨老冯的辱骂"列为"务必领略的旧金山风景"之第58项。此外，作家莫平（Armistead Maupin）在小说《城市故事》中也把老冯列为文化一景。原来，崇尚幽默、搞怪的老美把老冯看作无师自通的谐星。非同一般的"粗鲁"，反而提供了足以愉悦身心的趣味，而且，老冯是喝洋水长大的，并非不会拿捏分寸。

于是，洋食客们从各州闻名而来，沿狭窄的楼梯鱼贯而上，为的是"博君一骂"。在"三和"，每天出现皆大欢喜的场面，老冯搂着年轻女顾客在嘻嘻哈哈的高潮时，拍立得照相机"咔嚓"一下，一张即兴照片拍成，贴在墙上。这样的即兴照，贴了满满一面墙壁。老冯本身是雇员，但他有特权，自掏腰包雇了一位助手，专门从厨房把客人点的菜端到二楼，他省下走上走下的工夫，集中精神从事"粗鲁"事业。助手每月拿的工资，据说是1250元（同年，唐人街的厨师月薪为1200元上下），据此推想，可知老冯赚的小费有多丰厚。老冯在1984年因心脏病，"谐"年早逝，仅58岁。

唐人街的婚宴（上）

欲知唐人街的文化景观，不可不了解婚宴。若说死是哀的极致，通过一整套仪式——从在《金山时报》披载讣告，到殡仪馆内的家奠，最后由吹奏《基督精兵》的洋人管乐队打头阵，送殡车队浩浩荡荡穿越闹市，开往郊外墓园——加以展现，那么婚宴就是喜的巅峰。

属于"负数"的丧礼，忙于衣食的庸常日子，属于"正数"的喜宴（包括生日、满月、订婚、结婚，甚至诸朋友或同事无聊时凑份子开的"大食会"等），三者连成了一条单调的异乡生活的数轴。此文单说喜宴中的婚宴。

对婚宴的主人而言，能在唐人街大型酒楼订下百数十桌的，一般不会是尚未站稳脚跟的新移民，也不会是太穷的人家。新移民婚嫁，多是回老家去办，在乡中请了客，热闹过了，算是有了交代，回来不再张扬，亲戚之间稍作庆祝，草草了事。能撑得起这个场面的，或者是来美多年，不论根基、声望、人脉，都已稳而广的；或者是虽来得不算久，但已"事业有成"的；或者是财力虽不逮，但把"挣面子"视为人生第一要义的；或者是名与财无可观，却胜在家族庞大，一呼百应的。

如何在酒楼预订酒席，也是学问。首重的是酒楼的信用，那些字号老、生意好的备受青睐，订单密密麻麻的要排上一年半载。最怕是和营运不佳，岌岌可危的酒楼打交道，待到主人把请帖发了，万事俱备了，它一夕之间宣告破产倒闭，混账的老板连按金也吞了不还，逃之夭夭，害得主人在婚礼迫在眉睫之际，无从向亲友交代，面子尽失不说，更难以另找开席之地。

其次是菜式和服务，以同胞们口味之刁，品评之苛，信息之灵，酒楼岂敢造次，以劣货（广东人谓之"流野"）糊弄？于是竞争激烈，奇招迭出。新张酒楼为了向老店挖客人，往往以"定席二十席赠送一席""酒水免费"等为招徕。其余与婚礼相关的服务业，无论礼服出租、新人化妆、婚礼摄影、录影，莫不如此，斗得头破血流，叫懂得"货比三家"的聪明人捡到便宜。

婚宴是一种体面，一种炫耀。在华人经营的印刷厂所定做的烫金请帖，就是表征。帖子照例是大红，与婚礼尚雪白、以之象征爱的纯洁的洋俗成了对照。内文是中英并举，但不是翻译，而是英文说洋例，以新郎新娘领衔，首布告在何处的教堂行婚礼，末了说在何处举行宴会；中文则循古制，开头是某君"新翁"或"叠翁"之喜，隐示从自由恋爱到洞房花烛，中间还有"父母之命"在。往下才是婚宴的细节，可见一个"民以食为天"的民族，就是吃得名正言顺，吃得中庸。

主人送请帖，范围比之国内，一般要广得多，几乎没什么界限，直系不消说，旁系也一网打尽，还有新人双方以及新人各自的父母兄弟姐妹的朋友、同事、教友、雀友、卡拉ok友、六通拳友、茶友，连若干八竿子打不着、无从确定名分的也沾了光，颇有"民胞物与"的怀抱。也有个别主人送帖太滥，招致非议的，比如亲朋远在千里外，明知不能抽身来，仍旧发帖不误，被邀的人免不了犯嘀咕，盖因人可以不光临，礼却不能不送。于是，冠冕的帖子有了不甚冠冕的外号：头疼帖，接到就犯愁。其实也难怪，在商言商，一桌酒席中等的以300元算，每席10人，如果每人平均送礼20元，也就支付了账单的三分之二。如果更精明，抠得更紧，说不定会落个收支平衡，甚至略有节余。

婚宴对女同胞来说，是争艳斗丽的场合。于如花怒放的姑娘，更是非正式的选美会，焉能掉以轻心？事前，她们光顾发型屋，将平日沾上衣厂的线头、餐馆的油烟，或让襁褓中的孩子、让烦琐的家务弄得失去魅力的头发，不惜工本地修理一番：柔和型、高雅型、浪漫型、能干型、活泼型、老幼咸宜型……大花打薄抑或立体翻梳？内弯中还是大波纹？具体入微的讲究，出得门来，判若两人。去找美容师，做面膜、作"飞梭"（英文facial的谐音，即面部保养），务求白、嫩、滑、娇。再讲究点的，还去找修甲师，把指甲趾甲都剪过、挫过，涂上亮丽的丹蔻。这类功夫，大抵愈是花事阑珊愈是做得考究。

"佛要金装，人要衣装"，衣服是皮肤的皮肤，从上衣到裤或裙到鞋到手袋，必精心选择和搭配，自不待言。还得赶往银行，打开存放首饰的保险箱，将最拿得出手的行头调出来。女人为了美的恒久而作的战斗，已是可歌可泣了；赴婚宴前的惨淡经营，更是令人叹为观止，由此又令有关行业兴旺起来。设若唐人街取缔了婚宴，那众多的美容院、成衣店、首饰店、鞋店、手袋店、化妆品店、香水店，只能喝西北风了！

婚宴通常在周末晚间举行，请帖上如果说的是"六时入席"，那么，训练有素的众宾客，在女士们终于完成了出门前具体入微、精益求精的诸般工程后，在不修边幅的丈夫让太太强迫打上久违的领带，在黑或斑白的头发上打蜡或上发乳，往粗大的指节套上一枚金戒指后，在坐在车上的儿女不耐烦地按响喇叭后，会陆陆续续驾到，其时是将近七点。加上例行的握手、拥抱、寒暄、打哈哈，加上在一张大红绸缎上以汉字或英文签上姓名，再加上对号入座，到司仪宣布仪式开始时，正好是七点半。

婚礼司仪，是荣耀的差事，如果有香港"金牌司仪"何守信的知名度，大概每个周末不愁没有人邀去登台。倘若找不到出色当行、妙语连珠的专才，就须是华埠小姐、会馆侨领、社区贤达、本埠名人之类，等而下之便是新人的亲友了。

司仪一声令下，新人一对业已从门口步入，宾客欢声雷动，新郎挥手，新娘颔首。不消说，他们的外观，自制或租来的礼服、婚纱、旗袍，都是考究的。我所见最为别开生面的，那刚拿到医学博士衔的新郎戴"通天冠"，穿红蟒袍，走外八字步；担任会计师的新娘呢，凤冠霞帔，"背子"襦裙，莲步款款间，环佩叮当，活脱一幅唐宋才子佳人图。

新人表演完"入场式"，在台上就座，从容接受三姑六婆、七婶八姨的评头品足。同时司仪开始了最不得人心的介绍，从新人的父母兄弟姐妹直到舅父母，叔祖公，逐个被唱名，逐个起立、鞠躬如也，偏偏都是普通不过的人物，别指望在《福布斯》杂志或"群星谱"上一睹其丰仪，此辈有露脸的机会，诚当珍惜，怎奈宾客在百般无聊中无从抗议，就敲起酒杯来，愈敲愈急，最后势如骤雨，那是呼吁，是命令：新人啊，该接吻了！

　　起初，新人还装聋作哑，少顷，新郎的防线首先崩溃，新娘也就掩面相就，来上蜻蜓点水式的一吻。于是男傧相们率先起哄，为民请命：不算数，再来！刁钻者更呼吁："必须来个法式接吻！"好，再来就再来，新娘或者新郎豁出去了，一把捧起亲爱的脸孔，狠狠啃了一阵，台下一片欢呼，女孩子就害羞起来，用手遮脸，只在指缝间瞄。

　　尽管喧声不断，等候开饭的时间毕竟太慢。人们就趁此站起来，不管台上表演，到各处串联去。那些曾在村里的巷子间串门串出了瘾的女人，来到异乡，白天大早带上饭盒，搭巴士到衣厂上工，一天累个腰酸背痛，摸黑才回到家，张罗过一顿饭，看过中文电视的《八点钟新闻》，也就到上床的时候了，和乡亲的联系，仅止于电话。所以，每次婚宴上见面，总会有点夸张地惊叫：没见面又是一年、两年了！她们像蝴蝶般，从一张桌子飞到另一张，顺便扯上嘟着嘴巴的女儿，为的是收获诸如"啊，这么高了，好靓女哟"的赞语。

　　她们抓紧空隙，或站或坐，以最地道的乡音聊起家常，悄悄话夹上咯咯的大笑。那些有备而来，对白己的容貌与身段均有充分自信的女士，在狭窄的过道娇声说"请让让"时，照例知道已成大众的眼睛甚或摄影镜头的焦点，分外摇曳和矜持。当然，那是要付出代价的，比如大脚板在陌生的高跟鞋里憋得难受啦，遇到乡亲来相认，老半天记不起名字啦，只好苦笑一下，匆匆带过。

终于，不体恤民意的主持人按部就班地完成了程式，或者体恤民意的主持人巧作调度，一边强迫新人交代恋爱史，一边大声宣告："请厨房起菜！"引起了最为真诚的欢呼。熬到此刻，那些从一早起就节食，好来这里盛载佳肴的肚皮才被解放出来。

头一道是拼盘，烧鸡啊，海蜇丝啊，墨鱼片啊，叉烧啊，如果同座之中有熟识的父老，年轻人还稍加收敛，先给阿公阿婆阿伯让上头一箸；倘若同桌全是萍水相逢的，就恕不客气，风卷残云了。再就是鱼翅，它是全桌菜的中心，用料是排翅呢，裙翅呢，抑或是细碎的"行货"，甚而是膺品？还得品评那汤，太稠的，颜色太深的，是加了过量的太白粉以掩饰，骗不了老饕的。这个翅汤的优劣，次日在同乡会，在花园角，都将是重要话题。

上过三道菜以后，台上的桌椅响动，新人和他们的亲人下来，逐席敬酒去，所到之处，一片骚动，新娘粉腮酡红，新郎沉着应战，酒杯空了又斟满，好在这里不作兴恶作剧，新人多半喝的是红茶，人们也不深究。所以人说这里行婚礼，新人受的洋罪并不多，大抵诸般程式，都有"聊备一格"的味道。

从此刻起，饥肠不再辘辘，人们开始礼让起来，谈兴再起，且比刚落座时收放自如了。到最后，是整鱼，不是石斑就是鲇鱼，不是清蒸就是红烧，人们小声抱怨：这才上鱼，谁吃得下嘛！

吃不下不要紧的，训练有素的侍应生们在"曲终奏雅"之前，已经把纸盒子纸袋子送上，大家忙着"中饱私囊"，带回家装进明天的饭盒。据说此一节俭风气与国内宴后将剩菜全数倒掉成了对照，令新来者惊讶不已。

再后来，宾客作鸟兽散，什么结婚蛋糕、什么甜品，都顾不得了。主人眼看大势已去，便不作挽留，赶忙率领新人、傧相、直系亲人，站到门口，抖擞精神，口不迭说："招待不周，请包涵。"一边握手、拥抱、飞吻。

这阵子，最有吸引力的，不再是新人，而是新人的父母，他们往往露出一生中难得一见的、革命业已成功的得意，这种得意复因其老于世故，而格外带着醇厚的韵味，就像适才喝过的"轩尼诗"白兰地一般。这也好理解，在异乡漂泊，除却个别幸运儿或苦斗成功的，谁不是凑凑合合，窝窝囊囊地活过来呢？终其一生，成就感和幸福感，就凝聚在这个苦心经营的婚宴中，尤其是送客的瞬间了。

唐人街的婚宴（下）

在旧金山，很多人每年会接到10张以上的请帖。这类印制考究、一律中英对照的烫金帖子，因为暗示着送礼，被中国台湾人夸张地称为"粉红炸弹"。但是，连收入最菲薄的车衣厂剪线头工人对它也没有多少恶感，至多送礼时出手不那么爽快，须知这几乎是劳苦大众唯一的大型社交。

在这里，财也好貌也好身份也好家世也好，"露"的机会相当有限，而婚宴，可算最为师出有名的场合。家有待婚的儿女的人，以及待成家的男女自己，更由此想及：迟早也轮到我，当然以赴宴作为实战前的准备和人情上的铺垫。谁不想自己的婚礼也有头有脸，红火吉庆啊！

20年下来，我参加过的婚宴不知凡几。有时候，在唐人街闲逛，邂逅这样的一家子：夫妻已到中年，都开始发福，身边的孩子，因营养过剩而显得颟顸，不愿和客人套近乎，怕说不好家乡话遭讥笑，很不耐烦似的东张西望，当妈的不时柔声教训几句。寒暄过后，父母把远远地站着的孩子叫到跟前，按着他们阔厚的肩膀，命令道："叫叔叔。"我随即不好意思地纠正："不，叫伯伯，不，该叫公公。"

和这一家子分手后，我马上记起遥远年代的某次婚宴上，那因身量过矮而穿上特制超厚底皮鞋的新郎，那凭"未婚妻"身份签证、从香港来这里才两个月的新娘。新娘身穿绣凤和牡丹的大红对襟唐装，她和新郎作例行的拥吻时，故作矜持又无法掩藏胜利者的得意。和傻乎乎的新郎比，她的精明尤其触目。这次婚嫁，是她深思熟虑以及亲友们合力运作的结果，她抄捷径实现了"移民梦"。这么多年下来，被当年参加婚礼的宾客暗里讥评为"不大登对"的一对，进了洞房然后好整以暇地谈恋爱，却成就了异乎寻常地甜蜜的姻缘，制造了两个体重异乎寻常的抢眼的儿子。

　　有时候接到这样的帖子，看到在"承严命""遵慈命"之下所标的、新人父母的中文名字，在乡间时已经很熟，再看，要么新郎要么新娘的名字也似曾相识，再想，哎，他或者她不是早已结过婚了吗？再打听，原来已经离了，这回梅开X度。

　　异邦的生涯，谁都是忙忙急急的，平日交往很少。大部分写在电话号码簿上的亲友，难得通通电话，有的干脆老死不相往来。亏得这些婚宴，使得旧日的同乡之谊、同窗之谊、同事和同好之谊，得以重温，得以发扬。打个比方，这些因过去的因缘遇合，交往过、亲密过的人，来到异国后，生命成了流向各自的小河，凭一张请帖，短暂地汇合起来，激发出一些平时难得一见的浪花。

　　参加婚宴，对我来说，"看"才是主课。三天两头断不了见面的人，未必看出兴味来，因为腻的缘故。久违的脸，写满了土和洋的沧桑，此刻被发出樟脑味的盛装支撑着，密集地出现在席间，逼得你苦苦追索：分别后又是多少岁月？各人的命途又延伸多远？我参加过洋式鸡尾酒会，"咣啷"的碰杯声中，陷进"不知底细"的洋人的重围，所有的接触都是"水过鸭背"，只限于平面的和表面。这样的婚宴则不同，好些参与者的"根底"，你都摸得几分，因而一句寒暄一点暗示，"拔起萝卜带起泥"，教你从"过去"与"眼前"的交会中获得立体的历史感。

今晚，我和妻子又参加了一次婚宴。傍晚，在唐人街的百老汇街，登上两层楼梯，进了金山酒楼的宴会厅，人声鼎沸，说明我们到得有点晚。先到登记台，往横七竖八地写满方块与"鸡肠"的大红绸布上写上自家的中文名字，再从排得极密的桌子之间挪过去。好多又熟悉又陌生的脸迎上来，几乎应付不赢。打招呼，握手，问好，拍肩膀，打哈哈，好在谁都不会纠缠，礼数点到即止。

在标上自己名字的一席就座。满堂人中，绝大多数是同胞，也夹着十来位洋人——中国人的丈夫或者媳妇。宾客即使同种，其间的差异也不小。论背景，多数是移民的第一代，有改革开放以后陆续从中国来的；有在国内出生，1949年到中国台湾，又辗转来到大洋彼岸的；有20世纪50和60年代偷渡或申请到中国香港去，然后来美的。

他们的共同特点是英语不纯正，这也是一种优势：凡说英语带口音的中国人，中文一定呱呱叫，还能读中文报纸，乃至写中文。而在美国出生和成长的第二代、第三代，和我们同种却不同文，英语的地道不消说了，连带的是丧失了中文能力。从神情看得出来，他们满是因对环境熟悉自然而然地自在，一如鱼游于水。比起长辈，他们的脸较为单纯，这和年龄没有绝对的对应关系，只关乎人生遭遇。皱纹，就是命途，或者叫命运的注释。

抬眼看宴会厅尽头，那是主人席，位置高出地面三尺，为的是便于接受瞻仰。我的座位太远，只勉强分辨出居中的"新郎"和"新娘"席位空着。右侧，穿灰色西装的中年男子，是"新翁"；穿蛋青色旗袍的，是新科婆婆。他们是理所当然的主角。

美国人的婚礼，由女方包办，顺理成章地，提包里掖着支票簿的岳母娘，是宴会部主任侍候得最殷勤的金主。但中国人相反，宴席由新郎一方掏腰包。所以，坐在台上左侧的新娘的父母，论衣着和首饰的光鲜，虽不比亲家差，但行事低调，很少四处走动，风头全让给东道主，教人不得不佩服他们的人情练达。

新郎一家子中，我认识的只有婆婆。那是刚刚移民的年月，我和妻子在唐人街的"香港"茶楼，和亲友品茗，一位女工推着点心车经过。妻子暗里推推我的手肘，示意我看，然后站起来甜甜地叫一声"七婶"。女工年约40，从衣服到脸孔，一看便知道是经过小心料理的，整洁和修饰都有点过分，这是自知迟暮而奋力抵御时间侵蚀的女人惯有的做派。

七婶很有节制地和妻打招呼，然后说一声"少陪"，走过去了。这难处我们都谅解，正在上班嘛，怎能扔开正事和客人闲嗑牙？她走远后，妻子告诉我，七婶是她的乡亲，住同一条巷子，在乡间时很熟。七叔在经济困难期间偷渡到了中国香港，后来以"难民"身份来了美国。两口子分开20年了，七婶在家乡还算好过一点，侨乡女人守一辈子"活寡"的有的是，难得的是七叔，在花花世界没变心。恩爱夫妻守得云开见月明，是改革开放开始的年头，七婶到了美国，赶得上生个儿子……

我远远看着七婶，她正在卖力地给客人端虾饺和萝卜糕，我很是感慨，在小说渲染得血泪交迸的爱情故事，其实，未必比得上市井间司空见惯的长相厮守，后者琐碎而漫长，其艰难恰恰在于漫长的平凡。

这回是茶楼相遇后第二次看到七婶，她是"主人席"上容光焕发的新科婆婆。对"糟糠之妻"从来不失忠诚的七叔自然也在场，他年过六旬，风度翩翩，可见当年是美男子，怪不得七婶在"瓜菜代"的年代痴心地守他。成亲的青年人，该就是他们苦熬过万里相思后的爱情结晶，算来顶多24岁吧？

我们比请帖所规定的入席时间晚了半小时，就座后还等了半小时，亏得这空当，我将主人的生平遭际大略回顾了一番。理清身世上的线索，再看婚宴，便觉得闹烘烘的喜气下面，是上一代凄凉的分离与期盼，是大时代升斗小民微不足道也可歌可泣的家史，抬眼看台上大红的"双喜"，它不再是黄丝线绣的汉字，而是厚重无比的象征物，它蕴含着"幸福"的全部意义。

从同乡会邀请来的司仪，一个中英文皆擅长的中年男人，清清带乡音的嗓门，宣告婚礼开始。两只红色的广式狮子踏着鼓点从门外跳入，锣钹引着全场500双眼睛，在天花板下盘旋。欢呼声先从靠前门的席间响起，新人进场，太兴奋了吧？在窄窄的过道小跑起来，新娘的大红旗袍，被保守的低开衩局限着，跑不快，几乎是被戴红瓜皮帽、穿红马褂的新郎拖着走。全场"噼噼啪啪"地拍掌，新人扬手答谢。口哨声尖锐地掠过，它发自邻桌一个少年，这小子怕是在校际篮球赛中专事起哄的。新人在台上落座。

喧声回落，宴会最乏味的一幕开始。亏得司仪善于删繁就简，以正常速度唱过新人两方的直系亲属的名字后，接下来的亲戚名单、嘉宾名单，几乎是一口气念下来。然后，筷子和碗碟"咣咣嘡嘡"地闹，侍应生们手捧着大号盘子，燕子般"飞翔"在人头上。冷盘后是鱼翅汤，一直被禁止"喝汤出声"的中国人，明目张胆地反叛了一次洋礼仪，呼噜呼噜，惊天地泣鬼神。趁上菜的间隙扫视，我端详着一张张多年前在乡村就已熟悉的脸，逐一回想往昔，揣摩现状，推度前景，可比喝汤还要过瘾，历史感和窥探欲都获得大大的满足。

台上的七叔和七婶，这"金玉良缘"的活样板，并没和客人一般，忙于祭"五脏庙"。婚宴是人生的巅峰啊！在功成名就的时刻，老两口含情脉脉地对视，展现着比鱼翅汤还浓稠的爱意。

看够台上，目光游到对面的一席。那边坐着一对我十分熟悉的乡亲——基哥和基婶夫妇，他们的婚姻是另一种版本。我关于他们"人生大事"的记忆，可用若干次婚宴串接起来。如此巧合，使得我不无夸张地想到：许多人的生活，是以婚宴为主线、为中心、为高潮的，婚宴之前是筹措、操练和彩排，之后是补充、拾遗，再往下便是为下一代的婚宴作规划和实际运作。以至用得上这样的套语：人生的目的在于婚礼。

同村的基哥，论辈分，是我的远房堂叔父。1958年，这位在中国香港金铺当伙计的青年人回乡娶亲，我的祖父作为德高望重的父老，被聘为主持迎亲以及铺床仪式的"上头公"。我沾了祖父的光，在婚宴中和新人同桌。那年我11岁，野孩子罢了，哪里懂什么用餐礼仪，举箸时喉发痒，来不及掩嘴，肉和菜夺口而出，喷在新郎的西装上。新郎碍着祖父的面子，不好责备，便恶狠狠地瞪了我几眼，那双几乎没有了黑色的眼珠子，至今深深印在脑子里。

然后，婚礼的镜头一下子跳到80年代的唐人街。基叔从中国香港移民美国15年后，基婶带着独子也来了。那时基叔正和一位东北来的女人同居，这对于一心来团聚的基婶，无疑是晴天霹雳。这位小学没毕业就嫁了人的村妇，却无师自通地把醋罐搁下，先顾全中国人最为在乎的"面子"，不曾大吵大闹，一边在衣厂上班，一边忍气吞声，和儿子租住唐人街客栈的单房。果然，又是"守得云开见月明"，几年后，基叔赔出一笔钱，和东北女人断绝了关系，回到基婶身边。不多久，儿子回老家娶的媳妇来了。基婶主持大局，在乡间办了酒席后，再在这里办一次，名义是儿子的婚礼，其实是他们夫妇复合的公告。虽然限于财力，没有在酒楼大肆铺张，但在住所里举行的诸般仪式，无一不遵乡间旧制。

限于场地，观看婚礼的亲友不多，我是其中一位，身份是"特邀嘉宾"。获得这样的礼遇，仅仅因为基婶在基叔和东北女人作"拆伙"谈判的紧要关头，把我当作"狗头军师"和心理医生，隔三岔五地来电话诉心事、讨主意，从多年来的苦守苦等到今天的欢欣与委屈；从基叔的薄幸到儿子的孝顺。当然，这并不意味着她如何看重我这晚辈，只因为除了我，没谁还有这般的耐心和热心，动辄花两三个小时，听她巨细无遗的唠叨。

基叔夫妇接受儿子和媳妇跪拜大礼的场面，最教我感动。不知是给泪水还是汗水搅的，基婶脸上的脂粉一塌糊涂，她紧紧揽着失而复得的丈夫的右臂，嘴巴颤抖着，说不出话，座位下面的松木地板，湿了一片。破镜重圆的背后，这位貌似憨厚其实极会放长线钓大鱼的女人，多少次到关帝庙拜祭，多少回花钱请巫婆神棍作法，驱逐迷惑丈夫的"狐狸精"，种种细节，在场观礼的亲友，无论是真心同情的还是幸灾乐祸的，都无意探究。儿子和时差还没调整过来的新娘子，满像一回事地给父母叩了三个头，地板"卜卜"作响。新科"家翁"觉得自己欠妻儿的太多，心里不安生，身子老扭来扭去，基婶用暗劲扯住他的臂膀，才安静下来。

大礼后是宴客，基婶只在房里摆了两桌，菜是自家炉灶上做的，客人得轮着坐。大家都明白主人的难处，并不计较……想到这里，看看对面，基婶旁边坐着的孙女儿，据说读上小学五年级了。我注意到，基婶望向主人席时，眼神里不但含着羡慕，还有点不服气。

哦，记起来了，我和妻子上个月不是参加过基叔70大寿的宴会吗？那可是在唐人街一个大酒楼举行的盛宴，宾客来了两百多位，业余歌星上台献唱，两个孙女儿用英文唱"祝你生日快乐"。胸前戴花的基叔夫妇，结结实实地风光了一次。我有理由猜想，是基婶为了独子当年成亲时太寒酸而一直耿耿于怀，才以这个寿宴作为弥补的，反正儿子当上日本寿司餐馆的老板后，不管发了没有，好歹算"场面上人"。从基婶的行迹，你可以断定，一次够排场的喜宴，是许多同胞毕生最伟大的举措。试想想，除了这个堂皇的理由，怎么把欣赏和传播你的"风光"的乡亲召集起来？

想到这里，抬眼看主人席，人却已空了，原来都深入各席敬酒去了。换上银灰色旗袍的新娘和换上西装的新郎，被提酒壶的傧相领着，人生角色刚刚获得提升的公公婆婆、"泰山""泰水"殿后，走到哪里，哪里便响起贺喜声和笑声。男孩子站在椅子上鼓噪：吻一个嘛！新人假装没听见。

眼观六路、耳听八方和大快朵颐并行不悖。菜大抵是老套子，这么多年承袭下来，让人误以为唐人街的厨师不但是同样的嫡传，而且谁都惮于创新似的。冷拼盘后是"二热荤"，往下是蒜茸龙虾、油泡蹄子，黑不溜秋的海参配上从罐头倒出来的鲍鱼，牛肉配前总统老布什恨之入骨的洋芥蓝，最后上的是整鱼，为的是"有余"的彩头。老成练达的侍应生们，算定吃腻了的客人没法"报销"满桌的菜肴，菜才上齐，不等吩咐，一叠塑料外卖盒加袋子已经放在桌上，让大家打包带走。

新娘抛花束和新郎解新娘腿上的袜带，本来是洋婚礼才有的程序；一如中式的新人，须换三次以上的礼服，才把派头显齐。这一次，来个中西合璧。主持人在新人切了六层的蛋糕后，趁侍者把蛋糕搬到工作间分切的空隙，将所有未婚女性叫到台前，排成几排。一声令下，新娘背过身，往后抛出手里的花束，抢到花束的小姐姐喜欢得呱呱大叫，这意味着，她在将来一定找到理想的夫婿。可是，下一个节目——颇带性意味的解袜带，不得不草草收场，大家不是专心吃蛋糕，就是忙于穿衣，找失散的孩子，准备离席，新郎把头钻进新娘的裙子下，摸索一阵，把系在大腿上的袜带脱下来，这样香艳的镜头，竟没人理会。

我端坐不动，目送从面前匆匆走过的众人。"人生不相见，动如参与商"，服装鲜丽、笑声盈耳的聚合，尤其稀罕。进而想到婚宴的意义，在洋人方面，是对新人的祝福；在我们，却是向亲友，也就是向社会，连带间接地向故土家山作一番炫耀。事业有成人士，一辈子如果没有当过一次喜宴的东道主，怎么说也是莫大的缺失。试想想，名人可以借传媒尽量地露脸，脸不肯露，"狗仔队"还不放过；非名人，特别是在同乡会捞不到头衔的平常人，岂能不为一辈子的"没名堂"痛心疾首？好在有各种喜宴，让"每个人可以出名三分钟"的著名论断得到效果不一的落实。

众人散得差不多了，妻子一边和从加拿大温哥华来的舅妈叙旧，一边催我到停车场取车。我下楼，在拐角处遇到一位没见面15年的朋友，他叫阿顺，刚才他坐在另一角落，怪不得没看到。

他从前在旧金山，和我的岳家是邻居，我去探望老人家，常顺便去串他的门。他搬走后失去联系。只听人说，他在西餐馆当厨师，太太替一个中国台湾人家当帮佣。我和他亲热地握手，拍肩膀，简单介绍家人近况。我急着离开，他却拉着我的手，东扯西扯，全无"放行"的意思。我一下子猜到了，他要让我温习一回"士别三日，便当刮目相看"的古训呢，与其守株待兔，不如主动出击。

我先问他的孩子，他平淡地说孩子还在上大学，并无特别表现；再问他自己，他说还在拿锅铲，没挪过窝，没什么好说的。太太呢，说她呀？胖成大冬瓜呢！屡次试探，都搔不中痒处，颇为着急。好在，我说到近年最热络的房市，他一激凌，兴奋地数说，房子嘛买了三栋，两处出租，一栋全新的，自家住。买时价钱多少，如今升值几何。碰对了！我顺竿子爬，惊叹连连，了不起哇，三栋！每月房租收入过5000，还干鸟活嘛，享福去！我重重地捶了一下他的肩膀，说："顶呱呱，我们这一茬移民，数你最发了！""哪里哪里！"他谦虚地说，顺势把"握住不放"的手势改为握别，满脸轻松。

阿顺发泄了成就感后，神速地离开。我看着他肩膀倾斜的背影，十分满足地想，婚宴固然是主人的用武之地，客人呢，也不是全无炫耀的机会。显摆，如此这般，成为了平淡日子中唯一的重头戏。

金龙酒楼和华人社团

春节后一个阳光灿烂的星期六，我从海滨乘巴士到了唐人街华盛顿街，推开一道大门，拐右，爬20多级铺上地毯的木楼梯，进了二楼大厅。熟得不能再熟的茶楼，从这楼梯上下的次数，少说达上百次。脚下从没换过的地毯，毛越脱越多，和自家毛发寥落且灰白的头相映照。

厅里人声喧哗，靠近入口的长桌，两位担任接待员的姑娘替来人办报到，收餐费。桌上摆着本地出版的一叠叠文学杂志，以优惠价出售。众多的熟面孔，握手，拥抱，简短地问候，率性地打趣，很多的笑。

这是旧金山文化界一个同仁团体的年会。协会成立至今已23年。从前的会长人脉广，每次年会规模宏大，华人社团送的花篮数十个沿楼梯摆着，筵开数十席。红火诚然红火，但欠下无数人情，前来捧场的如此之多，待到对方举办活动，请柬寄来，你岂可以"本会人少又缺经费"为借口推辞？于是，深谙人情世故的理事会改了宗旨，不复邀请外人，以本会成员为主体，省事省心。这就是为什么生面孔很少。一年年下来，走了一些，病了一些，到会的都约齐了老下去。

坐在老友们中间，毫无拘束，仰头喝劣质普洱，扫视老气横秋的大厅，暗里感谢不花大钱装修的老板，一年复一年地以"旧"唤起相同的情怀。向窗外看，瓦蓝的天夹在狭窄的街道中间，白云被"泛美保险公司大厦"的尖顶支着，更为矜持。车声和喧嚣声在下方，地铁工地的起重机在不远处。对面，有一家名叫"长城"的中餐馆，它早在20年前已关门，改为时装店，但在三楼外面墙壁上的中英文招牌依然"外甥打灯笼——照旧"，这也难怪，新租户没有粉刷整座楼宇的义务，而业主，只管收取租金。

这就叫岁月有情。我的心怦然一动，记忆回放到1981年。

34年前，我第一次进这家名叫"金龙"的大茶楼之前很久，对它的印象已远远超过唐人街任何建筑物。那一年，我这移民资历不到8个月的"新乡里"，在"长城"当练习生领法定最低工资（每小时3.25美元）加少许小费（一天10多元）。"长城"的老板是台山老乡，姓朱，伙计直呼他"猪头"，他微笑以对。

我起初为他甘受侮辱而诧异，同事后来告诉我，老板原来在金门岛当国军士兵，后来他耳膜受损，并非全聋，只是"不爱听的话听不到"。朱老板兼任头厨，他眼红侍候客人的侍应生有可观的小费，便定下规矩，每天要求侍应生拿出十块八块，给厨房里的人买点心。因耳朵不好而心眼特别精的朱老板，安排人手也实现利益最大化，午餐后和晚餐前这3个小时，餐厅只两人当值，其他人休息去。休息室在三楼，厨师们也在这里，泡一壶最便宜的水仙茶，吃用侍应生的小费买的菠萝包。练习生们只有眼红的份，我靠在角落恶补英语。

这段时间，和我最要好的诗友老南，在街对面的"金龙"当帮厨，和朱老板一样精明的经理也安排他午休。他便过街，上楼，把沾满油渍的围裙脱下，放在椅背，舒坦地半躺着，和我聊天。尽管彼此都家累重而收入微薄，但对新大陆的好奇，对崭新的自由的喜爱，压倒了依然鲜活的乡愁，心情都阳光得很。他得意地告诉我，他的主要职责是制作叉烧包的馅，缕述用料的讲究和工序的繁复，我暗笑他写新诗的激情已蜕变为红色肉丝。然后，他指了指对面的"金龙"，问："知道不？那里发生过震撼全美国的黑帮枪击案。"

我说略有所闻。他因试尝叉烧太多而红润的脸膛发亮，以目击一般的权威口吻，仗着对案发现场的熟悉，绘声绘色地说起。原来，他的同事中，有3位当时在厨房干活，知道事件的来龙去脉。

那是1977年7月4日凌晨2时40分，3个"乔男孩"（Joe Boy）帮成员，手持半自动步枪、猎枪和手枪，冲进"金龙"的餐厅，站在入口处，向人群盲目扫射。噼啪连声，惨叫、嚎哭和呻吟四起，邻居以为是调皮少年在花园角公园点爆竹。枪手随即跳进接应的汽车逃遁。

很快，警车开到，布置警戒线。警察们面对餐厅的一摊摊鲜血，或倒地或伏在桌椅上的死伤者，倒抽一口冷气，马上施救。具讽刺意味的是，枪手要杀的，是死对头"华青帮"和"合胜帮"的头目和马仔。此前接到线报，说仇家一伙正在"金龙"吃夜宵。其实那伙人早已离开。5名死者和11名伤者，不是食客就是服务员。

这些处于文化夹缝的半大不小的孩子，跟错了带头大哥，为了非法销售烟花爆竹的利益火拼。唐人街顿时成为恐怖的"死地"，全球游客裹足，住户一到天黑就闭门不出。市长迅速命令警局组建帮派工作组，向黑社会宣战，并悬红2.5万至10万元缉凶。次年，3个未成年的枪手落网，他们和幕后黑手都被定罪，囚于州立监狱。

自此，"金龙"频繁出现在全美三电视巨头属下的各地电视台的新闻和追踪报道中，套一句中国野心家爱引用的老话："不能流芳百世，亦当遗臭万年。"它歪打正着，当然，绝非老板所愿。

因为这起枪击事件，在华洋茶客中口碑不错的"金龙"茶楼，在遭逢劫难后的半年中，生意一蹶不振，但终于挺过来。听说主要原因之一，是所付租金之低，在全市绝无仅有——长达100年的租约规定：租客每月交付99美元，不得增加。全楼三层，总面积近1万平方英尺①，月租少说也要1万多元，岂不等于白用？

老南和我在"长城"三楼高谈阔论那年，离凶案不过3年，但人们似乎已淡忘了枪声和血光，门外招牌上那一条金光灿灿的龙，刚刚用金漆描过，益发豪华。我每次路过，都怀着复杂的心情向内窥看，想象枪声下人的恐慌，人命的危浅。

----

① 1平方英尺约等于0.09平方米。

移民20年后，我认识了一位从潮州偷渡到中国香港，再以"难民"身份来美的老知青，他指着"金龙"的大门说："枪击发生前5天，我才从'金龙'辞了练习生的差使，转到高尔夫俱乐部的餐厅去，我在'金龙'上的是深夜班，如果不走，很可能撞上枪口。"

移民30年后，唐人街一家颇得食客佳评的中餐馆的老板兼头厨对我说，那阵子他也在"金龙"的餐厅一侧，当面食档的掌勺，来福枪扫射之际，他凭本能蹲下，枪弹从头顶飞过，在板壁上打穿一个洞。"去年我进去，墙角那个洞还在，只有我知道是子弹打的。"他搔着灰白的头，嘻嘻笑着，仿佛说着与他毫无关联的水浒豪杰火拼。

今天从"金龙"的二楼看油漆剥落的"长城"外墙，和当年从"长城"的三楼看对面的"金龙"一样，并无沧桑感怀。窗外，上方飘着奶白的雾气，那是刚刚从金门大桥底下如巨龙般翻卷而来的，一代代人的脚步杂沓而过。

好在，茶楼成为杀戮之地，是百年一遇的偶然。"金龙"仗着地方大，可筵开数十席，具备这样的接待能力的食肆，唐人街不出10家。于是，30多年间，我在这里参加过的婚宴，生日宴，满月宴，××同学会成立大会，××会成立×周年庆祝会，迎送要人、闻人、达人的聚会，声援落难者，祝贺得奖者，听某名人演讲，看某名家表演……数不胜数。

而中国人圈子里，团体之多，到了匪夷所思的境地。同姓的抱团倒也罢了，"龙岗亲义总公所"旗下成员，含刘、关、张、赵四姓，源自《三国演义》；而"昭伦公所"的四姓——谭、谈、许、谢，为的是都以繁体字的"言"为左偏旁，可见汉字无与伦比的凝聚力。没有这些五花八门的社团，连租金最便宜的"金龙"也得喝西北风。

若要考察移民的社交，最集中处是茶楼和餐馆。20年前，我在"金龙"，付出7元餐费，参加"金山粥会"的聚会。这个以"吃粥"为宗旨的同仁团体，拥有数百会员，设顾问，正副会长，财政秘书，会计，理事，常务理事，头面人物在各种场面亮出的中英文对照的名片，其考究不下于任何会馆的总董和元老。

有著作《寿而康讲座》的女会长，具领袖群伦的风度，在大家雪雪有声地喝"柴鱼花生粥"时发表演讲，谈粳米粥的功用：补中益气，除烦恼，止泻痢，平胃气，治诸虚百损……我听着，奇想顿生：如果有人倡议组织"金山饭会"，响应者有多少？论普及性，论功用，饭该远胜于粥，我会抢先报名。以我而论，少年时遭遇大饥荒，稀粥喝怕了，到现在一吃就流清涎。说归说，极少人对创办"饭会"感兴趣，同理，女性团体有的是，旗袍联谊会每年就在这里选"皇后"，但没有任何"男人会"。

进一步探究，海外华人"社团文化"，其核心是"面子"。载明各种头衔的红彤彤的"燕子尾"不能写错；上台的次序，照相的位置不能搅混。见于报章的照片和文字，姓名和职务，哪怕错用了谐音字，也可能酿成一场诉诸法庭、延请洋律师的官司。

3年前，也在这里，某校友会开年会，从头到尾十分顺利，偏因荣誉会长在末尾致答谢词，只感谢了捐出三箱葡萄酒的某副会长，无意间忽略了给每桌送上花生米的理事，引起一场差点使会议中断的争吵。

16年前，我在唐人街邂逅一位旧识。他比我大几岁，1970年和我一起在师范学校进修。高个子，金丝眼镜，彼时已初具文名，紫薇花下吟新诗，何等倜傥！他中年移民英国当厨师，后来到这里定居。我请他来"金龙"叙旧。他不谈昔年钟情的高尔基和普希金，边嚼凤爪边奢谈创办"教师联谊会"。"我粗算了，从台山移民的教师，少说有2000，我们也该有个组织！"可惜，他来不及公布倡议书，就患了中风，五官歪斜。

我坐在朋友们中间，寒暄，听会长和嘉宾演讲，抽奖的余暇，许多旧事涌上心头。这个文化人协会，和"金龙"的因缘也够久远（它已改名"皇后"）。也是在这里，首任会长纪弦先生，这位20世纪90年代被国内某诗刊推为"二十世纪十大诗人"之一的巨擘，1995年某天，和我们一起参加午餐会。吃至中途，他和纽约来的女诗人W相拥大哭，声震四方，害得餐厅经理以为出了类似1977年枪击的大事。原来他趁大伙不注意，偷偷喝光了同仁带来的一瓶伏特加，醉中露出真性情。

事后我问女诗人，好端端的，你和纪老为什么哭起来？她不好意思地说，本来兴高采烈的，两个人一起屈指头点50年代初在中国台湾办《现代诗》刊物时的参与者，再数多少个已撒手尘寰。纪老点了杨唤，覃子豪，沙牧……越点越悲伤，终于，83岁的中国现代诗开拓者和56岁的早期健将一起洒下丰沛的热泪。

想到这里，我的鼻子禁不住发酸。是啊，协会里的老人走了好几位。被王鼎钧先生誉为"文坛孟尝君"的前会长黄运基先生，赶出长篇小说《奔流三部曲》不久，于2012年去世。毕生献身于乡土文化的陈中美先生，不久前在家乡长逝。我们也老得面对前尘往事，如对雾中之花。

我无言，握着邻座老友的手，低吟清人赵翼的诗句："相期健饭到华颠"。

唐人街的咖啡店

我近来才发现，在旧金山中国人的日常生活中，咖啡店的地位正悄悄地取代传统的茶楼。个中原委大抵是因为茶楼多设在中国城，但同胞不复聚居在旧金山湾北岸局促的一隅，而在五六英里外的日落区、利治文区，即所谓"新中国城"，近年还扩展到原先为拉丁裔地盘的肖化区。

要上茶楼，得走远路，茶楼的点心"出血大平卖"期间每碟也卖1块多，耗时且费钱。同胞经营的咖啡店呢，在所有华人聚居区里头有的是，咖啡每杯6角，菠萝包每个3角5，稍高级的奶黄包、叉烧包、皮蛋酥和咖喱牛肉包，每个6毛，大肚汉花上两块三块，早餐便相当地丰盛。每天大早进各处小小咖啡店的，是上班族，其中又以建筑工为数最众，他们端过咖啡杯，便匆匆忙忙地进入日常主轴戏——谋生。

茶楼以"闲"为底色，咖啡店以"忙"为基调；茶楼中多志在消磨光阴的清客，咖啡店多功利挂帅的事业家；茶楼出世，咖啡店入世。以吃喝方式观，上茶楼是工笔，是江南丝竹的柔曼抒情；进咖啡店是大写意，是金戈铁马的"急急风"。这么说来，可以和香港打工阶层每天必不可缺、以

"一盅两件"为限的"早茶"相似，可以和蜀地茶馆、珠江三角洲茶寮平齐，再也不是唐人街上茶香缭绕的"美丽华""亚洲园"，更不是厅里高挂《蹊山行旅图》、酸枝茶几上摆仿清古玩、高标闲雅的"茶艺馆"——故土的茶楼到了异国，来个"狸猫换太子"式的掉包，异化为住宅区内星罗棋布的咖啡店。

好在，咖啡店也供应带线的洋式红茶包，炉子上不脱一壶从来没有开过的白开水。舍得花上两块五以上，还能叫一杯台湾"珍珠奶茶""波霸奶茶"或港式奶茶。然而，咖啡店中，放在柜台上的电炉子上热着的，在大型超市素属低档大路货的黑色液体，终比广式茶楼分类细致的菊普、香片、水仙、铁观音更富于中国民间生活的原汁原味。这一变化所含的黑色幽默，类似美国中餐馆的怪象——驰名菜式"扬州炒饭"和"西湖牛肉羹"，据说在扬州和杭州都闻所未闻。

可惜，对这一虽不着痕迹却危及国粹的"洋化"，我长久以来并无深切的体验，最近才有所领略。事缘于前些天，我修理刚买到的旧房子，要到郊外大型建筑材料商场去买材料。车子太小，长木料载不了，便请一位拥有卡车的友人帮忙。

我和这位友人，从前在西餐馆一起搭档干活，这些年却不通音讯。"平时不烧香，急时抱佛脚"，想来颇与以绵长醇厚为特点的中国式"人情"不同，好在，我和他完全是洋式交往，他说帮忙可以，白干却不行。我说当然，亲兄弟明算账嘛。比起假客套，还省下诸多铺垫呢。

友人和我约定，早上7点正，在诺里亚格街的一家咖啡店见面，吃过早餐，然后上路。从电话中知道，友人如今在市政府辖下的机构当机械维修工，每天下半夜才下班回家，我怕太早，他起不来。他却说："那个店，我每天一早必去，风雨无阻。"

早晨，大街上冷冷清清，旧金山名满天下的雾气，像事出有因、查无实据的谣言，在英文和汉字招牌旁边飘忽，教我想起桑得堡名诗《雾》里头的比喻："雾来了/用小猫的脚步"。它只在沿街停放的车子的玻璃窗上，留下一层朦胧诗般的氤氲。我把车子停下，踱进咖啡店。

据我所见，市内凡是中国人所开、占一个店面的小型咖啡店，格局都差不多，仿佛出于同一个懒于创新的老派设计师之手：左边一个长长的玻璃柜台，用以陈列华洋各式面包。柜台末端的大台面，专供客人自调咖啡用，上面摆着牛奶、糖、代糖、茶包和小拌棍。靠墙一边是货架，放着一筒筒分大、中、小号的纸杯，成箱成箱的小张纸餐巾、一罐罐已磨成粉状的廉价咖啡。货架末端，放着装上轮子的大保温箱。

玻璃柜台里的货色，用于观瞻；保温箱里，一层层刚从厨房大烤炉和盘托出的新鲜面包，才是饱口腹的。此外，便是小小的、或雅或拙的桌子和椅子，没有桌布和任何摆设。云石做的桌面，颇显富贵气派，但店家此举，意不在设"雅座"，而是为了清理方便——抹布一扫就行。

天色还暗，店里的灯光也暗。这阵子，所有茶楼都没开市，咖啡店当仁不让地充当供应早餐的主角。进门所见，一片影影绰绰。茶可润滑声带，所以茶楼多高谈阔论，开市如打开蜂窝；咖啡呢，首要功用在提神，何况洋玩意儿，须以洋招式对付，所以同胞们随俗而变，只在窃窃私语，教我误会都在传播什么小道消息。

友人已到，独个占靠墙的一张小圆桌。我打过招呼，便去买咖啡和面包。按照中式社交习惯，我问友人来点什么，他说不用管，早吃过了。他还郑重交代，这店不像别处那么小气，添咖啡不额外收一毛五到两毛，尽管喝，如果你不在乎频频上厕所的话。我要了3个餐包，自斟一杯咖啡，付了两块多。暗想，就凭"便宜"这个在任何洋咖啡店都无法比肩的优势，中国人的店便站得住脚。

如今在麦当劳来一顿真能饱肚的早餐，比如咖啡、牛角包加煎饼香肠，没有六七块钱打发不了。更别说这几年才大热起来，分店遍布全球，去年还打进上海滩的连锁咖啡"星巴克"，进去要一杯浓黑的意大利Expresso，动辄两三块。我们岂止容忍小店土气盎然的简陋，反倒从中品咂故园乡野一般的适性任情。我和友人的交往，既直来直往惯了，这回也省略久别重逢的无聊客套，诸如握手，拍肩膀，寒暄话旧之类，我在他对面坐下来。

这么一坐，倒体味到咖啡店的另一种风情。友人打过招呼，再也不理会我——他在口沫横飞地演说呢！听众是坐在邻桌的一男一女，都50开外，老成而矜持，看得出来，是为新移民所景仰"事业有成"者。他俩端着纸杯子，却不喝，全神贯注地聆听，仿佛我的友人是按钟点收费的咨询顾问。

友人仰头喝光纸杯里的咖啡，两只粗手按在桌子上，继续往下说："巴比，装修车房，有两套法子，短程和长程。

先说短的，买些木枋和灰板，钉子一钉，淋浴间用从'好人'商店的现成货，拼装起来就管用。弄上个一卧房单位，租出去，一个月租金750到800，划得来。开销嘛，一两千块差不离。长程呢，我看不做则已，一做就得脱胎换骨。"

友人来了灵感，站起来，在狭窄的过道上来回走动，做着种种果断的手势。我凭经验，猜到话题的脉络：听众是一对夫妇，刚买了房子，为了开拓财源，以应付每月付出的高额抵押贷款本息，计划在车库加建一个单位，怎么建才既合理又省钱？他们为此向我的友人讨主意。

友人在本行外，还是非科班的出色建筑师，有关房屋的维修，改造，兴建，从向市政府申请许可证到全套施工，实践经验和专业知识都顶呱呱。尤其难得的，是充满"票友"式的忘我。玩票的优越性，在于所爱的并非饭碗所系，纯然出于趣味，怪不得话语如此精彩缤纷。

友人继续发挥："长痛不如短痛，干脆！把热水器和暖气机都移前10尺[①]，侧面后大片空间派得上用场，作大洗手间兼浴室，楼梯底下的空档，做储物柜。你看，车库靠后院那一半，一分为二：卧房和客厅，拢共350平方英尺[②]。原来的过道，弄上个小巧玲珑的厨房，嗨，全套新式，出租嘛，按如今行情，一个月收他1100，没人要找我好了，我赔你。怕高度不合法例？地面该挖就挖。反正算下来，2万到2.5万，

---

① 10尺约等于3米。

② 350平方英尺约等于32.5平方米。

够对付了。你看过我家的车库是吧？我把中间的柱子抽掉，换上一根'工'字横梁，一溜横放三部车子不说，后面小单位还有600平方英尺[①]。"友人连比带画，听者频频点头。

我也听得津津有味，回过神一看，柜台旁站了七八位建筑工模样的汉子，他们一手拿咖啡杯，一手拿面包，也当旁听生。

我突然省悟，原来友人是约定俗成的主讲人之一，他每天准时到达，"开课授徒"，费用全免，发表欲与成就欲却获得空前的满足。这对夫妇一个劲地点头，在间隙也问了好些问题，例如申请许可证的具体策略和费用，图纸找谁来画，水管和电线的走向，友人一一解答。

一位工头模样的旁听者，有意考考主讲人，在末尾提出："据市府最新法例，暖气炉的通风道该用软管还是硬管？"友人坦然道："不晓得，今晚我向朋友请教，明天给你答复。"我环顾四周，除了听友人"上课"的，不多的桌子被搬动过，椅子隐隐形成好几个圈子。

一拨人在谈球，主题是"洋基"队今年卫冕的前途如何？少不得有人打赌。一拨在谈股市，篮筹、科技股、工业股、银行股、共同基金、网景和雅虎、戴尔和康柏……中英文词儿夹缠，外行的听众莫名其妙。各个小圈子谈得热烈，音量却恰到好处，不像茶客那么放言高论。

可见从茶到咖啡，战略性的转变不在单纯的"喝"上，而

[①] 600平方英尺约等于55.7平方米。

在行为模式上，在公共场所，我们一向不是以肆无忌惮的大嗓门，令异胞皱眉掩耳么？忽然，人群中起了小小骚动，好几个人往门外走去，原来，一辆带中文日报标志的箱形车，给店外的自动售报箱送报来了。我排进买报的队伍，往箱子放进5角钱，拿出一份《世界日报》。从前，我不止一次，见到贪便宜的同胞，趁揭开盖子时多拿几份，这会儿却不见谁揩可怜的报纸批发人的油，莫非咖啡也能提高公德心乎？

由手拿带油墨香的报纸，回到店里就座的人牵头，店里头展开了另一轮议论。从头条起，台湾震灾、日本核灾、大陆的刑案、正在华盛顿国会山庄较劲的《病人权利法案》、市长选举、枪支管制……新闻自是以坏消息居多，但论坛诸公因为司空见惯，都不再激动，平淡中带着悲悯。

我没来得及融进这社交圈子，只充看客。咖啡客们，或争得面红耳赤，或因某人一句切中时弊的隽语哄然而笑，或因几位好辩者偶尔词穷而停顿，何其生动的浮世绘！众人静待下一回合交锋时，那种意味深长的冷场，尤能刺激兴趣。

我喝光了第二次添加的免费咖啡，抬头时忽然发现，店里空荡荡的，5分钟前还挤得要命，新来者连声说"请让让"才"自助"到一杯咖啡，如今，就两三位老者，慢悠悠地翻报纸。看看墙上的钟，刚过8点，大家上工去了。

4位女店员，6点钟摸黑进门，近7时开门营业，在柜台后头，手脚生风地为川流不息的顾客服务：递包子、装外卖盒、算账、收钱、泡咖啡……这阵子终于松下气来，轮流坐在柜台外的桌子旁，就着一个菠萝包，悠悠然喝着新泡的咖啡。店员"与客同乐"的特权，只有中国人当老板才会赋予，洋店子是不让雇员人人咧咧地和顾客同桌坐着聊大天的，中式的"不正规"，恰恰可作醇厚人情味最后的防线观。

几位聊天对手陆续告退后，友人才意兴阑珊地把纸杯扔进垃圾桶，和我一道出门，开着他的1975年出产的"道奇"老爷车，到建材店拉木料去。在车上，我感慨地说："我真孤陋到家了，不知道小小咖啡店，已经成为信息交流中心、咨询网站、乡情沙龙、广东乡下的'榕树头'、英国伦敦海德公园的讲坛。阁下呢，在里头算得上'黄金时段'的谈话秀主持人，不简单哩！"他晃晃半秃的头，半是得意半是没奈何地说："没办法，每天大早，要不到那里去呆上一个半小时，就像有了咖啡瘾的人早上没吸收咖啡因，周身唔聚财①。"

友人替我把木料运到住处，我粗略来个心算：跑这一趟，共费1小时又6分钟，他干本行，时薪约15块，我虽不是他的正宗雇主，不必预扣所得税，但他在周末给我干活，好歹得按"超时上班"计，时薪该为22.5块，加汽油费、零件损耗费20来块。在他开车时，我往他的口袋塞上50块，他没明码叫价，我却就地还钱。不过，我还是不大好意思"明算账"，只说："这点钱，供你喝杯咖啡好了。"一如别的广东人，把付给人家的酬金，一概称为"饮茶钱"。好在他突然"四海"起来，那钱也没数，只连声道谢。

---

① 粤语，意为浑身不舒泰。

赴"粥会"记

一个星期六，群莺乱飞，杂树生花，花粉症引起的喷嚏铺天盖地，如此这般春和景明的日子，上午11点，我独个儿在唐人街闲逛。离上班还有4个小时，颇难打发。本来想约一个朋友上茶楼聊聊明清小品文，碰巧他出门去了。惶恐间想到昨天一位朋友所报告的消息："金山粥会"在唐人街一家酒楼举行新春雅集，欢迎大家参加。

粥会，单看名堂已够新颖。盖因结社，总须有一面旗帜，一如政党须有主义。海外同胞的社团，有以姓氏结社的，如黄氏公所、许高阳堂；有以行业结社的，如工程师协会、针灸学会；有以志趣结社的，如敦风诗社、南国音乐社、文艺协会；有以疾病结社的，如癌症协会、乳癌患者互助会、糖尿病协会；有以传说结社的，比如"龙岗亲义总公所"，包括4个姓氏，起源乃是《三国演义》里桃园三结义的刘关张，加上后来的五虎将之一赵子龙。一段半真半假的典故，造就了一个声势浩大的团体，你不能不佩服中国人的创意。吃粥，也吃出一个不同凡响的局面，更叫人刮目相看。有人也许故意找碴，向粥会的会长或秘书长发难："吃粥的能结社，吃鱼翅的、吃素的、吃小笼包、吃四川榨菜的，能不能参照办理？"我可以代庖作答："怎么不可以？有号召力就行，日本和中国台湾好像有'喝尿协会'。"

"粥会"当然有旗帜，有纲领，有一个团体必须具备的一切：顾问、正副会长、财政、会计、理事、常务理事。头儿们在社交场合亮出的中英文对照名片来，其考究毫不逊于任何会所的主席和总董。粥会的纲领，一言以蔽之：养生。

据该会会长的大著《寿而康讲座》称，粥易于消化吸收，有延年益寿之功。因为粥的主要原料粳米能"补中益气、除烦恼、止泻痢、平胃气、长肌肉、壮筋骨、治诸虚百损、生津、长智"。可见，除却"寿星公吊颈——嫌命长"之外，都该大吃特吃之，怪不得吃出一个规模宏大的协会来了。

本来，我也有成为"吃粥党"成员的机遇，奈何失之交臂，咎由自取。年前我好几次接到粥会会长邀我加入的信柬，行草流丽飘逸，排列在精制的粥会专用笺上，教我受宠若惊。试想不才异乡漂泊，受气挨骂的经验不少，何曾有哪个体面的团体这般待我以上宾之礼？可惜我每到周末例必上班，没有赴会的空闲，只好写信给会长陈情，以后邀请信才断了。

踌躇间，我灵机一动：何不到粥会去？一来见识吃粥的盛况；二来还掉积欠会长的人情；三呢，一个聚会，杀去3个小时，轻而易举。我走到酒楼门口，还有点心怯，大概对粥还存畏惧吧？恰好昨天提供这一情报的朋友兴冲冲赶到，我便半推半就跟上楼去。

到得稍晚，楼上已是人声鼎沸，二三十张圆桌旁，坐满了会员与外围人士。我一边从人丛中穿过，一边略作扫视。

清一色的炎黄子孙，九成以上是退休的。据我平时观察，他们不但在年龄上，而且在移民来美的历史上，也当仁不让地"资深"。

新移民，即便已届耄耋，也无暇，或不敢、或不好意思进入这一类纯然为有闲兼有相当经济基础的人而设的团体。千万别小看这些被光阴剥夺了光圈的龙钟老人，他们就是本世纪一部活生生的历史。你不费多少工夫，就可以依个人履历，拼凑一个军或师的指挥机关，一个省的议会，一个县的政府、一所大学的研究所、一所完全中学的师资，当然了，都属于"过去时态"。

好在我认识的人极少，要不又费许多工夫去握手，寒暄，话旧。那故旧若好事，再给我介绍若干位新朋友，又得"久仰""幸会"多番，不胜其烦。只有一位老先生和我打招呼，他是从旧金山市交通局退休的，喜好文艺，曾读过我登在报上的狗屁文章，有一回请几位文学方面的朋友茶叙，我也忝列其中。

并非所有桌子都没空位，而是举目无亲，不好贸然落座。好在最靠近门口的，有一张桌子，空位还多。原来上面摆有"记者席"的牌子。可见粥会与唐人街一切团体一样，对公关极为重视，各家华文报纸专跑社区新闻的小记者，是货真价实的"无冕之王"。一位已安坐的英俊绅士，原来是华语电视台的新闻主播，后来电视台取消了华语新闻，他转到股票行当经纪去，他本来不算记者，但今天是粥会特邀的"金牌司仪"，所以仍享受记者待遇。他与我有数面之缘，握手之后，他邀我坐他旁边的椅子。

记者在这样的聚会是当仁不让的嘉宾，被洞达人情的会长赋予"白吃"的特权。记者的回报是：回到报馆，写一条"××雅集，明星、红星、闻人、名人×××、×××、×××、×××、××……共襄盛举"的消息，配若干张排排站的照片，便告功德圆满。要诀在于勿漏掉要人的大名，次序毋颠倒，行文则不须讲究。我不是记者，没资格打秋风，便到秘书处，向长桌旁的接待员买了一张餐票。千万别鄙薄职小官微的接待员，看仪表，我有理由推测他在抗战时期曾任某专员公署的教育局长或某集团军的军需处长，他记下我名字时，就用上了长官签发公文的架势。

餐券才7块钱，比上茶楼便宜，叫我窃喜。继而推测，今天吃的什么粥呢？据会长的专著，粥类单在"药粥"项下，就有36种：薏苡仁粥、鲜藕粥、菊花粥、芦根粥、生姜炒米粥、蛇床大枣粥、茯苓粥、阿胶粥……姑且说，酒楼不是医院，不是药膳铺，那么来个艇仔粥、皮蛋瘦肉粥、腊八粥、及第粥如何？总不会是在乡下吃的那种毫无艺术性，又灌不饱饥肠的劳什子吧？

英俊的绅士正和我闲聊，会长过来拍拍他的肩膀，他起立，到台前去，对着麦克风，以无人不晓的"新闻嗓子"宣布会议开始。他声称，今天的内容，一是纪念国画大师张大千先生诞辰100周年，一是纪念书法大师、"党国元老"于右任逝世35周年。我才知道，粥会雅集，要旨并非吃粥，而是另有寄托。

中国人办事，都讲究弦外之音，题外之旨。文人开会，少涉文事而谈女人；政治家开会，不全是治国平天下，而在铲除异己；同胞上茶楼，志在裹腹而非品茗。某些同乡会的理事会每月聚集议事，议程乃是吃一顿可照单报销的豪华"工作午餐"。不过，怪不得衮衮诸公，哪有那么多"会务"可办？至于今天，我们也不宜拿钱钟书的老生常谈"吃讲究的饭其实只是吃菜，正如讨小姐的阔佬，宗旨倒并不在女人"来抨击粥会的"主权旁移"。张大千和于右任这两位美须公，都是顶呱呱的大人物，纪念他们，是我们的本分。

会长致词，副会长作会务报告。台下照例一片嗡嗡的私语，不碍事，各听其便就是。接下来，一位赫赫有名的"王牌"记者——特邀的主讲人开讲，嗓门奇大，缕述"于髯'的文韬武略，十分精彩，使得我忘记了吃粥的后遗症——流清涎。

报告作完，开始用餐。被连串讲话弄得发腻的侍应生们在席间穿梭。端上来的第一道，是粥——最为切题的物事。不过，只是平常不过的粥：寥寥的白果和腐竹片，很少的肉。果不出所料，在每人一小碗符合粥会宗旨的粥下肚后，便跑了题。接下来是叉烧包、干炒河粉、面条、虾饺、烧卖。但我得承认完全值回票价。更不必说，粥会邀来的贵宾献艺，献唱粤曲《昭君出塞》，动听之至。餐用过，聚会结束。若干社会活动家，很会榨取这种名人荟萃的场合的"剩余价值"，到各席拉人拍合照。

值得补记的是，今天似乎没请动多少"无冕之王"，我所在的"记者席"，一直空着几个座位。于是有如下插曲：

一、副会长作会务报告那阵子，一位老太太进来，茫然四顾，要找座位。她，我在以前的作协活动中就认识了，称她"李大姐"，请她坐在我旁边。她问我名字，我说："您认识我少说也有8年，忘啦？"她更茫然，苦笑道："去年过了80，老啦，记不起来。""我可知道您，抗日老战士，女兵作家，像谢冰莹先生一样。"她欣慰地笑了。

过一会儿，她向我提问："你，看我像一个兵吗？"我无比庄严地作答："像极了！本色的军人，和日本鬼子厮杀过的英雄，我们永远忘不了。"她听罢，"哦哦"连声，盯着席上的空粥罐出好一回神，眼神更迷茫。10分钟后，她提出同一问题，我再度予以肯定的回答。末尾，还来一次。

二、副会长作完会务报告后，也坐在我们这一席。这位很有造诣的书法家，正与我们谈笑，一位70来岁的男士走来，恭敬地递给他一张纸，是一首绝句，我从旁窥到后两句："十年一觉金山梦，赢得茶楼清客名。"毛笔字平平，剥杜牧诗也剥得不干净，副会长循礼赞好。诗人本来一脸凝重，胸有万千丘壑似的，告别时倒露出"终遇知音"浮一大白般的笑容来。

在星巴克写星巴克

手拿IPAD，走进星巴克，是上午8点30分。不知是因为早餐时段已过，还是人气一直不旺，走近柜台时，因无所事事而殷勤过度的三位店员，盯着我的一举一动，一个抢先问我要什么，我说等等。看过价目牌，我要了一杯小号咖啡和一块核桃蛋糕，迷你的玩意，要5块5美元。

在料理台打开盖子，给咖啡加进奶精。站在中央，扫视四周，选了靠近门口的小方桌。落座，把IPAD放下，把纸杯和蛋糕放下，把自己放下。把桌子稍加调整，地板不平，导致细微的震动，咖啡溅出少许，把IPAD和蛋糕都弄湿了。

我连忙起身，拿些纸巾来擦拭，这么一动，桌子更不安分，咖啡再次溅出，我不能不恼火了。我可以去找因无所事事而殷勤过度的店员来，直陈地板之弊。他们一定会一个劲地说"少来"（Sorry），揩干桌面，并补回溅出的咖啡。可是，我没有行动，干吗难为这些上高中或者大一的年轻人？地板不平，他们是摆不平的。星巴克这样的大企业，一切都有规章，小至每一次泡制咖啡的程序大至处理顾客的投诉，一如电脑，但凡能抽绎为"一般性"的玩意，都可以置入普适方案。然而，具体到某一个分店某处地板某块瓷砖，那是程式无法涵盖的"特殊性"。何况，即使店员拿来一沓纸巾或者一块纸板，垫在桌脚，一挪也就变了位置。张潮有言："世间小不平，可以酒消之；大不平，非剑不能消也。"我只消举起咖啡杯。

不过，坐在星巴克用IPAD写中文，于我具有莫大的诱惑力，开始吧！虽然美国出售的IPAD，内存的中文输入软件比不上台式的顺溜，但桌面既然动不动就发抖，顺也没大用，将就好了。按照新闻写作程式，须有3个带W和1个带H的元素：When，Where，Who和How。When（何时）：2012年7月23日，星期一。Where（何地）：加州核桃溪市靠近地铁站的"文托多"建筑群内。Who（何人）：一个退休的中国糟老头。

然而，这样交代太粗糙，光是"何地"，便可作点深层发挥。这张可供两个人面对面就座的小桌，隐藏了至关重要的背景问题，如果我选了面窗的椅子，背后便是星巴克内部。我没有，是稍稍迟疑的结果——我不是要写星巴克吗？为什么缢对象以冷屁股呢？

此刻的坐法，背景便是核桃溪的市容：一条叫"崔立特"（Treat）的大马路和驰驱的车辆。稍偏一些，是一个十字路口，它的上空是形状如银色巨鸟羽翼的铁架，辐射形铁条组成骨架，远望是类似悉尼大剧院的庞大建筑，掉头看不过是横跨马路的人行道，这现代气派无疑给城市加了分。左后方是在建楼盘。再远一些，林木葱茏，连成一片，叶丛间漏出招牌和灯柱，该是公园。

如果我待长久些，便会去探幽索微，连带地，摸清这个小城的前途和钱途。我不看好这里的房地产，我所在的大楼，临街的底层都是商铺，七成依然空置，开业的只有健身房、保险公司和号称"喝咖啡，使用电脑和吃饭三合一"的新潮店面。

上面说的属表层，一如"核桃溪"不必有核桃和溪一般。我和这块土地眼下并无纠葛，却不等于没有记忆。20年前，我来这里访友，至少5次。受到的款待自然是极为美好的，可惜细节无存，只记得一种大如小龙虾的海虾，那格外红彤彤的色泽；此外，和主人路过公用游泳池时，他骄傲地展示腰间的钥匙，表示他乃是有免费戏水资格的主人翁，我羡慕他在池边晒出的、与海虾相仿的古铜色皮肤。

此外，一位洋朋友，在这城市密林深处的家里请我全家吃晚饭，罐头蚬汤为前菜，牛排为主食，我的印象清晰，其他的都被岁月洗刷殆尽，怪不得，那是25年前了。如今和这城市重新结缘，是因为女儿一家住在星巴克上面一个单位。笼统说来，这背景对我没有意义。一如游客，即使背后是自由女神像、艾菲尔铁搭，也只为"到此一游"充当注脚。如果背景是山岭，主体该是参天大树；如果背景是老屋，前面该是你耕耘的田地，身边最好有篱竹，上面爬着牵牛花，伴你雪白的鬓发。

好在，欠缺景深，并不妨碍我揩干屏幕上的咖啡渍，开始码字。该写星巴克的内部。首先吸引我的，是咖啡的分量，在价目牌上分三种：Tall、Grande、Venti，分别为12盎司①、16盎司和20盎司。通俗的说法，无非是小杯、中杯、大杯，价钱由左到右递增。

别小看这排列，有一黄色笑话，讥笑某一群体（例如A国）男人"那话儿"的尺码，只消这样排列：大码、中码、小码、A国码。三个别扭的名词，害得我每次进星巴克都发3秒钟呆。细考其来历，它们正好说明星巴克创立者的初始理念：另辟蹊径。

星巴克崛起之初，以面包连锁企业Dunkin and Dunkin为假想敌，务必标新立异。对手卖咖啡，分小杯、中杯、大杯，星巴克岂能照抄？从英语拿来Tall（高杯），此"高"在价目牌的序列本来是老二，前面有Short（矮杯），比高杯更便宜，然后从意大利文借来Grande，意为"大"，至于Venti，意大利语的原义为20，引申义为"超大"。可是，喝咖啡特别凶的美国人，不喜欢小号，Short遂被淘汰。

研究了一阵子价目牌，想到冷落了眼前的咖啡，马上喝。啊！何其美妙的巴西货，劲道醇厚，且香味老到。喝它一如和一位道行高深的道人周旋。星巴克普遍供应这种咖啡，绝非即兴为之，是咖啡专家品尝、比较以及市场调查之后的结果。

我曾在诗人纪弦戏译为"蜜儿不来"的Milbrae市的星巴克参加过一个临时拉夫的品尝会，专家端来七八只纸杯，每一只盛着不同的咖啡，有夏威夷的、法国的、哥伦比亚的、

---

① 1盎司约等于29.5毫升。

印尼的和埃塞俄比亚的，要我们这些毫无专业知识、连"发烧友"也不够格当的消费者逐一品咂，再选出前三名。专家特别推荐埃塞俄比亚产的"卡发"，说用的是传统的"包壳曝晒法"，味道特别香浓。我却品不出来，慢悠悠地喝，放下杯子，码一行字。

往下，该就Who（谁）做文章。先说顾客，从此角落数到彼角落，共11名。闲谈者5人，用电脑者4人，独坐发呆者2人，青年才俊占多。一位比我还老的白人，坐在双人沙发上，和同伴高声讨论两位总统候选人。

老人说："奥巴马害得我每月多花药费20多块，我向上帝祷告他只干一任。"看来他是资深共和党。还看到，他眼前的桌子上，只有一个铁做的水杯，是他散步时随身带的，这就意味着，他并没在这里消费1毛钱，然而他大大咧咧地坐着骂人。再细看，不止老先生，两位年轻人，面前也只有笔记本电脑，凝神于虚拟世界，不知人间何世。

我敢保证，谁这般"占着茅坑不拉屎"，不论多久，嚼口香糖的店员也不会走近，请他出去。站在店家的立场，顾客盈门之际，揩座位的油当然会遭冷眼；可是，里面若冷冷清清，老板情愿非消费者来充门面。而且，"和社区居民建立良好关系"一条，应列于这个跨国企业的规章，一如从前中国某一国营商店《服务公约》上有一条："不打骂顾客"。

看腻了坐的，便看站的。断断续续有人进来，出去。趿着拖鞋的少妇，眼神迷离，带来慵懒的气息；一身名牌西装的青年，想必是春风得意的企业高管，在柜台前顾盼生辉，墨西哥裔的性感女店员光顾看他，忘记找零钱；白领丽人的香奈尔5号香水没随匆忙的脚步飘散，她的高声大笑却把三位大汉的话题打乱——昨天在AT&T体育馆的棒球赛，谁打出至关紧要的全垒打？两个警察先后进来，我盯紧他们的举动，纯然为了好奇——他们享受免费待遇否？结果是，都乖乖付钱。

一位女士推门进入之前，先抱起通体雪白的贵妃狗。三位同事模样的青年男女在料理桌前，往纸杯里倒进牛奶或脱脂牛奶，倒进白糖或粗砂糖，再加搅拌。网上摩登哲人曾言，三种咖啡涵盖整个人生：

"加牛奶（或巧克力）和糖的咖啡，代表附加繁多花样的花季少年；单加牛奶的咖啡，代表不复甜腻的稳重中年；什么也不加的黑咖啡，代表原汁原味的落寞晚年。"天晓得它道中的比率若干？眼前的男女，同在青年和中年之交，各人加的糖和牛奶，分量就大为异趣。一位地产经纪模样的男士一手拿杯，一手拿搅拌棒，用嘴巴咬住盖子，我疑心这是新潮流。

杯子里的咖啡缓缓地冷下去。我坐了一个多小时，码了1000来字，写生一般，不移步而换形。此刻，写到离我不远的广告牌，牌子上推销的，该是星巴克最近主打的品牌：一种叫"奥胡"（Oahu）的夏威夷咖啡。

广告的大意是：产自海拔700英尺的卡阿达山谷地，那里年降雨量为20英寸，平均温度为80华氏度[1]。手摘，湿制，是

---

① 80华氏度等于26.67摄氏度。

它的两大特色。和多数咖啡的"干制"不同，"湿制"是放在水里洗净，浸泡，发酵，再放在高处的石头上晾晒。

我对面的墙壁上挂着巨幅照片，咖啡豆填满画面，底部中点冒出一个裹着粉红头巾的人头。画和广告牌遥相辉映，这伎俩，也许只有设在西雅图星巴克总部里头的广告总监想得出。我忽然省及，所谓"三种咖啡道尽人生"的说法未免牵强，这种"湿法"制作，倒见出晚年的真谛——泡水的咖啡豆，青的浮在表面，要捞出。剩下来的，都是老透了的，烘焙以后，自然能维持纯一不杂的苦涩。

四个店员是快活的，为了能拿到最低工资，对任何人都微笑。黑人小姐端出切得细碎的蓝莓甜糕，逐一插上牙签，在所有座位旁边绕行一次。我拿了一块，愤世嫉俗的老共和党拿了两块。一个白人小姐拿着抹布，把空桌子擦了一遍。我想和她说说桌子不稳的毛病，但忍住了。

门外的背景，忽然全动起来。起风了，银灰色的人行天桥振翼欲飞，夹竹桃和柠檬桉起劲地晃。视野中不存在的核桃树，在哪一处水湄？风里它摇不摇？我对这个城市发问。门外两把蓝士林布做的筒裙状太阳伞，一把在微微震动，一把作360度旋转，我差点站起来，问问进门时问我"要什么"的快乐姐儿：怎样才算遮阳伞的"规范动作"？转还是不转？我猜她的反应是这样的：耸肩，摊手，表示不知道。若逼她表态，她便说要查《员工手册》。

我合上IPAD，离开了。文件库里多了半篇潦草的文字。

城市的气味

忘记在哪本书上读到的了，每个城市都有它独特的气味。你去旅游，如果带上灵敏度高，能辨识多种气味的鼻子，就能在看风景之外，多上一重享受或者折磨。

芥川龙之介的散文《大川河的水》中引用了俄罗斯作家麦列日科夫斯基的话："佛罗伦萨的特有气息就是伊利斯（希腊神话中虹的女神）的白花、尘土和古代绘画的油漆味。"他自己则声称，东京的气息就是"大川河的水的气息"。

20年前一位从东海岸搬到旧金山来的朋友对我说："找纽约唐人街，不必问路，凭鼻子就行。"意思是那里臭味熏天。那地方我去过，并没那么吓人。再想下去，便觉得此说未免玄虚，一个城市不可能像市花、城徽一般"独沾一味"，无非是一种譬喻，有如以花比美人，兰喻君子。以气味来概括城市的特征，是嗅觉上的抽象，如巴黎的炒栗子香，桂林的桂花香。有一年我到西安去，从飞机上鸟瞰，田地上冒着铺天盖地的浓烟，据说都在烧麦秸。于是，那些天，不管我在往华清池的路上还是逛食街，都被混浊带辣的焦味缠绕着。

任是怎样强烈的气味，都难以弥满一个城市的大街小巷，除非是焦土战术实施时的烟火气。但是，每个特定区域，是有"嗅觉上的地标"的，例如，在意大利餐馆林立的旧金山北岸区，会闻到迷迭香、乳酪混和番茄酱的味道。在纳山陡峭的街上，走得上气不接下气，每一口都吸进烤蒜香面包的浓香，那是从大旅馆的厨房飘出来的。

说到最为稔熟的唐人街，不能不承认，它远不如日本城干净，但也没有不堪到尿骚熏人的田地。穿行于五花八门的汉字招牌之下，在比肩接踵的行人之中，闻得到烤鸭和烧猪的香，但那不是来自脆焦的皮，而是腔内填充料复合的气味，以葱和豆瓣酱为主体，杂以八角茴香肉桂，浓郁而不粘滞，是标准的世俗诱惑。还有从海产店溢出的带鱼鳞闪光的腥气，从蔬菜店冒出的露珠一般的青草气，从小吃店扑出的脏袜子一般的臭豆腐气，港式茶餐厅向人行道源源供应的，是葱油饼的香气。但最好还是往虚里说——是刚刚打开大门的庙宇的气息，早已熄灭香火，仍旧将烟气裹在清新的海风里，若有若无的陈腐，附在喧嚣的市声末尾。

因我对花粉过敏，没有一个猎狗一般好用的鼻子，在旧金山的街上经过，大多数时间是无味。这倒是较合宜的，如果有什么气味逼近，可不是好事——如果在巴士上，那是刚上来一个邋遢无比的流浪汉；如果开车，是误闯垃圾遍地的贫民窟。

对一个城市、一个地区的印象，如果光凭眼睛，你会倾倒于它的景致，但要真正喜欢上它，留恋它，还须嗅觉的认可。前者有赖于你的修养，从美学到对城市风俗和历史的把握，但气味不仅仅诉诸感觉，它还决定着，你和城市亲昵到哪个程度。

纳帕谷的枫叶

冬行秋令的11月，阳光和风恰到好处。蛰居多时，出游特别舒畅。和友人到了加州著名葡萄酒产地纳帕谷。酒乡不品酒，如去首都华盛顿不参观国会山。我们在"盖慕斯酒庄"预订了一张桌子。疫情期间进入公共场所，自然以户外为宜，于是一行老少在花园里落座。

酒庄之"品"，不同于"一醉方休"的群聚之"喝"。前者富有仪式感，一概浅尝。品酒师每一次只往造型雅致的高脚杯倒下豪饮者"一口闷"犹嫌太少的分量。品鉴者不管道行深浅，都要摆出款儿，先把酒杯晃荡，让葡萄酒在里面旋几圈，凑近，作深呼吸，就香味和色泽作出点评。

品酒师边斟酒边讲解葡萄的品种、年份与特点。你尽可不懂装懂，颔首以应，继而浅喝一口，不能马上吞下，须鼓腮如春天鼓腹的青蛙，再略作沉吟，以对应品酒师的阐释。老实招供，关于喝葡萄酒，我只略略胜于"牛嚼牡丹"，但"姿态"是能装的。套冠冕的老话，此来不是纯为享受美酒，而是喝气氛，喝风景，喝心情。

我虽不绝对排斥酒精，但大半生连"小酌"的次数也不到10次，怎么沉醉得来？幸亏我们坐下的位置恰好有一棵枫树。距此地50英里的旧金山市区，公园内不乏枫树，但从来不红，教人一读到东海岸的"枫粉"驾车逐个山头"追赶红叶"的消息就眼红。这里的同类呢，也无意呈现火焰般的鲜艳，头上这一棵，夹在微黄的钻天杨和叶子斑驳的龙爪桑之间，初时我没多加注意。待到喝完第一道——2020年产的"康奴得蓝"白葡萄酒，一片枫叶晃晃悠悠地降落在酒杯旁，细看，色地介乎黑褐和深红，我差点叫起来。品酒师正喋喋地议论卖价为16美元一瓶的低档货，其口感略涩。我拿起枫叶端详，它的暗哑来自煤灰般的尘土，用餐巾揩拭一遍，叶子亮起来。

谁说枫叶的魅力仅在"红于二月花"呢？它还善体人意。我喝第二道，"马赛蕾"黑皮诺，2019年产，属陈酿，比前一种高级，每瓶卖32美元。尝了第一口，确如身边所站的专家所言，具樱桃之香，遂点头赞同。又一片叶子落下。我忙于关注它，竟没注意到品酒师往酒杯倒下第三道——2019年酿造的"俄穆莫洛·梦露"。叶脉是树木的微缩版，主干，旁支，旁支生旁支，依次小下去，最后，微细血管般消失在叶片。叶脉的轮廓整齐，左右对称，富于美感。赞叹完叶子，再品酒，甜酸度得宜，单宁的浓度得宜，我啧啧叫好。枫叶这"看客"是目击者。

第四道，赤霞珠，2019年所酿，每瓶82美元。由"梦露"带领，从它进入佳境。最后一道，也是赤霞珠，2017年的选庄，盖慕斯自家的镇窖之宝，每瓶卖200美元。品酒师推荐它自是不遗余力。我破例喝了三分之一杯，并非"不喝白不喝"，而是被它的果香迷住了。人有点迷糊，仿佛偃卧于花香馥郁的花坛。枫叶约齐了，簇簇落下，铺在桌子上。有一片，想必是酒鬼刘伶的魂魄所化，居然飘进同来的年轻朋友的杯子里。大家哈哈大笑。年轻朋友是韩国裔，他是负责驾车的，滴酒不沾，杯子聊备一格而已。他拊掌道："也好，让叶子替我喝掉。"

品酒完毕，品酒师来推销产品：如果买下价值相当于消费数额的葡萄酒，那么品酒免单。同来的友人买下六瓶白葡萄酒。我没有买，恢复"非饮者"的本色。离开前，把一片枫叶夹进手机套。品酒之时枫叶陆续飘下，无疑是可遇不可求的锦上添花。我不知道同来的朋友对此有没有感觉，反正我喝时是没间断过以心灵和枫叶对话的。

中餐馆的电话铃

　　星期六午前，从11时起，"幸运"中餐馆餐厅的电话铃声差不多没停过，都是订外卖的。老板娘李太太一个人接听，把菜式写在纸上。要是不太忙，她会疾步拿进厨房，但她今天一个劲地接着写："一份蘑菇鸡丁，酸辣汤不要太辣，好的好的……"老板兼大厨李先生待在灶台前，耳听六路，不必太太打招呼，就从密集的铃声知道太太走不开。

　　他走进餐厅把一沓订单拿走之前，用厨房里的座机拨打附近一所大学医学院分子生物学实验室的电话，用家乡方言说一句："珍珍，你快来帮手。"没加解释就挂了。15分钟以后，一辆福特"野马"牌旧车子开进餐馆前的停车场，停下，一位年过四十的中国女子下车，一阵风似的进门，在餐厅说一声："妈，我来。"妈妈抬头，揩一下额头的细汗，笑着把话筒递过去。

　　伴随着电话铃的，是客人进门的脚步声，老太太引客人去就座。午餐进入巅峰状态，厨房里炉火熊熊，执码师傅发号施令，刀、铲、勺作响。侍应生小跑进厨房，把一盒盒外卖拿走。客人进门，付款，在李太太的道谢声中拿起外卖盒子离开。

李先生打了求援电话后，算定女儿到达的时间，炸了女儿最爱的春卷。这一细节李太太早已料到，算好时间，进厨房，从料理台上层，在盛春卷的盘子上放一小碟蘸酱，悄悄放在女儿珍珍身旁的桌上，又去饮料机按键，用纸杯子盛了一杯带冰块的"七喜"，放在盘子旁边。这就是宝贝女儿的午饭，让她趁接听电话的空隙吃几口。

20世纪80年代，李先生夫妇从台山移民，在这里盘下一个西餐馆，改营中国菜。李先生负责厨房，李太太管理餐厅。李太太初时只认得26个英文字母，当侍应生，无法听明白客人点菜，用了笨办法，请客人指着菜单上的编号。如今，餐厅的白人领班辞职后，她独当一面，举凡接听电话，引客人落座，点菜，结账，无不胜任愉快。经过几年拼搏，生意越来越好，每逢周末，餐厅里坐满了远近慕名而来的客人。21世纪初，本地电视台把这一家推为本市"十家最受欢迎餐馆"第三，生意更加红火。午间，从附近的办公楼打进来要外卖的电话特别多，李太太实在应付不来时，就找女儿珍珍。

这"应急模式"是女儿上高中时开启的。父母为了不耽误孩子，不到"撑不住"的节骨眼不打电话。女儿从上中学起，放学后做完功课就来餐馆干活，无论切菜、洗碗、上菜、结账，样样拿得起。她是在美国出生、长大的，英语当然胜过自谦为"三脚猫"的妈妈，只要她在，接听电话由她包。珍珍上高中时，品学兼优，毕业典礼代表全体学生作主题演讲。大学上的是宾州大学，从本科读到研究生。无论上哪一级，有一样东西从来没变，那就是：老爸的电话一来，她就在半个小时内赶到餐馆，走上岗位。之所以从来极少失误，是因为双方都知根知底，女儿的工作时间表，父亲预先打听得清楚。

转眼间，10年过去，珍珍从医学院拿到博士学位，留校做博士后，辅助已担任该校教授的夫婿研究一个项目。珍珍的丈夫是白人，结婚晚，婚后没要孩子，两人约定这个项目出了成果才考虑。

珍珍在餐厅，左手拿话筒，右手写订单。看到妈妈在餐桌旁为食客上菜，她把订单拿进厨房，客人的特别要求，她会用地道的台山话交代："爸爸，小心这一单，客人有花生过敏。"

这一天有点特别，中午12点半，餐厅的电话铃很少间断的同时，极少动静的厨房电话响起来。手拿锅铲的李先生不急于听——这是示威，他料定是批发肉类或蔬菜的公司打来，核实订货数量的，办事员可能是新手，选上错误的时间，不听，是让来电人知道时间不对，但电话不依不饶，响了20下。看来人家是有急事。

李先生拿起话筒，没来得及说"哈啰"，对方说："爸，我是雅各。知道这个时间最忙，但我必须和珍妮通话。"是洋女婿，听口气急如救火，李先生不敢拖延，走进餐厅，要女儿去厨房接听。正在接电话的女儿一听，暗说一声"糟糕！"对话筒说一声："对不起，我要耽搁您一会儿，我尽快回电。"珍珍快步走进厨房，拿起话筒，一脸是抱歉，她低声解释，说会尽快回去，请他理解。

高峰期一过，珍珍进厨房，拿起爸爸专为她做的"糯米鸡"，边走边啃，赶回实验室。忙得不可开交，是女儿的常态。爸爸和妈妈早就看在眼里，好几次下决心请一个半工，专接外卖电话，但时间不上不下，没一个人做得长久。况且，无论谁都没有女儿干得好，她得体，利落，实在，客人都夸个不停。甚至，好几个年轻客人扬言：他们下单买外卖，是为了听听珍妮的声音。

午餐告一段落，李先生和太太说起刚才女婿的来电，都觉得有点不寻常。他们在实验室的工作一直很忙，但他通情达理，不会打电话进来。晚上，李先生不放心，给珍珍打电话。珍珍说，中午是她疏忽，一个抽屉的钥匙放错了地方，雅各找不到，所以打电话问，没别的事。

第二天中午复制了昨天的忙碌。出于惯性，李先生用厨房的电话找女儿，女儿准时来到，一切都是外甥打灯笼——照旧。可是，多了一档"意外"——女婿雅各又打电话进厨房，要珍珍接。珍珍接电话的神情，带上更多的愧疚。

接下来的两个月，珍珍担任餐厅的"救火队长"期间，雅各的来电多了。珍珍的解释，争辩，声音被抽油烟机的"呜呜"声掩盖了不少，老爸竖起耳朵听，通话夹着专有名词，什么基因、染色体、核苷、端粒、线性，他听不懂，但知道耽误了女儿的正事。

李先生派太太去问女儿，是不是婚姻出现了危机？如果导火线是她从实验室开小差，就绝对不能再来。为爸妈这小生意，害你丢了老公，我们不给骂死也自己愧死。珍珍摆清楚情况：实验确实到了最关键的阶段，有时候她离开，数据无法及时提交，雅各急眼，但经过协调，每一次都有着落，事后和好如初，离婚是绝对不会的。

这以后，李先生死也不向女儿告急。珍珍放心不下，打电话到餐厅去，如果遇多次忙音，就明白情况，直接赶来，教手忙脚乱的妈妈又惊又喜。高峰期过去，女儿要走，妈妈说，不要给你爸看到，知道你来，他会骂死我。

有一天凌晨，瑞典皇家学院给珍珍的家打电话，报告：雅各获得本年度的诺贝尔医学奖。这一具历史性的成就，雅各的另一半——医学博士李珍妮是没有具名的主要参与者。

雅各夫妇放下电话，无法入睡，直到次日上午8时，才给餐馆的厨房拨打电话。李先生提着从菜市买的新鲜蔬菜，刚刚进门，听到电话铃声，自语："谁这么聪明，知道我这个时刻来到？"原来是珍珍报喜。李先生高兴太过，手一松，菜散了一地。

中午，李太太把接外卖电话的差事交给新来的练习生，也不管这墨西哥小妞懂不懂什么是"北京烤鸭"，什么是"宫保鸡丁"。她小半天坐在厨房，用电话通知尽可能多的亲友："喂，我家珍珍的鬼佬老公'可'了个诺贝尔奖。"

她说的是台山土话，"鬼佬"即洋人，"可"是"拿到"。她有意无意地把"可"字拉长，把"探囊取物"的骄傲表露出来，李先生在炉前只顾傻笑。

雨天，一杯咖啡

下午，下了一天一夜的雨，没有停的意思，但小了。我踱进唐人街的"多多"咖啡馆，没来得及把雨伞合起，柜台后面就响起女售货员的温柔嗓音："你好，请问需要买什么？"我说"等等"。

天空阴沉，户外光线已嫌不足，这里更昏暗。抬头看，嫌太高的天花板上吊着两盏低度数日光灯，电费固然省下，但小家子气的后遗症一目可见——只坐着4个客人。生意清淡，使得按小时拿薪水的售货员无聊透顶，这就是为什么她过分性急地和进门的客人套近乎。

我此来，是因等候去看牙医的老妻，找个地方消磨一个半小时，无意买什么。然而不买怎么行？低头看玻璃柜台里头，陈列的是各种糕点，不乏家乡的传统糍糕，如"鸡笼"、芋头糕、软饼、咸煎饼、萝卜糕。抬头，墙壁上挂的价目表，还列着从未见识过的南瓜馒头、红薯馒头。我不饿，但受不了售货员过分殷切的眼神，便点了一杯咖啡。咖啡是自助式，我从咖啡机上斟了一纸杯，热是热的，但过分稠，天晓得是多少个小时前泡的。我在靠墙处坐下，面对店外。

出于可笑的惯性，但凡阴雨连绵的天气，进入缺乏明亮光线的所在，无论茶餐厅、咖啡馆、茶楼、餐馆，我必产生条件反射——鲁迅的《在酒楼上》于脑际泛起。鲁迅夫子笔下的酒楼，外面，铅色的天，里头，空空如也，墙壁粘着枯死的霉苔。入骨的阴冷和寂寥反衬下，废园里几株繁花满树的老梅和十几朵茶花，"赫赫的在雪中明得如火"。至于人，"我"的独酌也好，与不期而遇的友人对饮也好，抑郁之状可掬，热的只有温过的绍酒，"煮得十分好"的油豆腐，以及淡薄的辣酱。

由于什么书也没带，我只好东张西望。这店的东主不知换了几茬，我猜都是台山人。数十年间，由于这里较为偏僻，来的次数不算多，每一次都听到售货员与顾客只以台山话交谈。

咖啡涩得近似Expresso（意大利浓缩咖啡），但我不抱怨。若讲协调，咖啡之黑与忧郁的氛围对称。扫视店内陈设，家具无不老旧。柜台上方供奉关老爷的神龛前，海碗盛着大如椰子的"发糕"，显然是春节的供品，用逾量的发粉炮制的，"发"得像一天飙半尺的春笋，作为生意兴隆之兆。

这个店平时生意可以，否则无法解释它处于缺乏"地利"的劣势，却在激烈的竞争中幸存。眼下却不行。一位老先生和一位老太太在靠落地窗处坐着，两个购物袋搁在空椅上。只点了一杯热茶，一只菜肉包，貌似分享，其实是为了避雨，和我一样，不吃点说不过去。

老太太看雨差不多停了，站起来，拿起拐杖，姗姗走出，而老先生不知何时消失了。我看到，他们的桌子上留下一顶毡帽，差点站起来，走到门口提醒她。但老先生从后面走来，原来刚才上洗手间去了。他并没有随老太太离开，而是坐下来，把残余的茶喝下。他们是什么关系？都独往独来，可见不是夫妇。那么，是乡亲，还是"灵魂伴侣"？两个已老到情欲成为奢侈品的同胞，在叫人格外感受独居之苦的时间相聚一两个小时，亏得雨的成全。过了一会，老先生把毡帽戴上，郑重地扶正帽檐，也离开了。

　　我转而注意到背后的两位中年白人，我进门时他们已坐在那里。从制服看，一个是警察，一个是消防员。警察分局离这里一个半街区，消防站离这里一个街区。我观察到，他们不是在享受"咖啡时间"，因法定的休息时间一节为半个小时，早已超过。那么是偷懒？是另有理由？对售货员来说，警察可是求之不得的免费保安员，他们坐镇，没人敢抢劫。他们在高谈阔论，不时发出笑声。放在平日，纯粹的台山乡音与正宗的美式英语此起彼落，无疑是可爱的多元景观。

　　我无心偷听，沉浸于一段往事，它就发生在这里。20世纪90年代中期，我陪父辈乡亲舜叔进来。是午后，没有下雨是肯定的，不然我们就无法在大街上溜达多时，直到累了，才想到喝咖啡。那一次，客人不少，清一色的台山人。两人在这里，都吃了家乡驰名的"钵仔糕"，我喝咖啡，他喝港式"丝袜奶茶"。

　　一如《在酒楼上》的"我"和久别的朋友吕纬甫，话题不是励志，而是深沉而灰暗的往事。这位长我20多岁的乡亲，我从前并不认识，但早闻大名。他是公社一级的干部，资格够老，但多次惹祸，都因为直言。早知道他起步时是文学青年，很读了些歌德和普希金。就在他开始描述早年间的苦难遭遇时，一个小个子男人进来，买了一杯咖啡，转身欲离开，乡亲站起来拦住他，说："阿超，一起坐坐嘛！"

我也认出阿超来了。他是我小时候斜对面的邻居，从1962年起，就没见过面，但他和在唐人街一家客栈当清洁工的舜叔此前已一起喝过许多次咖啡。屈指算来，我们没见面已经30多年。

我惊喜地拍拍阿超的肩膀，问："记得我吗？"他扫了我一眼，没回答。阿超没落座，以随时要走的姿态站立，对舜叔说："我的外甥阿豪，考上哥伦比亚大学，今天接的通知！知道哥大吗？常春藤名校！阿豪12岁才去纽约，第二年就进了天才班，成绩要是落在全级前三名以外，他妈不让他睡觉，罚抄书！小子有出息，我早看出来……"

阿超说外甥，说着说着却哭了，先是饮泣，舜叔附和一句："你沾光了！"竟使得他号啕大哭，叫我手足无措。所有顾客都愕然看着，这个子奇小，未老先衰的熟客，夸外甥夸到兴头上，干吗突然变脸，伤心至此？舜叔却善体人意，拍拍阿超单薄的肩膀，说："好了好了，喜事临门，高兴还来不及……"

阿超这才知道大家看他的笑话，边揩泪边走出门，连和舜叔道别也忘记了。舜叔不再说自己的往事，转而解释阿超为什么动了感情。

原来，阿超和弟弟当年靠母亲的"义弟"上下打点，在最难出境的年代到了中国香港以后，因为在家被母亲骄纵惯了，好逸恶劳，文化程度又限于初中肄业，在香港从来没正经工作过，只打打散工，加上领最低保障为生。难得的是兄弟相依为命，多年来合租一铺双层床，熬了过来。

80年代末，他们移民旧金山，因太瘦小且笨手笨脚，无法找到工作，一直领福利金。兄弟俩已过半百，都没娶亲，合租客栈的一个最小的单房。同病相怜，同气相应，外出总是一对，成为唐人街的一个景观。今天是例外，因为弟弟接到外甥高中的喜讯后，兴奋过头，喝了半斤"五加皮"，醉倒在床上。哥哥按捺不住自豪感，独自出来，向所有熟人报喜。舜叔说，阿超大哭，该不是为了外甥，而是感怀自己，一辈子的窝囊，唉……

舜叔呷干奶茶，摇摇头，说："人是不会变的，但戴的面具会换。今天，你看，阿超犯糊涂，竟戴上外甥的面具。这也好，不能倒霉一生，总得有露脸的机会。"

我点头，想起《在酒楼上》，灰颓的老式文人吕纬甫替昔年邻居的女儿——长睫毛，"眼白青得如夜的晴天"的阿顺，买了两朵剪绒花，一朵大红，一朵粉红，远道而来，不料阿顺已辞世。阿超比他好运，有一个争气的外甥供他消减此生的怨气。

咖啡喝完，该离开了。警察和消防员的聊天已"入港"，声音大起来，我听得清楚，原来他们在比赛说笑话。警察说了一个：两个男人，一个叫A，一个叫B。有一天，两人在杂货店碰上了。A对B说，咱们可是最好的朋友，我对你只有尊敬的份，从来不会做伤害你的事，今天不能不直告——你老婆配不上你，她可不是正经女人。B拧着眉头问，你这么说是什么意思？A正眼看着B的眼睛，贴近B的耳朵，悄悄说："看看周围吧？为什么店里头差不多没男人？我有义务告诉你这个——每次你来杂货店买东西，你家门前就排起长龙。"B纳闷地问："你到底想说什么？"A说："我一万个不想伤你的心，你老婆真的是崇拜金钱的娼妓，撇了她吧！"B怒气冲冲地盯着A，吼叫："妈的你还算朋友吗？要我离婚，你要我也排在那长龙里是不是？"

他说完，"扑哧"一笑，怕他们怪我偷听，我飞步离开。背后，是他们的笑声，但未必是笑我。

街上，雨停了，满目明亮。我回头看咖啡馆，灰暗如故。

寻午饭记

中午，在加利福尼亚大街，要解决一顿午饭。骄阳下趑趄行，汗很快流出。五光十色的商业区，从西头走到东头。一位瘦高个子的白人拦住我，朗声道午安，我微笑以对。

他随即问："你支持同性恋者争取合法权益吗？"接着递来一本签名簿和圆珠笔，我摆了摆手，快步走过。我对同性恋者从来不反感，但眼下是心不在焉，对肚皮的关注胜过对离肚皮稍远的一切，想吃一客"潜水艇"。

这是一种足足1英尺长的酸面包，是从保暖炉夹出来的，剖为两半，一半作床，横陈在操作台，苗条，酥软。厨师生怕它冷了，手脚利落地填进一层生菜，一层嘎嘣脆的腌小黄瓜和意大利黑橄榄，边缘衬上翠生生的腌辣椒，一层"马莎拉"乳酪（这种在欧美拿来作披萨表层的流行食物，几乎没有味道，但最能烘托出主食的原味）。

这种乳酪的特点是形状和颜色，奶白的薄层，一似涌起的波浪。再来一层烤牛肉，三分熟，红得诱人，还要什么？德国香肠切三片，法国火腿加两块，合上另一半面包。好了，这就是至具诱惑力的"盖棺定论"，攥着1英尺长、层次众多的三文治，得有艺术，不然，吃不到一半，就溃不成军——我咽了咽口水。真想开车到金门公园旁边的林肯大道，那里有一家，可是，远在几英里以外。

"潜水艇"没着落，只好找别的。饥才不择食，我此刻是挑剔之至的美食家。走进一家超市，带冷气的柜台里摆着烤牛肉、马铃薯泥、火腿、火鸡肉、各类乳酪，都供你选择，现做现卖。看价钱，没有10块下不来。走进一家餐馆，抬头看价目牌，热的只有两种汤，意大利杂菜汤和海鲜汤，其余都是冷盘。我又走进专卖犹太食物的小店，转半圈，出来了。在"帕玛都离"意大利餐馆门前，我看了镶在玻璃框里的菜单，摇摇头，走了。终于晓得，我难以下决心买任何食物，并非无可充饥，而是由于没有吃伴。

阳光益发放肆，喝了半瓶水之后，最后一点食欲被浇灭。回到日落区，在厄文街的小餐馆，买了一个越南三文治，它和"潜水艇"近似，面包也是长条，最佳时段已过，勉为其难地维持软和热；里面夹着微辣的猪肉丝和芽菜。我站在夹竹桃树旁，一边等去超市买菜的太太，一边咬，总算完成"吃"这道人生必需的手续。

人生最大的哲学问题

网上有一谐谑语，人生最大的哲学问题是：午饭吃啥？在特定的时间，我完全赞同，此刻就是。已过上午11点，昨天约一朋友今天一起吃午饭，不料开车去接他，他说刚刚吃过，不能再吃。无法勉强，只好告别。转而打电话给一位请我吃过午饭的新朋友，声明是灵机一动，以掩临时拉夫的尴尬。对方没空。再电一位常常见面的朋友，他也忙着。妻子早已出门，如回家，要自己动手，虽非难事，但从昨晚6时多起，已断食17个小时，不宜再忍。

把车停在餐馆林立的厄文街，下车漫行。我素来排斥一个人下馆子，于一隅形影相吊，难免有"度餐如年"之慨。然而别无选择，虽然在家乡，"独食"这词演变为形容词，"你真独食"是骂小气鬼。一路看过去，煞费周章，人生这一"最大问题"须加上：去哪里吃？

本来要走进一家新店，因有朋友提起。看了店旁落地窗上贴的菜单，原盅炖汤有花旗参淮山杞子炖乳鸽、川贝南北杏雪耳雪梨炖鹧鸪、五指毛桃炖龙骨……还有古法羊腩煲附送茼蒿一盘。我心动了，按按口袋，有一沓钞票。瞄瞄店里面，空荡荡的，只有老板娘模样的女子在抹桌子。如果进内，点一盅加一煲，至多吃一半，打包回去，晚饭也解决了，然而，有点冒险。但凡生意清淡的食肆，现做一类不论，所谓"原盅"云云，都是放在蒸锅里的，不知搁了多少天，吃坏肚子找谁投诉去？

于是，我拐进客人不少的"林和顺面家"。它供应越南菜加中国菜，人生最大的哲学问题摆在桌上。菜式虽多，但我在断食期，排斥淀粉，看遍菜单，只有一种可吃。侍应生走过来，我点了"林和顺馄饨"。他问：不要粉面？我说是。

前后左右，独食的只有我。还有一位戴围裙的女侍应生，怕是老板娘，独占一张方桌，大嚼越南鸡饭。一碟吃完，兴犹未尽，又进厨房拿来半碟炒面。

旁边一张桌子，面对面坐着两位工作服上沾着油漆的男子。越南菜式的优越性在他们面前凸显，一人一碗大号，碗如小脸盆。于是，我想就"最大哲学问题"狗尾续貂：人生最大的形而下快乐是胃口大，饭碗也大。胡子拉碴的年轻脸孔，对着桌前冒热气的鸡粉，踌躇满志。教我想起唐太宗，他在城楼上看见鱼贯而入的考生，捋须放言："天下英雄入吾彀中矣！" 嗦河粉也有类似的气势。以紧张和沉重的体力劳动制造饥饿，然后，大大咧咧地进来，连霸气的老板娘自己吃饱以后，也乖乖地趋近问好，送上热茶。满满的一大碗，填进肚子如抛入湖水，饱嗝是冒出来的泡。

馄饨端来，放在我的桌上。碗是小号，但远远胜过小家子气的中餐馆，它们多用貌似容量大其实相反的浅底碗碟。

碗里还有虾、韧性好的潮州鱼丸和牛肉丸，我差点吃出大汗，汤上浮着红得悦目的辣椒碎，一点也不辣。

我一边舀汤，一边强迫自己发思古之幽情，居然想不出一句切合眼前的诗句。倘若有人同来，怎么可能无聊？一如冬天不可无暖炉，吃饭要附加聊天。有一搭没一搭地聊筷子下的菜，华盛顿的政情，超市的菜价，老友的近况。吃罢，看到墙上贴着：即磨豆浆。问经过的侍应生，是咸是甜。回答是甜。作罢。账单来了，11.95元，我放上两块钱小费，离开。

不甘心，回过头去看供应"原盅炖汤"那一家，食客两桌，共四人。

坐骨神经痛又来了，我瘸着腿走到停车处，心里叹道，独食非所愿。然而，人生最大的哲学问题，已变为：旷日持久、多方求诊均无效的痛。

好在，太阳是和蔼的。

"进进出出"汉堡包

下午6点多，和友人驾车路过加州旧金山湾区南部的Millbrae市。活足100岁的著名诗人纪弦先生，生前将他所卜居的Millbrae，音译为"蜜儿不来"，也许表达了他寄寓晚年的孤寂感。但不是"蜜儿"的我和同行老友，对这里只有好感——阳光丰沛，林木扶疏，商场遍布。拐弯时友人指着路旁的"In-N-Out Burger"大招牌说，这连锁店很有名气，总统奥巴马常常光顾，进去试试如何？我赞成。两个老够火候的中国男人，对汉堡包并无特别好感与恶感，奥巴马并非权威食评家，我们不必买他的账，纯为好奇。车子一拐进停车场，就被它的阵势镇住了。

今天是星期五，明后天不用上班，刚刚下班的人涌入，其迫切，仿佛不"进出"它一次就对不起即将开始的周末。人分两路：一是开车。我看前面的车龙蠕动缓慢，侧身其间10多分钟，才知道车子排队，从往它负责外卖的两个窗口经过，在第一个窗口点菜，付钱，绕半圈，到一侧窗口拿食物和饮料。二是步行。我们不赶时间，停好车子再进内。停车场没有空位，须耐心等候吃饱的人离开，才占到车位。人潮车潮一起鼎沸，所以我把店名意译为"进进出出"汉堡包，自以为颇能体现"客似云来（去）"的气派。

走进餐厅，又是长龙，三行，缓慢移向三台收银机。先排进队伍，再扫视，座位都满了，过道上密匝匝地站着等食物或等座位的人。食客以青年才俊为绝大多数，似我等血管与心脏俱老，既承受不了美国传统大路速食，又拥有顽固中国胃的过气人物，其稀罕程度和戴单色头巾的穆斯林老太太一般——整个店里只有两位。

菜单牌子在人龙上方，举头，其简洁和低廉教我大吃一惊！食物只有4种：双份加奶酪汉堡包，大乳酪汉堡包，普通汉堡包，炸薯条。价钱依次为：3.80美元，2.65美元，2.35美元，1.70美元。饮料只有果汁、柠檬、冰茶和咖啡。咖啡每杯1.35美元。如今，在美国上一趟麦当劳，一个午餐动不动七八块，星巴克的小号咖啡早已涨到2.05美元。我们两个非大肚汉，此来的宗旨以观光为主，买食物主要为进内落座取得资格，每人一个乳酪汉堡包，一杯咖啡，加税，只花了8.72美元，几乎是进其他快餐店，如麦当劳、汉堡王开销的一半或稍高于一半。

付钱后当然要等候。如果果真神速如麦当劳，我接下来只能写啃包的情状，可是不，老天爷眷顾我的好奇心，先由一水灵的小姐，以大学生的标准英语告诉我，咖啡正在泡制，请稍等。等候20多分钟，阅尽人间百色之后，我终于失去耐性，催问叫号的小伙子3次。小伙子不好意思，答应替我查。不巧一员工从叫号员背后把盛在盘子里的食物放上柜台时，被叫号员粗壮的手肘撞了一下，属于我们的汉堡包们撒在地上，只好重做。职是之故，我有的是考察它的时间。

　　遂有如下发现：一是人手多，这时段上班者至少20名，一色青年，男女比例为2对1。只有腰挎报话器的经理模样的男子接近40岁，而且体形均偏于肥硕，我疑心是食物的作用。年轻人服装统一，黄衫黑裤，腰间的褐红色围裙，在背后以比普通的大20倍的扣针固定。一律天真无邪，动作敏捷，偶尔偷滑手机和打情骂俏，捎带动手动脚笑闹，气氛极友好，轻松。他们拿不到小费，工资标在门上的招聘广告上：每小时12.5美元。二是厨房采用开放式，连锁店即缜密设计之谓。厨房一侧，专司煎汉堡包的厨师3位，另一侧，一汉子现场分解马铃薯。这就是匠心所在。麦当劳一类的巨无霸，薯条都是专门加工厂出产的冷冻品。这里呢，每个马铃薯相当于成年男子的拳头，削了皮，加工者把一个个鲜马铃薯放进入口，扳下操纵杆，条状马铃薯落在大容器里，下一步，就是油炸。三是店内装潢大气，没有卖便宜货店家的寒酸。

　　终于盼到我们的食物，我们坐下，细细品尝。果然不错，汉堡包的主要材料——绞牛肉新鲜且优质，蔬菜和西红柿片也地道，咖啡也比麦当劳的好（同是9毛9一杯）。

　　这就是纯粹的美式时尚：简单，快速，新鲜。至于傲视同行的廉价，是它悲壮的反潮流，看能维持多久吧。

除夕排队买烧猪肉记

　　此刻的旧金山，是2012年除夕的午后，年轻人正聚集在客厅，看美式足球四强争霸的恶战——旧金山淘金者对纽约巨人。老婆大人忙于准备晚间的大餐，我无所事事，只好码字。题材现成，写早上排队买烧猪肉。先写题目如上，故意舍弃《岁暮怀人》《守岁夜遐思》《龙年晨眺》一类和"雅"沾边的，仅仅为了与唐人街摊子上的挥春、老式中文书店的杨柳青年画、联合广场的紫藤旁边那挂满手织虎头帽的货郎担，等等，取得至低限度的和谐。

　　"年晚"，香港人扩展为"挨年近晚"，即所谓"年关"，这里没有"年年难过年年过"的凄凉氛围，也不十分地普天同庆，毕竟是在一个以圣诞为正统的洋人社会。今天，我主动领下一个任务——买祀神用的烧猪肉。

　　鉴于好几年的经验，今天，这红彤彤的供品，是排长队才买得到的。老婆大人本来打算从简，改以水煮猪肉代替，后来觉得不妥，春节，乃一年中最紧要的祭祀，天上神明和祖先早已吃惯带嘎嘣脆之皮的烧猪肉，偷工减料被怪罪怎么办？我主动请缨，保证趁外出慢跑时捎带买下，因为昨天一早跑步路过，发现8点前后顾客不多。

我跑到店前，却倒抽一口冷气，队伍已初具规模。在阴晦的天色下，跻身其中。为了继续消耗热量，我不停地扭腰，原地小跑。看阵势，没有半个小时买不到。我暗说糟糕，如果带上手机，便可以给几个远地朋友拜早年；如果手头有报纸，可以趁天光渐开，读未必为了逢迎龙的传人而突然美好起来的新闻。真想向后面的女士套近乎，请两分钟的假，跑去20米以外的咖啡店买日报，但怕她不答应，我忍住了。

那么，只好效法虚拟骑士堂·吉诃德大爷，他外出当游侠，总以思念虚拟情人杜尔西尼亚，来消磨懒婆娘的裹脚布一般的夜晚，我没有艳福，只好把记忆里的"排队"梳理一遍。这辈子排了多少次队，和吃了多少斤烧猪肉一般难以统计，且举关系重大的。

31年前我挑着行李，取道中国香港移民美国，走过颤巍巍的木制罗湖桥，到了因无风而低垂着"米"字旗的香港海关，排队领取暂时居留的签证，那是酷热的6月，比天气更难耐的是海关那位歧视内地人的小青年。

20多年前，在旧金山，为了替父母办理移民，我半夜去移民局排队。从寰宇各国到新大陆来的寻梦者，为了取得绿卡，先得吃够排队的苦。我看着这没有一个人能说标准美式英语的庞大人龙，自语：在故国，排过多少种队？最后以破釜沉舟的姿态离开，不就是为了不排队吗？可惜，天下无不必排的队，和"天下无不散之宴席"是一般坚硬的真理。

先是狂热鼓吹革命后来自绝于革命的前苏联诗人马雅

可夫斯基曾经呼吁"开一次把所有会议取消掉的会"，哪有这回事？不过，在美国，我部分地实现了不排队的愿景，比如，拒排购物（包括买紧俏货、跳楼货）的队，哪怕出卖的是龙肝凤髓。

我有无往不胜的理论：天下无白吃的午餐。还有，捧名人之场的队，市场街大书店热卖传播界狂人、名嘴斯东尔的自传，前总统克林顿签名卖大部头《我的人生》，我在环绕三个街区的队伍前经过，头也没扭。书迟早能看到，又不是不及时买其皮就不复嘎嘣脆的烧猪肉……就这般，我不知老之将至地浮想联翩。

等回过神来，我背后的队伍已添上15个人。排队的成就感，和当官类似，看"后面的"才晓得自己爬了多高。看前面呢，却会泄气，还这么长！说句公道话，前面的人也就20人上下，要命的是移动缓慢，为什么？每个人不买则已，一买就甩出老长的单子，每磅价钱不少于8美元的烧鸭烧猪仿佛是不要白不要的赠品。一个刚刚完成购物大业的男子马上印证了我的推测——他的两手各提着5个白色外卖盒，出门时有点踉跄，太重了！倘若在故土，这等人物多半是黄牛党；在这里，可以肯定，是代理好几家至爱亲朋购物业务的义工。

我前面的平头中年男，熬不下去（原因未必是队伍太长，而是离开家时大小便忘记排泄之类），给老婆打电话请示，要改到唐人街去买，获得恩准，飘然远引。环视队伍前后，竟发现好几位"异胞"亦在其中。

一位60开外的白人女子，拘谨地挪着。一位比她年轻20岁的黑人女子趋近，两人亲热地谈了一小会，后者转身，到"赛福威"超市去买减价牛排和袋装马铃薯。我揣测，该是一对被前卫的旧金山市政府经发放结婚证认可的合法"妻妻"，即"蕾丝边"（Lesbian）组合，现在出门"血拼"，各有分工。

叫我纳闷的是，这个辰光买午餐的菜，太早了点，没必要和过正儿八经重大节日的中国人抢位置。她们是不是每顿都不能缺少中国式烤鸭或者卤猪脚？我这般揣测，是着眼于黑女子的身躯，足足250英磅，部分原因可能是嗜吃中餐馆烤炉制造的高热量高脂肪肉类。至于另外几位身量和我们类似而年纪较轻的男洋鬼子来凑热闹，可能是接受了中国太太或中国太太那不谙洋文的妈妈的驱使之故。

雨下起来，细细的，头顶的天，浅蓝，没有乌云。这几天旧金山湾区迎来了入冬后第一场像样的雨，但今晨起，从太平洋刮来的风极强劲，云都往内陆逃窜。雨该是从某片流连在双峰山顶的云洒下的。闪烁亮光的丝缕，好长好浪漫的弧线！

有道是"廿年媳妇熬成婆"，40分钟以后，我的老脸粘着珍珠似的雨滴超过20颗，终于移到餐馆橱窗外面。我清晰地看到明亮的灯光，柜台前攒动的人头，刀锋的闪光，忙碌的操刀师傅油晃晃的手。

当然，这些不过是补白，占据视野的，是悬挂着的烧鸭、叉烧、贵妃鸡、白切鸡，还有染成红色的猪舌头，由于"舌"在广东话叫"脷"，与"利"同音，于是和发音近于"好市"的牡蛎（蚝豉）一般，今天领起风骚来。但引起我的赞叹的，是木砧，从一棵大树截下来的圆柱，中间深深下陷，成为盆地，可以想见，这些日子它是何等忙碌。

风来，脖颈一阵冰凉，我缩缩头，向上望，水珠从头顶的帆布横幅滴下。那中英双语的横额是前年挂的，内容是自我表扬——这家餐馆被全美中国餐饮协会评为100家最佳中餐馆之一。稍经世故的国人，都不大相信这类无论透明度还是代表性都有限的"有偿"宣传。这家以回头客而不是一次性游客为服务对象的餐馆，除了味道不错之外，乏善可陈。

比如，我此刻目击，它一贯受足诟病的做派——连容器一起称重而不扣减，这等明火执仗的揩油，是"外甥打灯笼——照旧"。然而，"好吃"这一好足以遮百丑了。水珠慢条斯理地滴下，应和着橱窗里头的油或者酱汁的滴答声，它们来自悬挂着的烧鸭的屁股。烧鸭的脆皮，披着璀璨的灯光，闪耀着可比美迎新舞会上贵妇人纤指所套18克拉钻戒的毫光。

遥想40年前，我在穷乡村当月薪25元的民办教师，饥肠辘辘的初春，打开一本刚刚送到的《人民画报》，一张彩页，在"春节市场供应空前丰富"的标题下，有北京王府井某市场的烤鸭特写，啊，足以诱出我1升涎水的油光！不过，稍把目光从宣传品上移开，现实便冰冷无比，市面和胃都空荡荡的。然而，眼前铁钩下油光灿灿的烧鸭，是可以轻松地移到家里的餐桌上的，队伍中任何一位都办得到，一只才9块钱，问题只在你的心脏、胆固醇、血脂、体重之类答应不答应……人生莫大的悲哀，在于错位。

"……还可以，新移民嘛，哪能要求太高！说实话，这里日子枯燥是枯燥，但是安稳，心里实在……"队伍中和我相隔5个人的老年人，以手机回应从彼岸打来的拜年电话，说的是标准的广州话，我断断续续听到一些。回头看他的脸，红润且舒展，足见心态不错。

"为了节省时间，请大家把要买什么告诉我。"店内走出一位手拿一沓纸条的干练女子，她是管"堂食"的侍应生，今天是非常日子，餐桌都撤下了，老板便吩咐她另找活干。此举无疑是英明的，她一一询问排队者，代他们填好购物单，顾客轮到以后，自行交给师傅，免去沟通这一层手续。

广东四邑来的师傅，刀工是娴熟的，但未必能对付带全中国各地口音的普通话，更不必说官方语言——英语了。"3只烧鸭，5磅①烧肉，要瘦的，3.5磅叉烧……""5磅夹心烧肉，白切鸡两只，1条猪脷……"我一边听一边惊呼："我的天，哪一家子今晚吃得下这么多！"女侍应生走近我，我婉拒："只买一样，不必写。"

终于走进柜台。抬眼看墙壁上的钟，已耗时1小时10分。前面还有两位女士，一老太太一少妇。老太太矮小，但以勇猛见长，她不迭地吆喝："我就要那块带肋骨的，对，拜托，全给我！好极了，改天请你饮茶。"少妇买下1只豉油鸡、1条叉烧、1磅烧猪肉，款款走开。她轻柔的嗓门和穿过白色塑料袋把手的动作，却莫名其妙地感动了我。我从中看到生活的世俗魅力。

---

① 5磅约等于2.27千克。

我想象着，她是幼时随父母移民的香港人，结婚以后住在这一带。她家里还有丈夫和三四岁大的儿子，一大早，她轻轻掩上家门，走进寒气，来这里排队。持家的能手，体贴的妻子，温柔的母亲，她回到家时，两个男人已起来，儿子看她进门，扑过来抢。她哈哈笑着，不行，叫爸爸来！丈夫嬉皮笑脸地走来，把外卖盒接过去，放在餐桌上，打开，香气四散。"来"，丈夫把一块烧猪肉塞进儿子的嘴巴，又拿起一块叉烧，要犒劳妻子。妻子笑眯眯地避开，老公为了她的减肥大业，饶过她。她坐下来，喝果汁，老公和儿子在打闹。目送她轻盈地走出大门，我不争气的眼睛，竟为素昧平生的女人湿润了。

　　我买下一块烧猪肉，才花了11块多。出门时，雨更大。我小跑起来，越跑越是感恩，在63岁的除夕，依然健步如飞，岂不是上苍所赐的最大福气？跑过刚刚开门的杂货店，我买了5个萝卜，收款员报价1.68，色然而喜。走过一家日本餐馆，一家港式小食店，一家报纸档，一家百货店，一家越南餐馆，一家按摩店，一家银行，一家超市，一座教堂，以及数十户普通人家，兴冲冲地回到家，衣服湿得差不多了，但是，外卖盒里的烧猪肉，皮还是嘎嘣脆的，我相信。

第二辑

我的生涯

"海运"忆

一

　　也许是老年唯一的优势（或者叫福利），那就是：把一些人从头到尾或从靠近起点的某处追到末尾，纵览他们的梦与追求，感情和事业的跌宕，早岁和晚景的对照，如此之类，百味纷纭。港人推崇"睇戏睇全套"，看人也这样。予以梳理再自问：什么是过得去的人生？也许可得出答案。

　　2018年，我因老友介绍，加入一个咖啡友圈子。圈内人刘超是同乡，年龄也相近。他为人沉稳，朴实，值得信任。一次，他驾车来接我，去东湾一朋友家野餐。路上，他谈起年轻时的经历。

　　他属"老三届"，离校以后，靠在香港的父母接济，衣食无忧，天天骑单车去县城的茶楼饮茶，逍遥度日，成为全镇出名的拟"金山少"，因为他花钱的派头，只有二战后依靠在美的父亲汇美金养活的"金山少"比得上。

　　那是20世纪70年代，来美国后，他从进中餐馆当帮厨起步，当厨师、头厨，积累了钱和经验，后来和朋友合伙开餐馆。那餐馆在旧金山唐人街，叫"红棉"。

我挨了一针似的，记忆悚然苏醒。问他："'红棉''海运'几个老板好像在那里打过工……"

他说："就是，他们都是我的伙计。'红棉'的合约将满，我们无心续约，行将散伙。他们知道利治文区新唐人街有一家餐馆要出让，便盘下来。"

我叫起来："我在那里打过工呢。"

二

回忆，是有趣的思想漫步。

岳父笑眯眯地对我说："我路过克莱曼街，看到招牌了，好名字！海运海运，来到金山，开运啦！"在家乡话，"海"和"开"发音近似。那天，我在"海运"干了一个星期，是休息日，和家小去岳父母家。

1980年初秋，我一家四口一个多月前移民至此，住处找到，6岁的儿子刚好赶上念一年级。1岁多的女儿需要照顾，妻子不能外出工作，我是唯一的养家糊口者，找工作是当务之急。

诗友老南曾拿着一张中文报，指着招工栏，说有门路了——一家米铺招店员，他拉我上巴士，到了唐人街。比我早来1年的识途老马老南告诫：一定要自称有经验。我说好。走进"洪基米铺"，老板娘坐镇，我向她道明来意。她问从前在哪里干过。我说在九龙旺角的杂货店。她说，真巧！我是在那里长大的，请问是哪一家，在哪条街？我口哑脸红，落荒而逃。

老南说，自己找不到，只好请人帮，于是领我去接工所填了表。次日，接工所打来电话，说一家鱼店请人，月薪800元，问去不去，我说去。要先交介绍费给接工所。岳父给了我160元（第一个月工资的20%），我正要前去应征，接工所又来电，说迟了，鱼店已请了人。我一点也不惶恐，我才32岁，从前什么苦没吃过？

几天后，同村乡亲硕哥牵线，我找到第一份工作——"海运"中餐馆的帮厨。见工简单至极，他带我进去，让老板目测。老板什么也不问，吩咐我明天开工。离开前填写了表格，那是用来发薪水的。我对自己说，且看在新大陆的运气如何打开？

硕哥比我大10岁左右，和一家人来美国比我早半年。从前是公社碾米厂的技工，如今是"海运"的"上杂"，即帮厨中的顶级，一如陆军上、中、下士序列中的上士，月薪800元。我是最低级的，比他少200元。

"朝中有人好做官"，要不是硕哥带领，我一定多吃哑巴亏。硕哥交代一条要领——切忌停手，必须永远显出忙碌的样子，"没事做你就把手放在洗碗槽，装作在洗碗。"

三

每天上午11时上班，此前我要去教堂附属的英语补习班的300班（中级）上课。教这一班的是白人女老师玛丽。班里一个年过50的绅士，从伊朗逃出来的，自称曾在巴列维王朝当官，他每天的神圣职责，是站在教堂门口，看到玛丽老师驾车进停车场，疾步迎上，开车门，替她提文件箱，尾随她，如忠心耿耿的老仆一般进教室，不理会全班人的讥笑。这场面，是一天中仅有的浪漫，然后，我进入真正的异国人生。

走出教堂，我步行三个街区，从侧门走进"海运"的厨房，换上一件白色工作服。时间到，便开始干活。硕哥所交代的要诀压根儿用不上，因为从开门到关门都是打仗一般，别想有歇一歇的空隙。

"海运"充其量是中级规模的餐馆，占两个铺位，餐厅可以坐80位顾客。厨房里的工人多得出奇，厨师5人，抓码1人，帮厨6人，洗碗1人。因我是新人，太忙时也要洗碗。它的生意好成这样：一位大婶专司用电饭锅做饭，一天至少煮二三十锅。洗碗机对面是一条走廊，员工进出的侧门开在这里。走廊旁边有个水龙头，水声滴答，终日不断，冲洗下方的一盆已剥壳去肠的大虾，这是制作"玻璃明虾球"的重要工序，把此前放的苏打粉洗去。老板有一次训斥用水太豪爽的伙计："妈的，一个月水费单3000多，你不心疼我心疼！"

我的岗位和洗碗槽只隔一条狭窄的过道。我面前有案板，职责是削马铃薯，切洋葱、西芹，剥生蚝。午市结束，脏碗碟堆积如山，我转过身，和洗碗工一起，先作初步清理，再把碗碟排进洗碗机。我还要听候抓码师傅的吆喝。他说："鲍鱼6只！"我就跑进冷藏库，拿出鲍鱼，洗净，撬壳，剖腹，挖内脏。他说："石斑鱼一条。"我又从冰中翻出石斑鱼，拿在手里，刮鳞、开膛，指头给冻得通红……

干活时我想起，出国前在县城一个"小衙门"当文书，有一天，局长和我聊天，说到当今愈演愈烈的出国潮，感慨地说：美金当然好赚，一个杂碎，一个咕噜肉，打遍天下。我手上一天天积累下来的刀痕，粘在皮肤怎么也洗不脱的鱼腥味，记载着另一个版本。

四

硕哥的训诫，只涉及手，但没说到口。几个帮厨因工位靠得近，一边干活，一边说话，这是必须的，不然更难打发时间，更累。洗碗的何伯，独自从澳门来，住在唐人街的单房，接近60岁，腰身伛偻，动作迟缓，但体力不错。干活不快不慢，有节奏感，老板看得起他。他爱和我说嫖经，地点都在濠江的赌场。我哪里听过这样的艳闻？光顾着笑。他眯着小眼说，后生仔，没你的份，挨世界吧！

工位在我左侧的老孙听了，骂何伯为老不尊，"你害得我今晚不喝醉不行。"老孙说。老孙在这里的资格比我略老，是"中杂"，40岁左右，贵州人，先前是地质学院的讲师，以留学身份来，家人还在国内。此公爱谈政治，喜欢讲从《人民日报》看到的国际形势。太忙碌时暗自叹气，为此番"洋插队"自怜身世，感慨地诉述学院生活如何轻松，除非带学生去山头找矿。说到兴头处，何伯就以三分成色的普通话讥笑他，早早回去享福不好，当心老婆被人扒了。

硕哥的工位靠近抓码师傅，职责是切肉类，摆在盘子上，如叉烧、白切鸡、炸子鸡、乳鸽、火腿，特别是拼盘。要美观，大方，最要紧的是能"装"，不多的几块但巧作安排，看起来是满满的一大盘。他自恃有两手，架子比我们大，敢于边干活边抽烟，趁菜刀起落的间隙猛吸一口，然后把"万宝路"搁在砧板边缘。他还有一个差使——为全体伙计做菜。人说日挨夜挨，就为两餐。20多人的午餐和晚餐，好不好，看他的心情。有鉴于此，大家对他特别客气。

我和何伯、老孙的工位在西侧，中间为抓码台，东侧是炉灶。4台抛镬一字排开，然后是油炉，厨师都在那一边，和我这边距离颇远。我和孙讲师（知道背景后，称呼便从老孙改为这般，他予以默许）交谈，那边听不到。于是，他一边将一袋胡萝卜切块，一边介绍。

站头镬位置的是头厨陈英。我端详陈英，30上下，瘦高个子，戴眼镜，举手投足显出"我是老板"的派头。"14岁入厨学艺"，是人们介绍他的第一句。那是在香港尖沙咀的高级食肆，"不知给多少老师傅敲过头壳"，是第二句。我见工时他对我说了一句话，以后不再有交集，因他不到我们的工作区来。他上班晚，只有高峰期才站到锅前，动作利落。

二镬呢？我扬扬下巴，问孙讲师。孙说，他叫韩叙。广州仔，偷渡到中国香港。韩叙也是30左右，体胖，个高，沉默，勤快，是理想的"马仔"形人物。一到餐期，他从头到尾炒菜，是主力。他也是老板之一。

三镀是台山来的，新雇的伙计，言必称自己是中国香港来的，管油炉的江门人，光顾闷头干活。

和炉台隔一条过道的是抓码师傅的地盘，抓码的谭广，30开外，干瘦的小个子，但风风火火，最有男子汉气势，向帮厨们发号施令的是他，动作慢了会挨他训斥。他最富省城人的自豪感。哪一个冒充，就不客气地揭穿："妈的，你的广州话只能打30分。"

还有餐厅的服务员，包括侍应生和打下手的练习生。领班是矮个子的曹任，40多了，一看就是常年供人使唤的。他也是老板之一。6位侍应生，年近50，是香港来的，和曹老板一样，移民前是酒楼的堂倌，经验丰富，善体人意。生意爆棚，小费自然多，这一群和拿死工资的"厨房牛"比，他们优胜多多。

常常进厨房来，和陈头厨聊天，有时带上一盒面包店买来的菠萝包的，是唐人街著名的地产商伍先生，他也是这里的老板之一。如此说来，"海运"的内股持有者3人——陈英、韩叙、曹任，伍先生持外股。开张后，餐馆生意火爆，财源滚滚，前三位都后悔招外股，让伍老板躺着分去大半红利。可是，他们离开"红棉"餐馆时，积蓄有限。按理说，打工好几年了，存款不止这么少，但他们多少染上赌博的恶习，钱从太阔的手指缝漏得差不多了。

五

悠悠40多年过去，要问我关于"海运"，最刻骨铭心的是什么？

首先是疼痛。上班第一天起，因要站立一整天，坐骨神经痛发作了。此前两年，我在家乡，给妻子居住的小镇旧铺子刷灰水，站在高凳上。凳子散架，我一个屁股墩摔下去落下病根。臀部右侧到右腿，酸、麻、痛，无一刻消停。唯一的缓解是单腿站，一侧累了换另一侧。

先前读一本西洋宗教史，它提到，某人被判处死刑，给钉上十字架，20分钟后受特赦，行刑者除去穿透他手脚的钉子，把他从架上解下，继而问他刚才的感受。他说，在十字架上的1分钟，比1世纪还长。可见疼痛愈是激烈，时间愈是消失得缓慢。挂在厨房正面墙壁的时钟，我掉头看无数次，时针不挪动似的。

好在我能忍受，把痛看作移民的入门课。在家里，看到房东留下的一块门板，借来当床。服用骨刺丸，请脊柱神经科医生治理，折腾几个月，才慢慢痊愈了。

其次是"伙计餐"。所有员工每天吃两顿——下午2时半、晚间10时各一顿，都在餐期后。餐馆无论中式洋式，通例是不向员工收钱，老板充其量是将这开销打进成本，用来抵税。可是"海运"独创一格：每人每天两元，从工资扣除。

别以为它苛刻，伙计们对此并不计较，只因为物有所值。离开"海运"，我没有在任何打工的场所享用过如此豪华的伙食。究其因由，老板们都是打工仔出身，同煲同捞的惯有作风没来得及改。

硕哥负责为伙计餐煲汤，他毫不客气，要么是大石斑鱼，要么是活鸡，杀好就往甑子扔。汤的质量，比起给客人送的例汤，多了真材实料。反正老板没在场监督，开饭时，厨房工一桌，楼面工一桌。菜已够高级了，蒸排骨、煮白切鸡、炒虾仁、青菜……可是，抓码师傅以有功老臣自居，看看菜盘子，用鼻子哼一声，说"等等"。回到厨房，旋开煤气开关，爆炒一大碟大虾，浇上豉油王，"砰"一声放在桌中央，说，这才像样！三个老板尴尬地点点头。有时，整只鲍鱼、龙虾、生蚝，厨师也敢拿来做菜，理由是快过期。老板再心疼，也不敢说不行。

在"海运"干的3个月，是身体的炼狱。我思量离开，不是吃不了苦，而是从择业考虑。从自身条件看，不能不干餐馆这一行，我认命，但我要担任餐厅服务员，只因喜欢和人打交道。

老南的朋友阿全，在唐人街的茶楼当练习生，同时在一家餐馆当半工，他要辞掉后者，便介绍给我，我便去了"长城"。我向老板陈英辞职，他对我说了第二句话："另谋高就啦？"我没回答，心里说，难道留恋你600块的月薪？

六

回首前尘，一个悬念常常吸引我，那就是旧识的命途。"欲知后事如何，且看下回分解"，章回小说有"下回"，人间却限于活动范围和人际关系，从前的同事、老板，因仅与饭碗有关，离开该地，关系即完结。以后，不期而遇已算奇迹，其底细更无从说起。

好在，刘超大大满足了我的渴望。一来，他向来为人"四海"，和一众老友保持联系。二来，他中年以后，改换跑道，当上房地产经纪，这是和人打交道的职业。

每次一起喝咖啡，我都要向他掏出些记忆。

陈英后来怎么样？"海运"在风生水起4年之后，外股撤出，持内股的三位闹起纠纷，拆伙，关门。当年一天食客上千，营业额过万元的超级热门成为历史。陈英又和别人合股，在南湾开了一家，因环境评估不合格，市府兴讼，卷入漫长的官司。一来二去，他斗志渐失，雄心勃勃的头厨变为赌鬼和酒鬼，不到60岁就中了风，成为废人。

刘超说，我最近遇到韩叙呢。我说，1982年，我离开"海运"两年后，在日落区的一家小餐馆邂逅他，他认得我。我惊讶，为何放着"海运"老板不做，开这么小的外卖档。我问他，他摇头苦笑，一言难尽似的，说，和人家合不来。刘超说，"海运"生意最好那一年，三个股东大吵，听说是账目不清，在厨房的两个被管楼面的骗了。

刘超说，韩叙在日落区开的餐馆没生意，关掉以后远走东部，在得州的乡下开餐馆，赚了些钱。可惜的是把老婆孩子放在加州，老婆跟了别人。晚年他回到这里，和女儿一家过，前妻早早去世。我是在路上碰上他的，他扛着钓鱼竿，要坐朋友的小船，去半月湾海钓。

我问起管"楼面"的曹任，刘超以不屑的口吻说，这家伙是被两位搭档指控贪污的，要不是他吐出靠造假账偷的钱，另外两个就去法庭控告他了。不过，这家伙走运，离开"海运"后不当老板，去了大型中餐馆当领班。虽然因少报小费，被国税局查处过，被罚了3万元，但日子平静，早年买下的5栋房子，租金可观。如今80多了，常常坐邮轮游遍全球。对了，听说换了老婆。60多岁上去祖国观光，和一个按摩女好上，弄了人家大肚子，人家不肯流产，只好和老婆离了，娶了这个，年轻40岁，听说关系还行。他鬼精，向年轻妻子声明：他的财产，有没有她的份，看她待他好不好。如果好好给他送终，一栋三单位的房子归她。文件在律师手里，律师全程监督。

别的人如何，比如抓码师傅谭广？刘超说他打光棍打到50岁，在赌场输个精光，欠下大耳窿①的巨债。之后不知去向，有人说他躲在小镇，被债主找到，他没钱还，被"灭"了，尸体埋在深山。

做地产的伍老板早已去世。他在华人圈翻云覆雨，大起大落。颇具戏剧性的是他和另一个地产商合资在市内购一旧铺，拆掉，盖一座两层高新铺，用来开广式茶楼。才一年，客人踊跃，圈内人都说他又制造了一个"海运"。第三年，他的仇家买了紧邻的旧铺子，也拆掉，建造茶楼，比他的茶楼高3尺，开了一年，把伍老板那一家打垮了。之后，他泄

---

① "大耳窿"是粤语方言，指放高利贷的。

了气，再没有大动作，80岁起患上帕金森综合征，住进养老院。

和我最熟的洗碗工何伯及帮厨孙讲师，刘超不认识。我怀念他们。何伯谈"叫鸡"时，眼睛发直，嘴角蠕动，教我记起《拍案惊奇》中独占花魁的卖油郎。在离开"海运"后，我在唐人街的花园角公园见过孙讲师，他一副壮志未酬的神气，说赚足1万美元以后就回国。

刘超把他熟悉的故人介绍完，感叹地说，陈英他们给他打工那阵，都是20多岁，野心勃勃，并不安分，一心要当老板，也果然马到成功。不过，看以后数十年，才懂得人生再辉煌也没多大意思，过去就过去了。

我问："你说，什么是好的人生？"

他想也不用想，说，简单一句："平稳地过去，老来健康，不糊涂，这就差不多了。"

我点头。

我的《长城谣》

　　直到2022年，旧金山唐人街中心的华盛顿街上，735号门牌的铺子还在。我每次路过，都投去异样的目光。40多年过去，这铺子临街的一层，门额上的店名换了几次——青叶时装，时装批发中心，如今空置。疫情流行这3年，商家退租了，但二楼及以上，外甥打灯笼——照旧，"长城餐馆"四字从来不曾消失。写在墙壁上的楷体，不乏匠气，胜在颜料上乘，经历半个世纪风雨，依然故我。

　　第一次听到"长城餐馆"，是1980年初冬。我在"海运"中餐馆担任最低级帮厨3个月后，老南介绍我认识了阿全。他和老南在国内时在同一乡村中学任教。阿全在"长城"当半工练习生，他要辞职，但为我留一手。他向老板请假，说要去外州看望亲戚，离职3个星期，说介绍朋友来做替工。老板答应，于是阿全领我去见工。老板就是头厨，在厨房里正忙着，我站在炉火熊熊的灶前，他顾不上看我一眼，说，明天开工得了。

　　我明白，如果请的是厨师，老板是要问问履历，甚至要现场考考他的掌勺功夫的。可是，俗称"收盘碗"的练习生，谁不会干？

进到餐馆里头，一位好心的侍应生领我到负一层的杂物房，同事从洗衣店发回来的桌布及工作服中，挑出一件白色短袖上衣给我，厨房工人穿的。"这就是制服？"我问，没人搭理。加上我一直穿在身上的黑裤子，皮鞋，就是行头。

餐馆四层，负一层是厨房，和街道同一水平的一层和二层、三层都是餐厅。但三楼备而不用，只供偶然开宴会。一层是门面，必须坐满，然后，进来的客人上二楼。老资格的侍应生和练习生在一楼干，赚的小费多一些。我被分在二楼。

工作再简单不过，只要学会一门功夫，一只手能拿许多个盘子。另外，带位员驻守一层，上二层的客人，由练习生领到座位去。收盘碗，摆位，送上茶或咖啡，活计太简单，乏善可陈。惯常来唐人街就餐的洋客人，如金融区的银行职员、开旅行社的、卖保险的、开巴士的，不会和练习生打交道，因知道他们的英语不行。

在我这样"上埠"（老金山这样称"刚刚抵达旧金山"，因圣弗朗西斯科市被中国人起名"金山大埠"）不到半年的新人眼里，中餐馆就是迷你的唐人街，里面的人，如今忆起，依然清晰而生动。

先说老板。

长城餐馆是20世纪70年代末期开张的。股东三人，其一是唐人街"昌记栈"的老板谭彪。

这家百货公司在都板街占一栋大楼的两层，资格最老，资本最雄厚。草创的一代是谭彪的祖父，到了谭彪父亲手上，华人百货业龙头老大的地位已十分稳固。谭彪的父亲和20世纪40年代前的富裕华人一样，把出生在美国的儿子（俗称"土纸仔"）养到八九岁，便送回国内，直到念完中学才接回美国，以保证后代赓续母国文化。所以谭彪无论口述还是读写中文，都和土生土长的中国人一样棒。

还有一位，是"昌记栈"的总经理谭润。他本来在香港谋生，谭彪的父亲发现这位同乡很有才干，便替他办理手续，让他来美探亲，然后请律师转身份为永久居民。

第三位是头厨朱同。朱同是国军士兵，1949年随队伍从上海撤往台湾，1958年前后驻守金门岛。后来耳朵被震坏了，听力只剩十分之二。20世纪60年代他和妻子移民美国，在好几家中餐馆当厨师。一次谭彪去他所在那一家吃午饭，激赏他做的挂炉鸭，便力邀他跳槽，当老板，主持厨政。

谭彪和谭润是外股，但"长城"和"昌记栈"只隔一个街区。谭彪三天两头来吃午饭，咬着烟斗，坐在角落边读《华尔街日报》边吃咸鱼鸡粒炒饭，吃完便离开。当然不必付钱，只记账，但小费必放在桌上，不会亏待服务员。他是文雅的君子，从来不干涉餐馆的事务。谭润则相反，依然是打工阶层，怎么也摆脱不了小家子气。每天必进餐馆，明眼人一看，就知是来监督的。最在乎地板上的水渍。一发现，就客气地向我打招呼，说："刘叔，麻烦你……"我正忙得不可开交，他不管，地拖就在他站立处的背后，也不会动手。我品出此举的意味——使唤下人的特权不用白不用。

朱头厨，被所有人叫作"猪头"。他们欺负他听不见，在哪里都这么叫。只有一个人是例外——"猪头"的小舅子阿尊，因姐姐也在厨房，不敢放肆。"猪头"初次当老板，还不习惯支使伙计，事必躬亲。

抓码师傅刘树，也是新移民，比我早来两年，是小同乡，才过三十，野心勃勃。他父亲来美数十寒暑，住在唐人街的单房，从来没回过家乡，因为缺钱。刘树决心洗雪耻辱，打工一年，攒下的钱够买双程机票和炫耀之需，便打道回府，次日在镇上酒楼宴请全村。酒楼门外挂横幅："旅美富商刘树席设三楼"。我上班第一天，他刚从家乡回来，兴奋劲未过，带着功成名就的骄傲，对我说："看谁还敢小看我家！"

洗碗工李婶也是家乡来的，50多岁，活力十足。因丈夫儿女还在国内，她拼命赚钱，想尽早把他们弄出来。厨房里数她嗓门大，毫无顾忌。"昨天去看了Doctor医生"，她把英语的Doctor误会为医生的姓名，旁人纠正她，她不高兴地反驳，"反正，这么叫，医生笑嘻嘻地应我。"

再说餐厅。惯常在门口恭候客人的，是位年近六旬的绅士，西装、领带，白发上加了发乳，闪闪发光。他姓谭，和"昌记栈"老板的家族同村，谭彪叫他堂叔。

他先前在中国香港油麻地一货仓当管理员，货仓是"昌记栈"用来储存从亚洲所采购的货物的。后来移民来美国，"昌记栈"的老板念及他为自家当伙计大半生，便让他来"长城"打工。让他干什么？厨房活只能胜任洗碗，他嫌苦；在餐厅当侍应生，不懂英语，也太老，老板便让他在餐厅打杂。

如果是正规的西餐厅，当带位员是合适的，派头颇足，但他应付不来。一侍应生开玩笑，给他安莫名其妙的头衔——渣，细究，那是英语经理Manager的尾音，也就是说，他算三分之一个经理。

这不伦不类的角色，按规矩是没小费可拿的，只有老板发的工资，按州政府所颁布的最低标准发的，少得可怜。所以，他把客人安排落座之后，爱抢先请客人下单，他用手写，再交给侍应生，此举的意思是：我也干事。侍应生不给报酬不好意思。当然，不会给很多。于是，他出鬼点子逼侍应生出血，向"猪头"建议，厨房工人个个辛苦，午后的咖啡时间，应由侍应生们凑钱买咖啡和包子款待。这规矩为别店所无，侍应生们气呼呼地掏腰包。

侍应生阿韶，年约三十，从中国香港移民来不到1年。深度近视镜后的眼不爱正视人，脸相阴鸷，动作敏捷。他告诉我，他是香港大学化学系本科毕业的，目前没法找到对口的工作，先在这里屈就。谈起夏天旅游季"长城"的兴旺："上个月猜我赚了多少'贴士'？1700元！"我吐吐舌头。

我知道，厨师一个月才拿到1000块，还要扣税。刘树老认为自己比炒镬工高级，也只有1050元，他对我抱怨说："迟早会甩围裙在猪头脸上。"意思是走人，香港人叫"劈炮"。可是，怎么眼红得来？阿韶和洋食客打交道，流利无碍的英式英语，这是港人先天的优势。

侍应生余先生，他让我叫他余哥。台山老乡，能说家乡话，1962年已偷渡去港，从香港到美国，都干一种职业——侍应生。资格虽老，但英语马马虎虎，最讨厌阿韶影射他和客人"沟通有问题"。

一次，进来一个白人家庭，一共八口。余哥巧舌如簧，连说带比画，把女主人哄得心花怒放，她点了满满一桌酸辣汤、甜酸肉、炸馄饨、炸鸡腿，小孩子个个吃成大花脸。餐后这家人给了余哥可观的小费。余哥把标上小费的账单放在阿韶面前，说，开开眼界吧！老子在这一行搵食时，你还穿开裆裤！

阿韶扶了扶眼镜，耸了耸肩膀，摊摊手。这是洋人表无可奈何的动作，他学到了。余哥爱对我说当年，当年在香港怎样在赛马场投注，但从来不讲败绩。午餐过去，到晚餐开始，有3个小时空当，余哥照例去附近的地下赌档"玩几铺"，去时步履生风，回来时眼神迷糊，不必问是被"清袋"（输光）了。我当他的下手一个月，他不辞而别，听说是下了数万元的赌注，又败北。钱是从"大耳窿"借的，怕被追杀，只能逃到外州躲起来。

新请的侍应生，是新加坡来的，原籍开平。背景和余哥近似，半生从事这一行，年过五十，稳重谦和，我叫他广叔。他结婚晚，儿子还读幼儿园，比他年轻20岁的妻子在家，他独力撑持家庭，这一点和我近似。难得的是他一点也不小气，给我付小费比任何侍应生都慷慨。

广叔才干了两个星期，就和阿韶冷战，也许矛盾起于抢客人。他俩并不吵，只是不理睬对方。厨房把菜做好，侍应生要下楼去拿，一天上下无数次。所以，顺手替别的侍应生拿菜，是不成文的规矩。阿韶和广叔也照办。

广叔闲时和我聊天，语重心长地说，你要么趁年轻，去上大学，拿个学位，要么就在这一行待下去。侍应生干得出色，并不容易。从赚钱着眼，把它当终身职业不是不可以。他指了指隔壁，说，那家伙姓冯，就是厉害角色。

隔壁也是中餐馆，叫"三和"，百年老字号。我天天路过，瞄见里面，餐桌都是掉了漆，露出原木的旧物，一个竹筒放在上面，里头插满筷子。数十年前唐人街的"杂碎馆"就是这样的。我一点也看不起。广叔说，人不可貌相。从此，我对"三和"充满好奇心，常常探头进去，可是老冯在三楼，无法看到。

午后的休息时间，员工都在三楼，或伏在餐桌上打盹，或坐着谈天，诗友老南常常趁这空当来访。他在对面的金龙大酒楼点心部当厨师，专司制作叉烧包的馅料。他出国前是狂热的诗作者，如今，他开始给本市的小报投稿，我还无意于诗。话题当然不再是文学，而是唐人街的人情和家乡的消息。

我在"长城"干了3个多月。在"海运"的厨房干活那阵，折磨得我够呛的坐骨神经痛好得差不多，还偶尔发作，老南领我去看一中医。中医开了一种药丸，我在诊所服下一颗，然后上班。天晓得是什么玩意，药力发作，晕眩起来。我勉力支撑，照样收拾盘碗，硬顶了3个小时，没有出事，堪称奇迹。

1981年初，我接到通知，进唐人街的专业培训班（俗称四四制，指一天四个小时学英语，四个小时去实习），就此告别"长城"。

岁月的甬道

一

午间，从市郊坐地铁到旧金山中国城去。蒙哥马利站，右侧由楼梯和扶梯直通地面，左侧是一条长长的甬道。这条路我一年总要走几次，并无特别的感觉。今天，不知是因为白瓷砖砌就的拱壁上灯光特别柔滑，还是因为甬道内静得诡异——本该热闹的午间居然无人。一个人的脚步声被空洞添上和声，隆隆然，尽头处有宽阔的水磨石楼梯，上面是金融区的心脏地带。楼梯旁边，一道玻璃门，对着门，我感动得不行，只好停下，靠着一幅广告牌，前所未有的怀旧情绪呼啸而来。

甬道位于蒙哥马利街44号负一层，它的上方是42层高的"富国银行大厦"。玻璃门后，从前是马车餐馆。1980年我成为新移民，一年以后，在马车餐馆找到工作。"马车"有金融区内座位最多的餐厅和最大的酒吧。雇主是一群投资人组成的董事会，董事长兼执行长杜培先生掌管日常营运。雇员属于工会，权益获得保障。

这之前，我在唐人街的中餐馆干了半年，继而在唐人街上了六个月以学习职场英语和实习为内容的职业培训班，再由培训班推荐来这里。对新移民来说，在唐人街谋生，不懂英语也可以对付，但那位置连主流社会的"边缘"也算不上。

在"马车"，我干三个差使——餐厅的练习生（午餐时当侍应生的下手，赚点小费）、酒吧的小工（洗杯子和搬运饮料）、清洁工（每晚给地毯吸尘），都是最低级的职位。倘若我是全球或全国首富比尔·盖茨、马云之流，出身卑微无疑是富有鸡汤色彩的，可以以这一段来反衬日后的辉煌，成为"天将降大任"全过程的最佳注脚。可惜我早已退休，人生快到结总账的关口，从来不曾风光过，只配为另一类不怎么励志的警句作注脚："你看我的一天，便知道我的一年。"

可是，我在一个崭新世界的入口，差不多所有人都大度、慈悲地接纳我。这个国家的污秽、缺陷、黑暗，论总量足够教人心惊胆战。它的优越处在于：选择人生道路，是堕落还是上进，赋予每个人较多自由。如果你愿意当好人，社会成全你，付给家庭圆满和不虞冻馁的报酬。自然，不能排除偶然因素，无论在哪里，命运的"如来佛之掌"是逃不掉的。

二

我在甬道，从玻璃门凝视往昔。"马车"时代，门后的方形空间是餐馆的玄关。这里可喻为美国社会对我打开的门，比起海关的门，为申请社会安全号码而必须走进的社会安全局办事处的门，都更为实在。

进玄关向左拐，是餐馆的大门。第一次来上班，是午后3时多，位于负一层的餐馆，光线全来自电灯。暗红的地毯，餐厅无人。酒吧一带，大伙正在看旧金山淘金者足球队鏖战达拉斯的海豚队。灯光暧昧，人影黑压压的一片，欢呼，斥骂，叹息和口哨交错。酒吧和大门之间的大墙上，一幅油画很抢眼，画的是赌场，捧托盘的女侍应生酥胸半露，四周的赌徒神情复杂。

上班的头一个月，午餐的高潮过后，一位西装男子匆匆忙忙进来，问我："john在哪里？"碰巧有一个侍应生叫John。我回答："John刚刚走了。"客人很不满意地掉头离开。背后响起嗤嗤的笑声，回头看，是侍应生班尼。他笑完，就一边摇头一边走远，也许是这样的潜台词：和你说话是浪费时间。很快我弄明白，客人要找洗手间。john在英语俚语里是"洗手间"（书写时第一个字母非大写）。20年后，班尼和我交恶，还拿这桩糗事讥笑我。

对新移民来说，语言不通总是第一种心病。也是在门口，一位常常光顾酒吧的胖子问我："杰斯怎么样？"我把名字Jessy听成"Dress"，答以"我的穿着没什么特别"。他又好气又好笑，回一句："谁理会你的衣着？"那是雨夜，从大门外望向地面，风狂雨斜。胖子和三名酒友呼啸离开，走入甬道，我发了好一阵子呆。这全新的社会，全新的人生，以英语为箭矢，每日每时向我射来，何等痛而快的鲜活体验！

在餐馆

30多年过去，"马车"众多人物的头像排列在甬道两旁，栩栩如昨：

老板杜培先生，敦实个子，二战期间当过舰长，典型的"红脖子"白人。他每天午餐开市时站在正对大门的接待桌后面，暂时无活可干的练习生们分列两旁。客人进来，杜培指定在哪个餐厅、哪张桌子，练习生听命，领客人前去就座。有时太忙，他太太多丝也要来带位。好几次，多丝坐着陪朋友喝酒，练习生奉老板之命去请她，她来慢了，杜培把手里的圆珠笔一摔，嘟囔一句"妈的"，快步到多丝跟前。练习生们互打眼色：有好戏看。好在多丝知道老公的脾性，赶快站起，慢一秒钟，就挨一顿劈脸臭骂。

男侍应生比尔，黑人，40多岁，拥有教育学硕士学位，瘦高个子，从容，任何时候都保持绅士风度，是高级餐馆的一流侍应生。我从他那里领教了美国普通人的幽默感。

一天晚间，他为一个宴会提供服务，结束后和同事在服务间闲谈。他一边抽烟一边小声说我听不懂的笑话，一个段子用一两分钟就说完，再花三分钟一起前仰后合地笑。甩出最麻辣的"笑点"之后，大伙都捧着肚子，蜷曲在活动小酒吧下面，久久起不来。有一次，他介绍我去一家餐厅当练习生，那老字号位于华盛顿广场边缘，是从1903年大地震以后，全市诗人、作家和画家聚会之处。我到了那里，在比尔引领下见了经理，因为不缺人，没有成功，但自此我对比尔长存感激。

男侍应生杰克，50来岁的捷克移民，早年在邮轮当侍应生，环球各著名菜系的烹调和酒品无不了然于心，擅长法式炮制，在客人面前以燃烧的白兰地烧小牛肉，兴酣时手挥叉子，引吭高歌，满座皆欢。因妻子有了新欢，他舍弃房产，净身退出，旋即因思念妻儿而酗酒。一旦有了钱就请假，泡酒吧，不上班，但老板怜惜他的功夫，不炒他鱿鱼。一天晚间他和我闲谈，知道我来自中国，竖起大拇指说："了不起！"我问为什么。他说，你们在朝鲜把美国人打得焦头烂额，谁敢比？

男侍应生路迪，典型的美国白人，仁慈，慷慨，和我这个下手一起侍候午饭派对，小费均分（一般规矩，练习生只能从侍应生那里拿到15%的小费）。他的理由是：摆位和清理由我全包，他所干的只是把盘子放到客人面前，加上结账。

男侍应生皮特洛，矮个子，阔肩膀。少年时偷渡来美，在"马车"当练习生时，通过假结婚取得美国绿卡。后来晋升为侍应生。他上班时穿笔挺的三件头高级西装，皮鞋锃亮，一副写字楼高级白领的派头，到了更衣室才把衣服逐一小心地以衣架挂好，换上带汗味的酒红色夹克和带菜渍的黑裤子。

男侍应生艾伦，英俊的白人小伙子，个子高，个性温和爽朗，开玩笑时露出整整齐齐的白牙。在刚刚为艾滋病命名的1983年，他首当其冲，死于此病。原来他是卡斯特罗区最活跃、性伴侣最多的同性恋者。

女侍应生雅琳，金发白种的法国移民，四十六七岁，一直单身，但男朋友从来不缺。自恃是老板夫妇的密友，谁都敢骂。对练习生颇友善，但从来不会给额外的小费。

女侍应生雪达，爱尔兰移民，30多岁，丰腴，美出贤惠的韵味，在一家高级旅馆的茶餐厅当晚间全工，在"马车"当午餐侍应生。工作极勤奋，为了多赚一两块小费，和客人套近乎的姿态近乎谄媚。老公却从来不上班，在家埋头创作小说，梦想一鸣惊人。

女侍应生琳达，人高马大的白人，在大学念法学，还差一年毕业，来这里赚学费。从来不会训斥人，但背后爱说所有同事的坏话。

记账员林恩，白种女人，心肠好，大大咧咧的，她负责从侍应生手里收集账单和款项，由于粗心，以骗钱为看家本领的资深侍应生最喜欢一边和她调情一边偷桌上的空白账单（用空白账单向客人收钱，因没有登记而不必上交）。她快到40岁才嫁给一个吸毒男子。

会计克里丝，西班牙移民，中年女性，她的办公室在负二层，每天中午，骄傲地扬起头，穿过人声喧哗的厨房，和老板夫妻一起在厢座吃午饭。那可是完全的贵宾待遇——从菜单点菜，侍应生从酒吧捧上餐前酒马天尼和佐餐的葡萄酒。

有"骗钱天才"之称的侍应生班尼后来向我透露，有一次老板怀疑班尼在账单做了手脚，要克里丝逐一审查账单。克里丝把班尼传到办公室询问。班尼按着他涂改了金额的账单，不作辩解，只说："行了，我认了。但你不要逼我，你不也揩点油吗？你放我一马，我也不把你捅出去。"克里丝不再说话，摆摆手，让他离开办公室，向老板报告说班尼没事，纯属误会。

还有，老板夫妇的独生女玛莎，以及玛莎刚刚在酒吧认识的调酒师男友。我刚到时，他们正在热恋中，不到数年就散了。至于午餐期间的5名练习生，清一色的中国人，年龄和我相仿。主要是中国香港来的，和我的区别最明显之处是对金钱不加掩饰的喜爱和追逐。

在厨房

大厨是法国人法南，年近40，典型的酒鬼，已因酗酒在"马车"三进三出。老板杜培怜惜他的手艺，每次他在外头找不到工作，垂头丧气地回来，胆怯地打听要不要请人，都让他"重作冯妇"。他有一个当保险经纪的女友，她下了班就泡在酒吧，法南也坐在旁边作陪。老板看到，知道这对活宝又在白喝，便找个借口把法南叫走。熟知内情的酒客，以讥笑的目光送手拿百威啤酒瓶的法南回厨房去。

二厨山姆是同乡，姓陈，英文和台山话一般顺溜。他已年过60，年轻时在邮轮当厨师，走遍全世界。他上的是晚班，晚餐的客人不多，厨房的主要活计是为酒吧的客人做下酒的小菜。山姆爱在灶台前边煎牛排边吹牛："小日本的妓女最敬业，她们的绝活是毒龙钻，我的天，春风一度之后走出妓院，为什么天这么蓝？原来严重透支，眼花了。"

厨师尤金也是同乡。他自称"厨艺全世界第一"，资深侍应生们也这般拍他的马屁，为的是让他配合，好骗点小钱。他的记性极好，20多名侍应生在离灶台两米处此起彼落地叫菜："来两客牛排，三分熟，五分熟各一。""斯巴格地（意大利面条）加番茄酱，面要爽脆，客人声明不爽脆不要！""煎小牛肉盖蘑菇汁""世界冠军，紧急事故！客人碰翻了盘子，马上补一客汉堡包！越快越好！"放在别个身上，拿笔来记都记不赢。尤金却镇定自若，叼着万宝路香烟的嘴微微张开，回一声"好的"。不多一会，一碟一碟放在加热台，没有错也没有漏，这么漂亮的做派，怎能教手攀背心两侧、目睹餐期汹涌而入的客人时笑呵呵的老板不喜欢？至于急如救火的侍应生们，自是谢天谢地。

辛蒂，尤金的太太，她的头衔虽是帮厨，但厨房的灵魂人物非她莫属，因为大大咧咧的头厨只管忙时冲锋陷阵，举凡细务，从制备所有酱汁、沙拉油、切菜到盘点、备货，都由上早班的辛蒂包办。她的任劳任怨固然获得一致的尊崇，在私生活方面的忍功更是可歌可泣。她知道丈夫尤金和帮厨爱琳（我进"马车"那一年，她在市政府当清洁工的丈夫患癌去世）有私，但她和爱琳一直谈笑晏晏，多年不露声色。

洗碗工劳尔，粗壮，寡言，厚道，是我认识的第一位墨西哥人，也是30多年中最叫人喜欢的拉丁裔男人。他不懂英语，一切均以微笑对付。

在酒吧

　　我在"马车"的工作从星期一到星期五，午餐时间在餐厅当练习生，晚间8时至午夜当清洁工，还加上每个星期五从下午2时到8时，在酒吧当小工。酒吧号称"金融区最大"，而星期五晚照例是最火爆的。

　　在报纸头版以"TGIF"（"谢谢上帝，终于熬到星期五"的缩写）为头条标题的日子，律师、保险经纪、股票交割员、银行高管、出入口公司老板、公务旅行者、零售业经理、小秘书和接待员，都及时行乐。6点和7点之间是顶峰，酒吧前水泄不通，外围顾客买酒，要10个人以上"接力"，把钱和鸡尾酒的名字传过去，再把零钱和饮料传回来。

　　一排5位穿黑马甲的调酒师，加上我这穿红夹克的下手，在吧台的另外一边，闪转腾挪。调酒师手里的调酒器飞舞，搅拌器轰轰然。谈话声铺展为大海，上面回荡豪笑的浪花，加上吧台上掷骰子的吆五喝六，看橄榄球现场直播的狂叫和叹息。我边洗杯子边感叹：好一个沉浮在酒精里的主流美国！

　　调酒师多半是酒鬼，在择业自由的社会，他们贪图的就是喝酒不花钱，一如老鼠进米缸。退伍陆军军械上士詹姆斯成为我的朋友。他身躯笨重，和一位会计师两度离婚复婚，爱情更比身躯沉重。

年过七十的白人米纪，喝酒喝得脸色赛似猕猴的屁股。有一次到了下班时间，他走出酒吧工作间，要去办公室签退，却栽在酒吧外。坐在旁边高凳上的客人以为他患了心梗，要打911紧急电话。酒吧经理机警地走来，把米纪搀起，大声说："没事，他给门绊倒了，过一会就好。"米纪被经理安顿在不开放的小餐厅，一个小时以后，经理给他喝水，看他清醒过来，指着他鼻子臭骂，声明这是最后一次，再喝，一定向老板报告。原来经理是米纪的"沙煲兄弟"，20多年来，不管去哪个酒吧，都拉上这可怜的单身汉。

调酒师麦克尔，矮个子，上髭两个尖端上翘，爱说笑话。他单身到40岁，第一次结婚，结婚3次的太太带来6个孩子。他是我的第一个老师，我替他干体力活——从车库搬运所有酒瓶，在酒吧里码好，条件是他教我调酒的全套知识，从烈酒分四大类到血红玛丽、马天尼、新加坡司灵、马太、曼哈顿的调制。11时，临近下班，他在对付最后的零星客人的间隙，拿起一只特别长的玻璃杯，低声对我说："这杯子盛长岛冰茶，这种鸡尾酒是混合型，往搅拌器倒进龙舌兰、伏特加、朗姆酒、杜松子酒……每一种倒多少？哪里有工夫看刻度？全靠手感！"

调酒师尊尼，金发美男，浑身是毛病，我怀疑他吸毒。他也是上晚班的，有一个姿色平平的白人女友。好几次下了班，客人走光，只剩下女友。他不像平常一般和我一起离开，要我先走。他和女友在里面待多久，干什么，尊尼以为无人知晓，殊不知都在大厦警卫的掌握之中。也许为了这个缘故，他被炒了鱿鱼。

酒吧的常客各有个性。资深调酒师，后来成为我的30年好友的中国人伊万，在酒吧间偷闲对我介绍各位。

"注意看皮特，酒鬼的派头，一杯伏特加加柠檬汁，仰头就是半杯。有一次他离开这里，开车回家，高速公路上被巡警拦住。巡警问他喝酒没有。他老实招供，喝了。喝多少？3杯啤酒加3杯葡萄酒。巡警说，你不能开车。皮特乖乖地下车，让拖车把自己的座驾拖走，坐计程车回家。那一次巡警居然连罚单也没开。

"3个月后，皮特又栽在巡警手里。巡警看到'皮特·汤姆逊'这名字，哈哈大笑。生怕被抓去坐牢的皮特纳闷地看着两位执法者。巡警说，你在我们的派出所早已出名了。出什么名？老实人。原来，巡警所逮到的醉驾者，没有一个承认自己喝高，皮特是唯一的例外。于是，为了他这品行，又一次获得特赦。"

伊万说罢，凑近皮特闲谈。皮特是电话公司的中层管理人员，薪水不错，和老婆离婚之后，心情不好，天天泡酒吧。

一天，过了晚上10点，客人散得差不多，一位英俊的中年白人进来，喝了几杯威士忌。他和我聊得特别投入，他告诉我，自己是外交部的，出差来这里。他的英语，我只听懂三分之一，然而他把我当成知己，滔滔不绝地说伊朗的霍梅尼和苏联的勃列日涅夫。最后，他不胜酒力，半伏在酒吧上，我递上一杯咖啡。他连声道谢，给我5块钱小费。我接下钱时，他紧紧握住我的手，眼睛冒出激情的火。我不明所以。他忽然问我："你结婚了吗？""结了，两个孩子。"他遭到电击一般，松开手，踉跄离开。

在咖啡店

咖啡店名"橡树",它隶属"马车",位于马车餐馆同一侧,两道门都开向甬道。"马车"的服务对象是一顿饭能花10元的中上层,咖啡店则很照顾下层的腰包。以我的破英语,当店员本来是不胜任的,但老板有时别无选择,比如咖啡店两位全工中的一位病了,和老板吵架后辞职了,请事假了,而一个萝卜一个坑的餐厅员工,只我算是机动的。

"橡树"无疑是最佳英语训练场,上司格拉莉亚,五十出头的白人单身女子,脸色苍白而颊间下陷,体形干瘦,整天乐呵呵的。我的英语出了错,她会稍加纠正。有一次,客人要一客全麦面包夹瑞士"古打"乳酪三文治。我给面包涂上美尼酱、芥辣酱,铺上生菜、泡菜。打包前,我问要不要把片状乳酪融化?"融化"是"melt",但我发音是"smell"(意为"嗅一嗅")。格拉莉亚当场大笑不止,"我的天,你闻,你闻!"顾客也乐了。

格拉莉亚和老板娘的关系不错,她一定向后者投诉过我的英语蹩脚,但老于世故的老板杜培先生不为所动,因为我的手脚利落之故。一个大雨天,咖啡店的营业额突破650元,老板的女儿次日上班时进来夸奖我们："从来没有过，是最高纪录。"我上班，客人一多，便进入状态，舀汤，加盖，用纸袋盛好，一并放入饼干、餐巾、塑料汤匙和调味小包。一手把袋子交给顾客，另一手在收银机敲出金额，快如闪电，排在长队里的客人们微笑看我表演，连连点头。

楼上数百家公司，雇员上千，咖啡时间到了，总有三五位进咖啡店来坐。我借此认识了几位，聊得投缘。一个说粤语的胖女孩，喜欢说道她的未婚夫。"高中的同班，人可帅了，不帅我要吗？这几天和我怄气，很晚才回来。再等三天，看我休了他！"一个继承父业，在楼上开保险事务所的中年白人，爱唠他的双胞胎。碰巧那阵子电影《笨奶爸》成为话题，他以"奶爸"自命，"哎呀，浑身疼！昨天背两个小家伙上钻石山！"

我曾介绍一位朋友的弟妹进来。她是出生在夏威夷的华裔，30多岁，英语自然流利，干活的速度却一般。她干了几年，自以为掌握全套本领，竟轻信一位小老板的谎话，在靠近市立大学的海洋街买下一爿奄奄一息的咖啡店，才干了三天，连呼吃不消，要退回给卖方，但人家早已逃之夭夭。

咖啡店的时光，卖咖啡和甜甜圈的晨间和卖三文治及绿豆汤的中午，这两个时段忙得昏天黑地，其他时间却如乡村的黄昏。我和格拉莉亚轮流休息，坐在柜台外的高脚凳上，和不多的客人边喝咖啡边说笑。

格拉莉亚抽着纤长的"丝琳"香烟，沉默好久，想起一个笑话，推推人家的胳膊，絮絮说起来。我在远处夸张地笑，尽管不全懂，只为了这可怜的单身女郎，她对我诉过苦："我害怕回家，我宁愿待在这里。"

不晓得我隔着玻璃门张望里头多久，电话亭和带位员专用的柜台早已杳然，原先的红地毯变为大理石地板。我徘徊，停伫，不忍离去。回头望，甬道尽头的灯光白亮。头顶的大街车声隆隆，这里依旧寂然。

34年前，每个夜晚接近12时，我都按老板的吩咐，和晚班调酒师一起关门，在大厦警卫室给管理警铃的公司打电话，告诉对方"马车"全体员工此刻签离。晚班调酒师是中国人哥顿，他原先是联邦法院的办事员，为了给"体面的婚礼"筹钱，辞掉待遇不错的差事，好拿整笔退职金。同时干两份全工——白天在一家贸易公司当副经理，夜晚在"马车"酒吧调酒。他和我后来成为好朋友。出门时，最后一班地铁已开出，甬道空无一人，我们两个并肩默默地走，穹顶倒映着两个30多岁的中国人的身影，足音清脆，如一个有力的手指按下钢琴的黑键。哥顿如今也到了花甲之年。

不变的是甬道，它既把人生的昨天与今天接通，也像城市的地下水道排废水一般，供所有构成个体生命的时间流逝。

"三色"法式餐馆

40年过去，位于旧金山格利大道，靠近第六街的三色餐馆的门面还在，与天地比寿似的。外观依旧，从正面墙壁突出的铁架，还被那块以坚韧抵御风雨侵蚀的帆布蒙着，上面横写着英文招牌：Tricolor French Restaurant。我路过无数次，每一次必四下端详这极普通的店面。可以推测，再过40年，它还在这里，更残旧一点，但不会消失。门口右侧的小橱窗，加丁锁，从里面贴一张菜单，让人浏览。但现在菜单除掉了，只剩框子，它若在，单是价格，就教人起"思便宜之幽情"。是的，40年间，所有餐馆的菜单，标价涨了不止一倍。

我和"三色"的因缘，起于1981年冬天。

此前一年，我全家移居旧金山。1981年春天，我考进由政府开办，以帮助新移民就业的"四四制"（每天四个小时学英语，四个小时去实地操练）训练班，半年以后结业。我被就学时分派去的"马车"餐馆雇用，当上练习生。

这是金融区最大的美式餐厅，员工数十名。其中一位，是法国来的金发女子，叫艾琳，40来岁，女性侍应生中数她最受老板宠爱，她的客人特别多，就她敢公开顶撞二战时当过巡洋舰舰长、脾气火暴的老板。

一个星期五下午，我将下班，艾琳焦急地找上任调酒师的中国人伊凡，由伊凡既当翻译又当说客，告诉我，三色餐馆的老板是她的好朋友，明天那里生意爆棚，急需一个练习生，问我有没有兴趣。我问地址，离我的住处只隔10个街区，巴士直达，于是我爽快地答应。

次日，我走进"三色"，那是傍晚5点。它只供应晚餐，6点开始营业。接待我的是负责餐厅的女子，叫金妮，标准的法国女郎，四十左右，金发，略发胖，但凹凸依然，可推知年轻时是上得《花花公子》挂历的美女。

不知老板封金妮什么头衔？美国的餐馆，分餐厅和厨房两大部分，大型的，管全局的叫总经理，餐厅有经理，下面有带位员、侍应生、练习生。法国餐馆好办，有专门名词"matre d'"，字义和英语的"Master"相通，指在餐厅负责安排座位，管理服务员的角色，金妮就是。艾琳已以电话告诉她，她和我通过姓名，领我进厨房，晋见老板杰克。杰克在灶台前忙着，转头看我一眼，说，好，开工吧！金妮知道我是熟手，省了开场白，让我填一张表，用来发薪水。

接近6点，侍应生都到齐了，清一色三十出头的法国女郎，彼此说法文，对我不冷不热。我的英语词汇有限，多说话就露馅。好在练习生不必口才，动作敏捷，听得懂餐厅常用话语，就合格了。客人陆续进来，半个小时以后满座。金妮满场飞，接听电话，带客人就座，如果客人一行多于四位，得拼桌。不论多忙，她那扑克式的笑容都不卸下。我给客人端冰水，送咖啡，客人离开，马上收拾好，换桌布，摆位。

体力劳动的快感在忙碌中格外能体味，腿的矫健，有如儿时在山坡上逮到的蚂蚱，稍松手，腿一蹬，有如张力极佳的弹弓。我一手将客人面前的汤碗、盘子拿起，用另外一只手夹住，再陆续添加，直到增至十来个，随即快步走向厨房的洗碗机旁，那节奏教我沉醉。因跑路太多须拖腿缓行，那是五个小时以后的事。回家路上，口袋里有点分量——侍应生们凑了小费，由金妮交给我，16元。金妮不让她们私下交给我，怕有走捷径者行贿，让我优先替她所负责的桌子收拾，摆位，快速"翻台"，从而多侍候客人，多拿小费。从此，我每个周末晚上在"三色"上班，是唯一的练习生，一年多以后辞工。

老板杰克对我颇客气，在厨房见到我，必称我这职位最低的人物为"刘先生"。他年近五十，高颧骨，马脸，浓黑而小巧的山羊胡，瘦削，驼背，围裙永远不卸下。艾琳告诉我，十多年前，杰克在一艘货轮上当厨师，腻了，按一般欧洲人偷渡的套路——跳船。趁货轮泊在旧金山的码头卸货，上岸游逛，没有回去，靠乡亲接应，当上非法移民。后来花钱请律师，转了身份。厨房里只有三个工人——洗碗一人，非餐期管切菜、刨马铃薯，餐期负责给盘子放配菜的帮厨一人，烹调由杰克包起。

40多年来漂泊，我吃过的、干过的餐馆，毋论华洋，毋论大小，毋论高级低档，难以尽数，若要选一家最成功的，须推"三色"为第一。它如此简捷地展示了中国谚语"一招鲜，吃遍天"的权威性。菜单简单之极，只有一种——套餐，1982年的售价为9.95美元（另加购物税及小费，合共12元多），含：奶油小扁豆汤、沙拉、烤猪、冰淇淋、咖啡。

且想想，国际游客麇集的旅游胜地，如旧金山的"渔人码头"，那里的餐馆是铁打的营盘，流水的客。"三色"开在滨海居民区，食客绝大多数是内外利治文区的居民，且以回头客为主流。他们光顾多次，每次都是外甥打灯笼——照旧，居然不腻。排除大家都有恋旧癖这一可能，这三道菜必有非同一般的高明处。

我吃过多次，确实好。汤的浓淡恰到好处，沙拉是未加热的生菜，浇上醋和橄榄油混成的浆汁，固然是自然的原汁原味。关键在于主食，那是用猪最嫩部位——里脊肉为容器，里面塞进独家馅料，如西班牙塞拉诺火腿碎、乳酪、菠菜泥。用绳子捆实，外形如小臂粗的香肠，放进烤炉烤两个小时。画龙点睛的，是靠猪肉切片上的浇头，是杰克所秘制。

味道令人叫绝，是在与同行激烈竞争中胜出的决定因素。但不止于此，厨房的作业也十分简单，大大节省成本。杰克每天提前三四个小时来，反正这单身汉唯一的消遣就是赚钱。炮制一锅汤，并将里脊肉"大香肠"做好，放进烤炉。客人例必点套餐，侍应生自行往大锅舀汤，自行把生菜放在盘子上。轮到上主菜，杰克操刀从大香肠切上三块，排好，浇浆汁，加上一勺饭，一勺马铃薯片。上最后一道——甜品以及咖啡，也是由侍应生或练习生动手。这就是为什么，灶台前只有两个人——杰克和助手。而餐厅，熙熙攘攘的上百食客大快朵颐。里外一点也不乱。最忙的是金妮，她能使唤的只我一个，其他的侍应生们都得侍候自己的客人。

和金妮熟了以后，知道这一位过气美人脾气古怪，喜怒无常。有时客人盛冰水的杯子空了，我忙不过来，没及时添水，她在工作间狠狠训我。我给惹恼了，要反驳，一个女侍应生偷偷劝我：别理她，她最近离了婚，嫌前夫给的抚养费太少，天天一肚子火，找人出气。我苦笑。

有一次，客人不小心，碰翻了碗，汤留在地板上。我压根儿不知道，当然没去清理。金妮向老板杰克告状，说是我的错。杰克找上我，不叫"刘先生"，问是怎么一回事。我直告，杰克"唔"了一声，不再说话。后来才知道，他本来在问过我以后就要说"以后不要来了"即炒我鱿鱼的，似乎是一个女侍应生向他说了我的好话之故才临时改了主意。好在金妮无城府，事过就忘掉，我们彼此相安无事。

我从星期一到星期五仍旧在"马车"上班，艾琳有时向我打听杰克的近况。听她的口气，杰克追求过她，她没来电，因为杰克没情趣。"这守财奴，天晓得他有多少座公寓，家里有一个柜子，专用来挂门匙，唉哟，一长串又一长串。什么亲人也没有，死了只好让政府占大便宜——拿走全部遗产。"怪不得艾琳从来没光顾过"三色"。"马车"每个周末不营业，艾琳有空，听说都用来和男人约会。杰克最忙的却是星期六，没法陪艾琳。

最后一次见到杰克，是在下城联合广场附近的安德森小巷里。那已是十多年以后的90年代中期。此前，一位洋同事告诉我，安德森巷尽头，最近一家法国餐馆开张，增聘侍应生。我出于好奇，前去察看，如果生意好，我就填申请表。午间，走进里面。餐期未完，一片人声。杰克现身，身穿黑西装，戴蝴蝶形短领带。没有疑问，他是老板，兼任餐厅经理，不当又累又油腻的头厨了。他认不出我来，也许因光线昏暗，也许时间太久，也许从来没打算记住卑微的"刘先生"。我没和他打招呼，离开，无意再次当他的伙计。

教我长久地惊叹的，总是这个"三色"，不曾改头换面，不曾租出。它应该还是杰克名下的物业，这大地主不在乎这点租金。也许他已不在人世，若在，该接近90岁了。

"黄金梦"三部曲

第一部：买店

　　1982年的除夕夜，在旧金山海滨毫不热烈的爆竹声中，张泉和王斌各自在家吃过并不很团圆的"团年饭"，然后通电话，谈乡愁，谈来年的计划，都说：在美国过了第三个春节了，到圆"黄金梦"的时候了，明年要开店！依老家旧俗，除夕晚上倘把脚板洗得干净，明年就会得到"脚头神"的恩宠，"来得早不如来得巧"，于是都郑重其事地洗脚。张泉那双，是在西餐馆当收盘碗工、不停奔走的脚；王斌那双，是在市内旅游区"渔人码头"一家中餐馆厨房当帮厨、终日站立的脚，都各自用香皂精心洗过，两个人都预期：两双脚一跨进新春，就会步步莲花。

　　是的，天时、地利、人和，此其时矣。这两位早在出国前已因爱好文学写作而结交的朋友，曾合写过新诗，在省内某个大刊物上初露头角。来美国之后，忙于养家糊口，搁下了笔，一门心思发财去。两三年下来，算是站稳了脚跟。年纪嘛，正合适：张泉30出头，王斌刚够40，银行存款折上的数字，也升到了5位。

那可都是不吃6美元一磅的"游水石斑"，而是吃5毛钱一盒的"金门豆腐"；不参加豪华游而只带孩子逛逛离家不远的金门公园；3000美元买来的老爷车，能不开就不开，宁肯挤巴士，这样死抠出来的血汗钱。两个人的妻子都在车衣厂工作，工资虽是最低那一级，但万一下海亏了，也不愁交不出房租。孩子呢，都上了公立学校，连午饭都包了。既然没有了后顾之忧，便该告别收入少而受气多的打工生涯，联手一搏了。

两人既然都干餐馆这一行，自然要"专业对口"。旧金山这地方，找个人谈文论诗难，找个把待售的餐馆却毫不费事。哪张报纸的分类广告栏里不有的是？张王二位驾着车到市内和近郊看了好几处，都没合意的。有一回，报上登了一个小广告，说郊外有一间外卖餐馆求售，要价才1.5万美元。张泉打电话一问，对方的嗓音好耳熟，立即听出那是自家远亲，3个月前店子新张时张泉还接到请柬，他送了一盆万年青作贺礼，这么快就玩完了？张泉很尴尬，不敢亮出姓名，支吾几句，放下了电话。

说起美国百业，餐馆业实在是成功率相当低的一行。旧金山的英文大报《纪事报》早就披露过，旧金山这个人口70多万的旅游名城里头，大小食肆6000间，开了不久就关门大吉的数不胜数。得益的是制作招牌的公司，总有生意可做。然而人们不信邪，每个人都以为自己与倒霉的前任不同，不是手艺好一些，就是运气胜一筹；或者干脆就是莫名其妙的冲动：下了海再说。餐馆倒灶之后绝不愁没有替身，不过偶然也真有起死回生的妙手。

张王二位呢，虽豪气干云，但没有资本傲视侪辈。张泉在西餐馆当的是侍应生的助手，连独立挣小费的资格也没有，更不用说经营整个餐馆的韬略了。王斌当了几年帮厨，台湾来的老板虽常常拍他的肩膀，说他勤快，却总不肯加薪，也不提升他做正式厨师。这两位酸气未除的半拉子文人，所倚仗的，无非一点胆量，也就是莫名其妙的一点"使命感"。他们到美国来，且不说自身抱负，光是家里人的期望就够沉重了，他们必得发财，以此验证自己的能力。而最迫切的，则是马上摆脱受侍应生或者头厨喝斥的卑贱地位，要连跨几级，当老板去！套句唐人街流行的广东俗语，这叫："莫看此时裤穿窿，终有一天龙穿凤。"

事有凑巧，他们着急之际，王斌的表哥带来消息：一个希腊佬有一家餐馆，要贱价卖出，对象只限中国人，因为中国人老实可靠。张王二位大喜过望。按照国内的思维模式，他们断定这也算一种"后门"。事因王斌的表哥专承揽预防地震的建筑工程，有特权和拥有两栋大楼的富有希腊佬成为朋友，希腊佬才向他透这个口风。张王二位连夜拉上表哥，去看了餐馆。

那餐馆是一家六层高廉价旅馆的地下，位于下城最繁华的市场街附近，在准贫民窟"田德隆"区的边缘，离地铁站只有一个街区。它好就好在店面位于十字路口，一面大招牌，四面都看得到。旁边还有别的店面：杂货店、美容院、咖啡馆；有一间是专门出租性爱录影带的成人商店。希腊佬是年近五十的胖子，一口流利但不易听懂的英语，自称早年也是当厨子，开餐馆，当头厨，这么一步步地发起来的。

此刻他一副求贤若渴的模样，诚恳地说，这餐馆原先是租给两位南美萨尔瓦多人的，他们赌博输了大钱，悄悄溜回老家去了，欠下半年租金。希腊佬又极热切地说，你们两位中国人，一看就是做生意的人才，凭着你们民族的勤劳，开店保成功！给你们一个发财的机会，以后阔了，不要不认我比尔就行了。

希腊佬开价5万，另月租1500。一番讨价还价以后，价钱降到4.5万。希腊佬肉痛得几乎跳了起来，不肯再减一个子儿。再费了许多口舌，租金才降到1400。张泉凭着当红卫兵那阵参与两派谈判学来的软磨功夫，争到一个好条件：租金在7年租期内，每年只按官方公布的"物价增长指数"调高，那顶多是百分之二三。逐项谈妥条件后，两人自觉"冷手执了个热煎堆"，很是踌躇满志。

不久之后，他们就知道，当时装得一脸晦气的希腊佬，心下别提多兴奋了，因为他欠了市政府几万元的房产税，正为筹款发愁。他这个谁开谁倒霉的餐馆，只求卖上个两三万，不料天真的中国人让他那现身说法式的"餐馆致富学"哄得服服帖帖。希腊佬比尔为了表示感激，宣布：头一个月的租金免交。他还拍胸口承诺：凭他和市政厅税务局一位头头的交情，他代为说项，使新老板免缴营业税的押金，那通常是三四千元。在用钱最凶的头个月，能省出这笔开销，教张王两位对希腊佬更加感激涕零。

为了稳妥，在与希腊佬正式签订合约之前，张王两人或一起或分别邀请了若干亲友前来作实地考察，从店内的设备到店外的环境，从附近餐馆的经营手段到自家的策略，都做了尽可能周全的讨论。

结论是：这个边缘地带，虽然毒贩多，流浪汉多，但凭着租金便宜的优势，若经营得法，也可以将市场街上众多写字楼的职员和逛街者吸引过来。王斌的姑妈也来看了，极为权威地放了话：这地头，能开店的话，就一地是钱！她的丈夫早年也曾在这一带开过小餐馆，赚了钱后买了一栋公寓，如今靠收租过着挺滋润的日子。她一直是王斌的策士，她这么说便算一锤定音了。

下一步，自然是两方正式签约。为了节省费用，他们没有上律师楼，只到唐人街的地保官那里，花40元盖了认证图章。给文件签名时，王斌的一位堂兄弟赶来了，他一直做房地产生意，对租约的条文很内行，他仔细看过，说条文没什么漏洞，但提了一个问题："这样草率成交，没有查过餐馆的底细，连最基本的商业资料也不掌握，是不是儿戏了点？"这盆冷水要泼得早一点该多好！

自此，两位新科老板不能不背水一战了：存款搭上从几家亲戚借来的钱，一共3万块，给了希腊佬；所欠的1.5万，将以分期付款的形式每月偿还——这里暗藏着"机关"，契约上载明，如果不按期还款，业主可将餐馆收回，原先所付的3万块就进了业主的腰包，然后业主又可以将餐馆卖出，另赚一笔乃至许多笔。张王两人手头还有5000元，在附近的"花旗银行"开了一个支票户口，装修和开张，全靠这笔款子了。

张泉向西餐馆的洋人老板辞了工，怕同事笑话，不敢直说，只说有家事要回国一趟。王斌历来对刻薄的中国老板有气，故意在拿了300元花红之后才递上辞职书，气得老板直骂娘。

开张前的准备很琐碎，在"脚头神"处处关照下，还算顺利。市卫生局的稽查员是白人，早就听人说，是没钱打点就休想过关的角色。但是他对他们格外开恩，不但连贿赂的暗示也没有，而且毫不刁难，来过两回就签字批准开业了。

换一个专供做中国菜用的煤气炉倒费工夫，要新装一套排气装置。一位白人管道工看在拿现款，不必上税的条件上，工价由2000减到700。张泉在油漆店面时，一位流浪汉竟来帮忙，挪梯子，递油漆桶，而且坚决不收工钱，让张泉觉得附近瞎逛的蓬头垢面者并不如想象的可怖。

洗刷，修补，改装，跑批发店买作料，订购厨具、肉食、蔬菜，印菜单，两位老板事必躬亲，忙碌得有滋味，有奔头，自然也有连自家也不敢细察的忧虑。从20世纪"淘金潮"后的"杂碎馆"到如今遍布美国城乡的堂皇中国食府，干这一行的同胞成千上万，张王两人置身于烟熏火燎的创业大军中，无异于从事一次悲壮的赌博。

第二部：开店

招牌挂起来了——"张王餐室"，旁边自然加上英文的音译。招牌是有机玻璃做的，挂上拐角的二楼，成45°角，在十字街口十分醒目，无论在哪条街上走，老远就能看到。名字是二人推敲好久才定下来的，先取了个"醉琼阁"，嫌太文气，这里并非唐人街，洋人哪晓得什么"醉琼"不"醉琼"？

最后决定将两人的姓合而为一，"张王"，也寓有"猛张飞"的意思。在这龙蛇混杂的鬼地方，要从张泉的远祖那儿借点儿虎气，才镇得住。令他们喜出望外的，是制作这样的庞然大物，原以为非要千八百不行，"百事可乐"饮料公司广告部的经理上门来，说要免费代做，招牌上方留下三分之一的面积让他们登"七喜"汽水的广告就行。

为了庆祝"新张宏发"，少不了招待亲友。张王两家准备了丰盛的自助餐，客人来了一百多，许多闲人围观，亲友送的花篮在门外摆了一长溜。两家的亲人更是热心，凑份子买下了电饭锅、微波炉、碗碟，好使他们省下一笔钱。几位写作方面的朋友尤其羡慕，背着手在店里店外看个遍，议论风生，说文曲星的"才"要化为"财"了！

当上老板，果然身价不同。那位专给餐馆送蔬菜的老陈，一进门就哈腰叫"波士"①。推销汽水、肉食、调味品、

---

① 波士，译音，即老板。

厨具，乃至兜销自动售香烟机的，各色华洋掮客鱼贯而入，掏出名片，毕恭毕敬地谈生意，都摆出一副媚态，叫老板在稍嫌俗气之后很快生出一种前所未有的优越感来。

当然少不了上门找工作的同胞，那些刚移民来的"新乡里"尤其诚惶诚恐。但他们不敢雇人，怕开不出工资。早就商量好两个人干，王斌的儿子17了，可来当帮手，工资嘛，先欠着；张泉的妻子在衣厂，下了班可以来洗洗涮涮。先这样凑合着，待上了轨道再说，这叫步步为营。

开张头一天，客人不少。两个街区以外的银行小职员、时装店的售货员、风景区里扮机器人的黑人，都来尝尝新鲜。王斌在厨房掌勺，忙出一身油汗。张泉在餐厅，连走带跑，又是上菜又是结账又是收拾碗碟，顾不过来，有的客人等得不耐烦，差点不付账就溜之大吉。一天下来，人散了架，打开收银机一数，拢共才350多。两人略感失望，但士气挺足。

除了现做现卖，供应有消费能力的客人，他们还在"蒸汽台"上放上已经做好的菜式，一共十来种，让人买了带走。这地方靠政府救济的穷人多，价钱够便宜才有吸引力。炒饭才卖1.25美元一客；甜酸肉、烧排骨、锅贴、春卷，只要2.99美元，便可吃到三种菜的"混合餐"。店子新，名声比赚钱要紧。

他们不敢欺客，炒饭可不像邻近那家"金锅"一般，以酱油挂帅，可是正经地放了叉烧丝和青豆的；春卷和锅贴，也用上了上好的冬笋和碎猪肉。那些搜光口袋才凑足5毛钱的穷光蛋，啃着又香又脆的春卷，啧啧叫绝。

起头难，在他们的预料之中，但没想到以后更难。一两个星期下来，商业区那边的客人吃腻了，转到另一家新开张的店尝新鲜去了。不巧又碰上了报税的季节，靠工资支票过活的打工阶层要攒钱补欠税，手头紧巴，大多从家里拎饭盒上工。四近的餐馆也一片冷落。

"张王餐馆"更是清淡。倒是贫民窟的人物还看在"蒸汽台"上头货色便宜的份上，常来捧场。比如五六个走路扭扭捏捏，手拿坤包的男同性恋者，就天天断不了进门买一客锅贴，每人吃一只，吃过了便占上靠窗的大桌子打扑克。张泉过去干涉，他们娇滴滴地抛媚眼，教人哭笑不得。有一个在街上扮小丑乞钱的年青白人，每晚总来，只买1块钱的白米饭，另外讨一小块免费的牛油，这就是晚餐。

天天和这种缺乏消费能力的人周旋，费口舌、上火气不说，经营也打不开局面。晚上打开收银机一盘算，两人就叫苦：每月房租，加上食物成本、煤气费、电费、水费、垃圾费、税金、保险，还有这个鬼地方必不可少的防盗警钟、防劫警铃，一天没有400块的进项，是断然维持不下去的。

他们想出了促销的招数。一是仿照市场街"食物中心"快餐店的"出血大平卖"，而且更便宜。那边每客炒饭卖0.89元，"张王"就来个0.69元。这个破天荒的贱价写成斗大的字，赫然贴在门口。二是印了好几百张传单，由张泉那个9岁大的儿子放学之后拿到四近散发，谁凭传单用餐，可得9折优待。

然而套路不大灵光，"0.69元"一客的炒饭，主顾诚然多了，但他们贪图的就这点便宜，也不捎带买别的菜，成了"赔上夫人又折兵"。那些优待券，满街都是，谁稀罕？花了大力气打折和宣传，却没有收到百分之一的效果。

　　两位老板可不轻易退却，他们商定对策，要稳步建立知名度。他们把用料的质量再提高一个档次，做叉烧不用带一半肥肉的"梅头"，改用精瘦肉，蔬菜改用了较贵的青辣椒、梨笋、芹菜，少用红萝卜、大白菜那类大路货。花去血本也在所不惜，打响了牌子不愁钱赚不回来。

　　遗憾的是，生意老像华尔街的蓝筹指数一般，疲疲塌塌的，上不去就是上不去。餐馆业是长期投资，哪有"一朝醒来，名满天下"的神迹？有一天，张泉跟一位在市场街珠宝店当护卫员的客人聊天，客人诚恳地说："你们这店，菜又好又便宜，我是想常来的。但是你看，门口总站着不三不四的人，乞丐、疯子、流氓，要多煞风景有多煞风景，正派的人谁敢进门？"张王两位把这话咀摸了好久，隐隐找到症结了。

　　事有凑巧，次晨，还没开门，餐厅的天花板无端漏水，下雨一般，桌椅全湿了。楼上的旅馆，以前只听说是市政府包下来，作为无家可归者的临时宿舍的，却不知底细。张泉便打电话给旅馆的经理，经理还在家睡懒觉，只吩咐驻店的水管工去查一查。

　　张泉怕开不了市，就随着水管工上楼去。才走进那个漏水的房间，他就倒抽一口冷气：房里黑洞洞的，连床也没有，一个青年白人男子蜷在地上打鼾。堵塞的是洗脸盆，水已淹到睡者身边，他浑然不觉。房内一无所有，上百个烟屁股像夏夜繁星般散在地板上。在号称"富甲天下"的国度，居然有这般破败的地方！

张泉只差没失声惊叫，他把水管工撂下，小跑了出来，在走廊上又撞上一堆一堆懒洋洋的邋遢男女，他们都大大咧咧地拿他取笑。临出大门他竟摔了一跤，原来地上横躺着一个烂醉的女人。这些人，都是无家可归，被市政府收容，塞到这儿来的。堕落、愚昧、荒谬、贫困、不幸、放荡、淫秽、肮脏，密集于一处，比贫民窟更贫民窟。餐馆就在它的腹部，你如何去招徕客人？

张泉这才发现，那一脸胡子拉碴，从早到晚靠着餐馆的大门，高声嚷叫"我就是州长"的醉汉，是这里的住客。还有一位20来岁的黑人，不时来买0.69元一客的炒饭的，有一回手痒，把店内的窗子弄裂了，张泉要他赔钱，他狞笑了几声，说："我赔你钱，谅你也没胆量要！"原来他是旅馆内"黑桃帮"的头目。

这一晚，张王两人都失眠了。美国餐馆学的要义，头一条是位置，第二条、第三条仍旧是位置，他们并非一无所知，后悔当初操之过急，看得不仔细。其实，所谓"位置"，并不是指"高尚住宅区"或"繁盛地区"那么简单，而是指餐馆的开设要适合当地居民的消费特点和能力，里面的学问可大了。

你要开一个面对中间阶层的店吗？价格就不能太低，

装潢、菜式、服务得与之匹配，而且必须设法将只吃得起廉价餐的流浪汉们排拒于门外。可是，在这"孤岛"中，你管得了店里，却赶不走门外的皮条客、毒贩、小偷、野鸡和野鸭，他们是连警察也奈何不得的地头蛇。退而求其次吗？单单以"便宜"为宗旨，专卖低档菜，也不失为一条艰难然而可行的路径，但他们的致命伤恰在经营方针上，企图熊掌与鱼兼而得之。更何况，你必得有一笔储备金，以度过难以避免且长短无从预计的亏损期。比如说，要保证质量，就必须用料新鲜，卖不了的过时货要倒掉。而且要坚持不懈，一如"麦当劳"快餐连锁店一般，规定面包过了若干个小时就得抛弃，那就非要资本雄厚不可。然而，他们连维持日常营运也捉襟见肘啊！

"张王餐室"进入了可怕的恶性循环：生意愈不好，菜愈是差劲；菜愈是差劲，生意愈加糟糕。各种账单源源而来，都是拖欠不得的。两位老板这才知道最大的危机正在眼前。王斌还一脑子天真，提议找希腊佬谈谈，看他能不能把餐馆收回去，把血本奉还，放他们一条生路。

两人向希腊佬一提起，他那团团脸就拉成鸭蛋，冷冷地说："7年的租约，是有美国法律做保障的，你们要违约，我的律师会控告你们。"张泉火了，说："我们没钱，没房产，宣告破产，看你能拿我们怎么办？"希腊佬哈哈大笑，说："求之不得哩，你们关了门，那3万元就归我了，我再把餐馆拿去卖。"他眨眨浅蓝色的眼，极有把握地说下去，"说实话，你们不是头一个，也绝不会是最后一个。"于是不欢而散。

那晚打烊后，他们正在里头扫地，刷炉子，一个中年黑人闪进了门。他们以为是抢劫的，不料来人只是庄严地问："卖不掉的食物，你们是怎样处理的？"张泉心情早已坏得可以，便答："怎么处理关你屁事，出去！"黑人昂起头，悲壮地说："我知道你们是把剩下的食物倒掉的，我只要一点点充饥，这样的善事也不做，你们还是人吗？"说得倒在理，张泉脸红了，但转念一想：若天天有人来要施舍，不成救济院了，还做什么鸟生意？ 咬牙拒绝了。黑人愤恨地说："那好，今晚10点半我在门口等着！"放工时，张泉和王斌父子三人都在裤腰上别了刀子，黑人却没履约，看来只是虚张声势。

第三部：卖店

从新张到现在才三个月，王斌和张泉都愁得瘦了一圈，说多难熬有多难熬。一筹莫展之际，他们都想到了一条路——卖店。趁人家不明底细，早早脱手，也许能把老本挣回来。

广东人有一句古老的刻薄话："生意佬屙屎狗不吃。"平心而论，张王两位原是老实人，编个小谎也会脸红，但是商场如战场，为了自保，为了老婆孩子，他们不得不抛却文学上至关紧要的真诚，骗人去了。你要坦白说生意不好，人家还敢买吗？谁个出卖餐馆，理由不外乎是"身体不好"

啦，"因事回国"啦，"忽然染病"啦，"股东不和"啦，他们就选上"股东不和"这一条。餐馆刚开就闹拆伙，这也不是说不过去，知人知面不知心嘛！

首先，张泉抽空到唐人街，花了20多块，在销量最大的中文报纸的《分类广告栏》上登了一则"餐馆急售"："商业区赚钱餐馆，因股东不和廉让，另合伙亦可，价格面议。"所谓"另合伙"，只是缓兵之计，让人以为餐馆真的有可取之处，老板不愿全部放弃。

登了报二人便专心等候电话。一时间铃声响得热闹，好些同胞来电打听地点、价钱、营业额等等，可见想圆老板梦的遍地都是。

一位中年广东人，在唐人街当了10多年厨工，老板加的薪水少得可怜，憋着一肚皮牢骚，一心要出人头地，读报后赶来，里外看了，十分中意。坐下来谈价钱时，张王两个装得气鼓鼓的，互不理睬，有话说时就冷言讥讽，来人信以为真，不但愿按原价加上装修费用，共5万元买下，还一个劲地劝他们别为了小小生意毁了多年交情。两人暗里高兴得差点跳起来，但仍旧愁眉苦脸，一副舍不得放弃"金饭碗"的表情。末了这个人说定明天来交定金。

谁料煮熟的鸭子也会飞走！广东人回到家，连夜把老婆孩子带来看店，没进门就看到人行道上一大摊鲜血，原来他前脚出了门，后脚就出了事：几个古巴难民和另一帮打群架，有人挨了一刀，给抬上救护车去了。几辆警车还亮着灯，在街上搜集证据，一片恐怖气氛。广东人顿时魂飞魄散，落荒而逃，连电话也不敢回一个。

登广告无济于事，便转向地产经纪求援。他们打电话给中国人开的地产公司，请其代找客户。经纪人大多对代卖餐馆不感兴趣，都声称餐馆难卖出，赚那百分之六的佣金，怕还不够付在报上登推销广告的账单。一位经纪倒是接下了，但只带了一个新加坡商人来转了一圈，也没了下文。

他们一边苦苦撑持，一边托熟人，求朋友，找旧日的餐馆同事，看有没有买主。一个越南来的中国妇人倒是很认真地看了，颇有成交的意愿。她据多年研究勘舆的心得说："这大门朝北，北风一直往里灌，风水上属大开大阖之局，鸿运当头的人会大发，否则就不甚顺利。"看她志得意满的模样，大抵就是合该"大发"的一个。可惜来过几趟，吃过王斌精心烹制的免费菜肴后，又不明不白地消隐了。

渴盼、失望、沮丧，他们陷进前所未有的困境。进取的锐气已全然为悔恨所取代，幸亏他们还互相信任，晓得这时候更要和衷共济，否则早就吵成一团了。

有一天，一位机灵的小伙子登门，自称是不远处"食物中心"的伙计，那是专做穷光蛋生意的外卖店。他说他早已精于和各种下三滥打交道，知道怎样从他们干瘪的钱袋中赚取可观的利润。

三人认真地合计了一番，小伙子提出了一整套改革计划，要点是在"蒸汽台"上大做文章，增加大量成本低、能饱肚的廉价菜，一靠便宜，二靠快速，打出"中国工快餐"的优势来，教张王二人怦然心动。但最后小伙子不好意思地说："眼下我没钱，可不可以让我先进来，以后再把股本还给你们？"

这本不失为走出绝地的良策，无奈两人心理上已一败涂地，一门心思就是"鞋底抹油——溜之大吉"，这一改革大业于是胎死腹中。生意则一天不如一天，每天的收入竟跌到一百来块。他们有空不是打电话找买主，就是在里间抽闷烟，等待奇迹。

奇迹终于让他们等来了，一位香港来的女士决定买下。她刚跟有钱的丈夫离了，敲下一大笔赔偿费。这女人生性极好强，又工于心计，前两年在郊区开过小餐馆，小小赚了一笔。她看上这一家，却是出于一种匪夷所思的报复心。因为那负心汉就在附近的一座写字楼当建筑师，她要在他的眼皮底下"抖"起来，发起来，让他亲眼看到，好好泄泄心头的怨恨。

她容貌秀雅，口齿伶俐不说，据说七言律绝也写得满像一回事。但是谈到价钱时，却露出了一点也不清高的商人本色，她只肯出3.5万，就是说，要王斌他们亏2万多。两人心疼得紧：我的妈，才几个月，白干不算，还要赔这么多！两人当然不肯。女士傲然笑道："别逞强了吧，你们的底儿我清楚，每天做不了两百块钱的生意，还能硬挺多久？"

张泉一惊：糟！营业收入是每个店子的秘密，给谁偷去的呢？向王斌一问，原来是一位热心的文友无意中看了营业日志，又无意地在闲谈时漏了给有心的女士。把柄既在人手，也不可能另外有买家出更高的价，他们不得不接受了。

否则，拖下去只会给希腊佬收回，那才叫竹篮打水。

不多久，餐馆成交了。张王两人和女士约上希腊佬，一起到地保官那儿，在买卖合约上签了字。希腊佬对风韵犹在的东方女士似乎格外喜欢，签名时十分爽快。

王斌和张泉两个难兄难弟收拾了家什，把钥匙交给了新老板，向曾寄以"黄金梦"的晦气所在告别。尽管在不到半年时间，两人起早摸黑毫无报酬不算，还各亏了至少1万元，却都觉得十分侥幸。用国内流行的说法，叫作交了一笔学费。虽然无处报销，但男人那老是蠢蠢欲动又无处着落的所谓"事业心"，总算平静下来了，一如出过一次"天花"，有了免疫力。

黄粱梦醒。这未必意味着他们的愚鲁或者背时。他们明白了，当老板跟当伙计根本不是同一个层次，自己太天真太缺乏对大局的掌控能力，更没有生意人的精明，这是初战失利的重要原因。如果再迟几年，让国内那些改革开放后出现的私营企业家出马，局面可能会不同。

尾声

香港来的女士买下餐馆后，关上门，装修了一个月。重新开张时，果然面貌一新。显然，她彻底采取了"面向中产阶级"的经营方针。蒸汽台拆除了，桌子铺上了桌布，还在新搭的月牙门内设了雅座，门口挂上了大红宫灯。菜单自然彻底改了，以带辣味的川菜为主，以她拿手的上海菜为副，价钱中档偏上。女士一身而四任：大厨、餐厅经理、带位员、侍应生。手下两个厨子都是广东乡下来的新移民，每人每月工资才700美元。

女士的惨淡经营却不顶事，生意是"外甥打灯笼——照旧"，贫民窟的豪杰固然对其价格望而生畏，稍远一些的客人仍旧嫌地方太脏太乱，不愿涉足。女士支撑了几个月，灰头土脸之余，竟也和前任一般，向希腊佬求救，要他把餐馆买回去。希腊佬不谈正题，却眯着色迷迷的眼，说"好说好说"，还打算和女士合伙干。

说到最后他干脆露了底牌，说，你很适合做我的妻子，可否成百年之好？女士脸红红的，骂嘛得罪不起，只好躲开他那双多毛的手，远远坐着。多情的希腊郎以为得手，来个熊抱，对怀里发抖的女士建议：立刻就开始"试婚"如何？如果满意，他就把妻子休了，来做中国人的夫婿。女士自然以"容我慢慢考虑"推掉，罗曼史不了了之。

再过了一段日子，女士把餐馆出租给一位台湾来的女人，每月收租金1500元。台湾女人不愿签长约，她怕赔不起，留了随时开溜的后路，但还是交了8000元的押金。

香港女士暂时甩下了包袱，回家休养生息去了。到了下月初，她进店来收租，才大吃一惊：餐馆又告易手，新主人是越南人，她作为东主，全给蒙在鼓里！问那越南人，才晓得，台湾女人冒充老板，开价3万块，把店子盘给他。越南人呢，刚刚从内华达州的太浩湖赌场赢了17万元，正愁钱没出路，立刻用现款支付了。台湾女人拿了钱，连夜逃之夭夭。

香港女人气急败坏，要打官司，但是找不到了被告的踪影。好在越南人看钱既来得太容易，何妨破财消灾，就补回3万元给她，算是"私了"。女士见自己的利益没受多大损害，就同越南人正式签了契约，把餐馆卖断。自此，越南人半死不活地维持下来。

几个月后，张泉在街上邂逅希腊佬，谈起那家餐馆，希腊佬不无自嘲地道："那鬼店子，没有人能弄得好。10年前我买下客栈那阵，把拐角铺位改成这餐馆，到今天老板少说也换了30个。先前一个白人，买了下来改开酒吧，生意好坏他全不在乎。后来给警察封了，原来这家伙在地下室装了一部带压模的机器，专门造假的25美分面值硬币，每天至少造1000来美元。他给判了坐牢10年。之后，一个墨西哥人买下，他的儿女一大群，天天涌来几十个人白吃白喝，才3个月就垮了。你们中国人，别看能做，也对付不了。"说到这里，他潇洒地耸耸肥厚的肩膀，笑了，"我不管，反正收了回来，又出卖，还是有得赚，哈哈！"

那阵子双方已没有利害关系，他说的该是老实话。

最平庸生活——打工一日记

2007年3月10日，星期六，旧金山一个无与伦比的明媚的春日。我把它原原本本地记下来。刚才路过大厨房时，听到行政总厨对着餐饮部主任抱怨："最近忙得连生命也没了。"这并不是和汉语的"忙死""没命"等同的夸张语。他把"生活"分为"谋生"和"享受"，前部分是被迫的，不"谋"就无法养活自己和家人，所以不算"生命"；后者是自愿的，以谋来的资本去享受，才属于自己。

但我偏要记录这并非休闲、享受、逸乐，纯粹为糊口而存在的时光。如果以作文喻作菜，题材惊悚、热门的，是龙虾，胜在原料好，功夫在其次；日常生活一如家常菜，而上班，又是家常菜里的咸菜萝卜，越是按部就班越是寡味，越是平安无事越难下笔。岂但文章憎命达，连命不达的打工仔，也为了没有工伤、没有挨上司的训斥和客人的投诉而失去写作的本钱。

夏日计时

上午已上班6个小时，但不好意思渲染侍候客人吃早餐的细节了。我在一家大旅馆当侍应生，超过20年，端过的盘子、开过的酒瓶难以尽数，阅人多矣，却都是萍水相逢。

11点，下了早班，拿上两份中文报，躲进员工休息室。这是6年前一位伦敦来的英国人的德政，他一当上宴会部主任，便向总经理请示，鉴于宴会部雇员经常三班倒，深夜下班，大早又爬起来上班，睡眠严重不足，在高速公路上已造成好几起车祸，为了增加安全和提高效率，请为他们开辟一个休息场所，果获恩准。我在六张单人床中的一张上怡然躺着，戴上老花镜，把全部报纸读完，还睡了不止一觉，然后，对着天花板发呆。

旁边的床上，同事马里奥正和远在老家萨尔瓦多海滨的女朋友窃窃私语，他用的是三部手机中的一部（为了避开老婆的侦缉，他购置了如此之多的偷情设备）。另外一张床上，一位以"站着也能睡"驰名的同事，打着酣畅的呼噜，偶尔嘟嘟囔囔地发梦呓。这房间原来是董事长的办公室，而董事长，在80年代中期，曾经以6亿美元的身价，在《福布斯》美国富豪年度排行榜上名列第49。董事长早已去世，家业也几次转手。典雅的壁纸上，清一色的莫奈油画复制品依旧，以诺曼底着色暧昧的《睡莲》伴午间的小睡，真是难得的诗意。

我把手表脱下来，放在床边，想到时间。生命也好，生活也好，无非是时间。永远以相同的节奏前进的时间，每年夏季将到，都有一次预先布告的提速。往年是4月1日，今年提前3个星期，今天夜晚，在凌晨两点，要把钟表拨快1小时。也就是说，在北美洲生活的人，无一幸免地少活了1个小时。

搭越洋飞机跨过换日线，赚来额外的时光，我们油然而喜，从没思量赔回去。才被官方掠夺1小时，便众怨沸腾。有线电视新闻网渲染说，最惨是印地安纳州，一下子往前拨两个小时。一天才24小时，无价之宝被抹去十二分之一。我倒没有那么痛心疾首，尽管今晚下班迟，明天又上早班，中间的睡眠时间本来就金贵。

于我无伤大雅，于旁人呢？从邻床上拿过一份同事留下的英文《纪事报》，翻着翻着，果然在家园版上看到随笔《失去的不只1小时》，不过，它借题发挥而已，开头便提出："我们的时间哪里去了？我指的可不是星期天凌晨2时至3时那1个小时，而是指发达的科技为我们赢来的许许多多个小时。"

它又说，究其实际，我们的时间恰恰被以省时省力为宗旨而造的新玩意儿绑架了，拿TiVo（一种专为无法及时看电视的人录下节目，并将广告删除，以便稍后观赏的设备）来说，貌似节约了时间，其实大谬不然。如果你在节目播出当场看了或者干别的事，只花1个小时，录下来以后看，那就变成额外的负担，人不得不在看常规节目之外再看它，多耗费1个小时。总而言之，新科技的百般玩意儿，如果成了它们的奴隶，结果是虚掷更多光阴。

随笔又说，东密西根州一位研究生以《高科技对现代生活之影响》为硕士学位论文，今年2月花了整整一个月，按照1950年的模式过日子——电视、洗碗机、手机、电脑、电子游戏机统统束之高阁。结果呢，他说："棒极了！在感觉上每天活了40个小时，我终于体悟，电视吞掉多少生命，更不说上网和电邮了。"作者在结尾说，"如此说来，果然妙哉！谁不情愿一天有40个小时？可惜我们早已依赖科技多年，我们仍旧把光阴耗在这里：要么处理电邮，要么看预先录下的肥皂剧。"

我在床上翻个身，散在周围的报纸，带着昨天伊拉克自杀炸弹的硫磺味和美国国会议员为是否撤军而辩论的口水，在身边窸窸作响。我曲肱而枕，想着，即便如此庸碌无为、纯然为糊口而打发的日子，将来必怀念无比，一如在战场失去一条腿的兵士，以幻肢的痛楚来凭吊健步的年华。

光阴之不堪回首，总因为到了生命的下游，回眸处尽是不能复得的旖旎。到70岁，必陶醉58岁托起10个大碟子加盖食物的气力；到75岁，必神往50岁前一连干活20小时还能飞跑的能量；到80岁，必迷恋69岁前波澜不惊的心脏。

在员工食堂

两点钟，我离开休息室，步下三层楼梯，走进员工食堂。在这地方，我吃了超过20年的饭，它的优点仅在免费，别想吃到可口的。但不可口有绝大的优势，使你控制食量，从而不知不觉地减肥。其次，它是唯一的社交场所。我正在勉为其难地对付一碟稍胜于嚼蜡的生菜色拉，老朋友布兰进来了。这几天大名鼎鼎的微软企业在这里召开技术人员表彰大会，少见的大忙，从工会招来几十个临时工，在今晚的盛大宴会上当侍应生，布兰是其中一个。

我招呼他坐下来。这位来自苏格兰的盎格鲁撒克逊人，脸上的白皮布满毛细血管，花4000美元换来的一排假牙以过分的完美衬映有点流气的微笑，我拍了拍他肥厚的肩膀，作例行的问好。一看到他，我便准备好各式荤素玩笑，打算尽情作弄他。

布兰和我，19年前是下城闹市里一家意大利餐馆的同事，从联手侍候第一拨从附近的富国银行大厦踱出来的高层主管开始，我和他成了无拘束的哥们。

我爱当众奚落他："我的朋友布兰，10多年前突然给我打电话来，猜为什么？可不是拉我去喝咖啡，吃法国菜，是要我替他运修房子用的灰墙板。"他不在乎地笑，唇角的蓝色小血管更加触目。"我告诉布兰，我的车子太小，灰板每块长6英尺宽3英尺，塞不进去。"布兰说："你真笨，放在车顶上，用绳子拴好不就行了？"我吼叫："你他妈真精，你的车子不也有顶吗？"他在电话那头坏笑："我是考考你够不够朋友。""诸位看，这位英国佬够朋友吗？"他不回应，得意非凡地交叉着手，头往后仰去，大笑不止。

今天，我要拿他新买的二手丰田"雷塔斯"来做文章，一本正经地要他转让给我，明知他绝不愿割爱。不料，布兰一脸严肃，并不搭腔。"出什么事了？"我问。布兰说："没什么大不了，气人就是。"我坐正身子，关切地说："说说看。"

有一回也是在这里，我和他谈家事，从我曾见过面的尼可（他第二次婚姻所生的女儿）说到我没见过面的一对儿女（他第三次婚姻所生，妻子是菲律宾人），我问："他们的头发什么颜色？""黑色，像妈。""眼睛呢？""也像妈妈，棕色。"我盯着这张圆滚滚的白种人脸孔，恶作剧地问："没一点像你，怎么肯定是你的骨肉？"他气坏了，把没喝完的咖啡浇在我的午饭盘子上，站起来走了。

这位英国绅士，总算有风度，没骂娘，更没仿效他浪荡的少年时代的偶像——英国的江洋大盗华莱士。布兰彼时因醉酒闹事而被抓进利物浦的牢房，在里面认识了闯江湖的华莱士。从前布兰曾把华莱士的回忆录拿给我看过，好一个以逞强斗狠名震英伦的角色。

"是这样，我在马恰金酒店上班，把车子停在门口。下班一看，车子被人撞了，右侧一条擦痕，好心疼啊！"（我差点插科打诨，问他："是不是新买的'雷塔斯'？我早要你卖它给我，这不……"）"我再看，车窗的雨拨下放着一张名片，是凯撒医院一位儿科大夫留下的。"

坐在旁边的同事陆续站起来，添咖啡的走到柜台前，饶舌的菲律宾人转移到另一张桌子去，借口各有不同，在不爱听"非传奇故事"这点上倒非常一致。我不好意思离开。布兰说下去："看名片上的姓名，知道是阿拉伯裔，拗口得要命。没办法，我就打电话给她的住处。接电话的是另一个女人，哗，五大三粗的，肯定是 '蕾丝边'（女同性恋者）。"我"噗"一声笑了，打断他："你光凭一个电话就推断出人家的体型？""就是，瓮声瓮气的，像男人，一猜一个准。"

布兰往下说："男人婆恶声恶气地作了两点声明，一，儿科医生不在，二，不要再打这个电话号码。'她就留下这个电话嘛！'我对着话筒吼叫，对方却挂断了。"布兰正儿八经地说，往常的幽默感都不见了。"后来，我打电话到凯撒医院儿科部，终于找到这位28岁的阿拉伯女郎。幸亏她承认，车是她撞的，当时赶着去上课，只好留下名片。我问你打算怎样赔，她说跟保险公司说，又没了下文。我气坏了，本来要找医院的人事部，以'态度恶劣'投诉她。我上网查清楚了，她今年28岁，是没开始赚大钱的实习医生。"我听不出趣味，人间的正经事，大至谋生小至交通事故，幽默感都是外加进去的。"最后呢？"我催他快报结果，然后开始我们的正题：开玩笑。"昨天，我的保险经纪来电话，说，别和她纠缠了，我们来办。"布兰知道话题不得人心，马上煞尾。

我拍拍布兰可堪压上大托盘的肩膀，表示欣赏，欣赏他把索偿交给经纪来办，一似我们负责牙疼，而由牙医全权处理疼之外的所有牙事。更欣赏他的急流勇退，中止不受欢迎的故事。可是他被自己的废话败了兴致，说不了笑话，白白浪费了一口又笨重又佻皮、带苏格兰口音的"阴沟流水"①。

布兰离座，上班去了，我把生菜沙拉吃完，想，在这里呆久了，在知人论世上积累了一种优势：把人立体化。陌生

---

① 即英语English的讽刺译音。

人，仅是平面的；由20年的交往、磨合而成的熟人，却有了多维的形态。

拿这位布兰来说吧，他有几次婚姻，上法庭和当过娼妓的第二任妻子争女儿尼可的抚养权，花了多少钱，他干过几家餐馆，怎么被炒鱿鱼，好酒，爱扯淡，爽快，这些个性，我都了如指掌。当然，这不是我的狗仔队功夫到家，是因为他毫无城府，除了和现任妻子的性生活，别的对我均无保留。

在宴会厅

全球电脑业的龙头企业微软的技术人员表彰大会今晚结束，这类大型会议和交响乐不同，会议的尾声才是华彩乐段，也是高潮。先是鸡尾酒会。说定6点开始，但客人忙于在房间作准备。难怪呢，紧接鸡尾酒会的是正式晚宴，男士着正式西装乃至"踢死兔"（晚礼服的音译），女士更是殚精竭虑，务必以最动人最得体的低胸长裙或西服套装使全场惊艳，她们梳洗、穿衣，均耗时费事，男士只好履行洋式"三从四得"中的"太太出门要等得"。

男士们在半掩房门前，耐心等待太太对着妆镜补最后一笔口红时，我们这些侍应生戴白手套的手捧着银盘，银盘上放着酒杯，酒杯上盛着加州纳帕谷的上等红白葡萄酒，在宴会厅门口肃然而立。"等"是侍应生（waiter，有"等待者"的意思）这一职业的题中应有之义，我们是毫无怨言的。不但不发牢骚，而且趁没客人，放肆地开玩笑。

今晚，领班温蒂是从加拿大新来的妙龄姑娘，芳龄27，犹太裔，清秀灵巧，性情温和，富于幽默感，看她像蝴蝶翩舞于花丛一般，捧银盘的手也忘记发酸。几位男同事一边例行公事地等，一边和领班聊天。

"注意了，看到客人要微笑。"温蒂说。

"你倒说说看，按照本集团的工作条例，对客人微笑，露出多少只牙齿才标准？"

"8颗。"温蒂说，马上张开嘴，让人看她整齐但不算雪白的牙齿。

我稍低了低头，数了数，说："8颗牙都露出，嘴巴张得太大，和放声浪笑差不多，不合礼仪的分寸。"我心里还有话，但不好说出：中国古代的规矩，女性笑不露齿。还有，以8颗牙齿为配额的笑，教我想起雨果名著《笑面人》里的主人公格温普兰，被人贩子毁了容，从此永远带上小丑的笑脸，我们和这位爵士后裔有所不同，我们的笑面是职业的规定，而不是被人贩子毁容的结果。穿花蝴蝶似的领班温蒂听我说完，便消失了。3分钟后回来，郑重地宣布，她找人事部专司礼仪训练的职员问了，标准确是8颗牙齿。

聊天到这里，客人驾到，男人没多少看头，女士无论环肥燕瘦，一律争妍斗丽。我们给客人送酒，送下酒小点，忙个不亦乐乎。这就是我干了20多年的职业，扑克的笑容上，未必排出8颗并不风光的牙齿，但恭谨和勤快已是可爱的习惯。

我正在密匝匝的人堆里穿行，手拿一盘乳酪饼。忽然，一位同事以眼睛向我示意：看谁来了？一看，是比尔·盖茨，全球首富就在咫尺！上星期的《福布斯》杂志公布了全球最新富豪排行，这位比我小很多的中年人以466亿美元连续11年高踞榜首。

我冷冷地端视他，个头比在电视脱口秀看到的要矮，脸孔离英俊还远着，而且不按中国算命专家的牌理出牌——相貌并不入任何"格"，如龟，如蛇，如猴。一身普通的灰色西装，没打领带，手里端着一杯每瓶卖55元的加州"印云雕"红葡萄酒，不怎么喝，专心和客人说话。

如果不是职责在身，我可以当一刻钟的狗仔队，就近刺探出若干条"盖茨语录"来。不过，这样的社交闲聊，不但没有新闻价值，而且充斥电脑专业和市场的术语，乏味之至。我感到好奇的是陪首富进门的中年女士，黄色的套装，做工极佳，她是不是盖茨太太？我趁给几位女宾送鲑鱼卷的机会，小声问了，她们抬头往盖茨的侧面瞅了一眼，摇头说，不是，盖茨太太没来。

教我稍感解恨的，是盖茨进来，不曾发生"明星效应"，没有一个人跑过去套近乎，把腰弯成90度，使劲地握手，道久仰，更没有人请盖茨签名。500号来宾，都是盖茨请的客，然而谁也没去巴结大老板。

倒是我这服务员，浮想联翩起来。如果足够穷极无聊，这阵子不是绝对没有上电视台晚间新闻的机会，但只能是负面的，比如我冷不妨，往盖茨的脸上泼一杯酒，骂微软的深圳分公司剥削中国人，骂他垄断视窗，此壮举可引起两分钟的骚乱，然后我被保安员架离现场。为此，当然一劳永逸地被炒鱿鱼。

此外，即使参照好名到了病态的中国古人"同里铭旌"一典，我也摊不到任何荣耀，只有极藐小的优越性：亲近名人。若按这一思路，我倒有好几桩类似阿Q优胜记略的风光事件。前总统克林顿来演讲，我有和他合照的机会，但一想照了相也派不上用场，便闪身离开了。

在更衣室

傍晚，在微软企业的鸡尾酒会和正式晚宴之间，有1个小时的空当，我走进男员工更衣室。这里，每个雇员有一个衣物柜，柜前有长凳。我坐在长凳上翻闲书。走廊尽头有人在换衣服，先看到一个足可与长膘到高峰的大猪比美的腹部，雪白，滚圆，依稀看到春草似的体毛，看样子，这位刚刚在员工浴室洗了淋浴。

待他穿上黑色裤子，抬起头，我认出来，是工会来的临时工丹尼斯。我朗声打招呼，随即不客气地开起玩笑来："老兄，真有你的，体重上去了？看肚皮曲线……"他和我认识了10多年，他的底细我摸得差不多，论交情虽然不及苏格兰佬布兰，但多难堪的挖苦他都受得了。

他双手抱住球形肚皮，得意洋洋地说："体重嘛，老样子。""多重？"我问。"才235磅，我的体重最高纪录是268磅。""难为你了。""可不是？"这位身高不到170厘米，擅长横向发展的美国土生白人、前海军陆战队中士丝毫不感到难过，自家肚皮好像可爱之极的顽皮小子，摸挲着它，又没好气又没奈何。

于是，我和儿尼斯隔着更衣室内一道走廊，无拘无束地聊起来。他边聊边把黑色制服穿上身，费劲地把前襟的纽扣扣上。我边说话边翻手头的书。

"你还在车上住吧？上次我说要去特拉维尔街旁的公园拜访府上，一直没机会……"他早就告诉我，这些年他在一辆由小货车改装的野营车上居住，这已经很不错，此前他只能在破轿车的驾驶座安身，半夜冷得受不了，要发动引擎来取暖。后来工会的活计多了，终于攒下1500美元，买下带盖子和床铺的二手通用产卡车。上次他说，他的车子多半停在我居住的日落区，哪里近公园就停哪里（我明白，他是哪里有厕所停哪里）。至于洗澡，一直是比吃饭更严峻的问题，他去哪里上班就在哪里完成，所以每次他来这里，都赤条条地在男人进进出出的洗手间，往身上浇免费热水。

"说真的，我要学你的潇洒，四海为家。"我说。

他仰起头，蓝瞳里闪着凄凉的光："没办法的事，受够了房东的气，才走上这条路。从前当兵，驻扎在西德的基地，也离乡背井好多年。唉，这辈子孤零零的，从来没女人。就一个亲人，我的妹妹，圣诞节我给她打电话。她说哥，你过来和我住吧！我说算了，你受得了我？我是什么人？流浪汉！"

无产者的阶级性愤慨来了，我马上沉默下来。我不敢再开玩笑，正经地问他的生活细节。他一个劲地要我帮他找个女人。我说，你那车子能睡两个人吗？他摇头。我远远看着这40岁上下的汉子，充满了隔岸观火式的怜悯，但不说出来，怕他生气。

在宴会厅

世界首富担任董事会主席的微软，果然是大气派。长方形的宴会大厅用银幕围起来，宾客就是观众，所看的是360度的围绕式电影。客人进场时，厅内各个角落所架的舞台上，有乐师在奏乐，所用的乐器，是21世纪最新电子技术的产物——一架类似中国古琴的钢铁乐器，长达5米，乐师以体操运动员的姿势走动、弹奏。竖琴有如星球大战的兵器，班卓琴则是三琴焊接在一处。白衣乐师与舞者，带电子声的音乐，微软所雇请的第一流的宴会设计师，造出又切题又风光的氛围。

近百名侍应生，白手套，黑制服，在席间忙碌。这活计，倒是和开场时所放映的、回顾与展望人类科技发展的电影相去颇远的，我们还得用肩膀，把一道道菜——法式沙拉、羊排和巧克力蛋糕陆续送上桌。给客人斟葡萄酒，倒咖啡，都是手工劳动。我们的职业卑微不假，但在电脑时代难以被取代——除非机器人能分辨牛排"三分熟"和"五分熟"在口感上的微妙差别。

两位领班在席间巡逻，下达上菜和收盘子的命令。我和同事们，包括苏格兰佬布兰和美国佬丹尼斯，都是老兵油子，既不会像因过分紧张而手脚不利落的新人，为了单手托着十盘带盖主食碟子在人堆中间穿行，生怕椭圆形托盘一歪，重物砸在客人头上而心惊胆跳，也没有领班和旅馆宴会部众头头怕哪里出漏子，明天被记者捅到《今日美国报》去而忧心忡忡。我们是轻松、自信的打工阶层。

微软企业本身也有负责宴会的公关小姐，她的紧张不在我们的头头之下。宴会的末尾，是发奖仪式，公关小姐特别交代，要在每一张桌子上放上开了瓶的红白葡萄酒。本来客人都喝得差不多了，领班却绝不会建议她节省开销，马上下令，我们再把从仓库提出的酒——每瓶卖58美元的萨诺玛谷"梦露"和每瓶45美元的纳帕谷"撒迪尼"逐一开瓶，放到桌上。宴会结束时，这些满满盛着美酒的瓶子都被扔进垃圾桶。也就是说，盖茨先生的400多亿美元的财富中，有小到可完全忽略的部分，毫无意义地流进旧金山的地下水道去了。

我与“大人物”

引语

我在美国工作打工，除却早期，基本上只干一种职业——侍应生。中餐馆、意大利餐馆、法国餐馆都干过，不过，那是兼职。正职是在旧金山一家五星级酒店服务了28年。前11年在送餐部（专给客房送食物），后17年在宴会部，性质都和餐厅近似。区区小人物，在与世界级名人接触方面，可唬唬朋友的趣闻先举两桩。

接触是零距离，即肢体。1994年某一天，我乘巴士去上班，那是凌晨4点多。下了巴士，在泰勒街走。街上寂静，偶有遛狗人走过。这是钠山，属高级住宅区，街灯密布。我走着，左侧街角一张大海报吸引了我，我边走边看。突然，我的左肩猛烈地撞上什么，急忙掉头，哎哟，撞上人了！我抚摸一下有点火辣辣的肩膀，急忙说“对不起”。

迎面走来的人物，这么面熟？哦，是前总统尼克松。尼克松和一个比他高大、年轻的白人男子并肩走，尼克松的头部偏向伙伴，指手画脚地说着什么，与我一样不留神路况，所以撞个正着。他毫不介意，听到我的道歉后摆摆手，微笑着说"不要紧"，继续走路，发议论。我站在老地方发愣，他俩远去。

当天下午，我读了英文的《纪事报》，上面载一条新闻：尼克松昨天抵达旧金山，下榻在汉庭顿旅馆。我这样推断：从东海岸来的尼克松适应不了晚3个小时的时差，很早就起床，拉保镖出门溜达。和我碰撞的地点，与汉庭顿旅馆只隔一个公园加一个街区。

1996年，我转到宴会部工作。这一年的重大事件，是"全球论坛"在费尔蒙特旅馆举办，全球政要来了不少。开幕式在晚间举行，此前有一个鸡尾酒会，地点是视野最佳的"阁楼"的大阳台。

我和同事们捧着银盘子，上面放着盛上香槟的高脚杯，在密匝匝的人丛中穿行，谁喜欢就拿一杯。美国有线电视网（CNN）创办人兼总裁特纳先生从银盘上拿了两杯，把其中一杯交给新婚夫人简·芳达。我读过他的自传，知道他在大学生时代是参加世界锦标赛的帆船选手，如今是炙手可热的媒体大亨，而后者，是名满天下的好莱坞明星。

他礼貌地对我点头，随后，因前面太堵，我打算退后，右脚在身后，似乎踩到什么，连忙缩回。掉头一看，踏在一只皮鞋上，留下一个小印。我马上转过身，最先看到的，是对方额头上一块形如苏联地图的痣，啊，是前苏联总统戈尔巴乔夫先生！我诚恳地道歉。他对着我笑，表示没关系。他不会英语，而他精通英语、当过莫斯科大学教授的夫人，不久前因癌症去世，无人当贴身翻译。

其实，标题上的"名人"，是指我侍候过的。但"侍候"是敏感词，怕别人误会我是"佣人"，尽管作为职业，佣人并非低人一等。在西方语境，"服务"这个人数最多的行业就是侍候顾客的。而餐馆的侍应生，旅馆的行李员，保洁员、保姆，有钱人家的管家、保镖，高尔夫球场的球童，还有开礼宾车的、代客泊车的，是直接的侍候。

若干国人最看不得轿子，认为一个大活人高踞于内，被轿夫呼哧呼哧地抬着上山，是对后者的侮辱，践踏了劳动者的尊严。殊不知抬轿是人家养家活口的饭碗。"被人抬"坏在一目可见，然则，大企业的客服以电话满足客人具体入微的要求，最后还请求给予评分，是不是"侍候"？为了免于无谓的名实之辩，我舍弃了。

旅馆历史

先说费尔蒙特旅馆（Fairmont Hotel）的历史。

1903年，已故参议员詹姆斯·格拉汉姆·费尔的两个女儿，为了纪念父亲，在旧金山的诺布山中心建造了一座文艺复兴时期风格的豪华旅馆。旅馆的名字，前一半取自父亲的姓氏Fair，加上mont（意思是"山"）的后缀。可惜这座宏伟的建筑还来不及正式开业，于1906年首次亮相才几周，便在当年的7.8级特大地震中遭严重损坏。一年后被修复，重新开业。

第二次世界大战结束后的1945年，有一段时间，这家旅馆变为"世界的首都"，因为接待了代表世界80%人口的

40多个国家的代表。他们在旅馆内撰写了《联合国宪章》，由杜鲁门总统签署。在同一时间，金融家本杰明·斯维克（Benjamin Swig）出资200万美元购买了它54%的股份。

20世纪50年代初，新老板聘请著名室内设计师德瑞帕作了部分翻新，耗资百万美元，用了将近6平方英里①的布料和3平方英里的地毯。1961年11月，在主楼后面建造了23层高的塔楼，顶层是皇冠厅，外侧有至今仍然被全美媒体选为"情人节必去"的玻璃电梯。2015年，这家旅馆被总部位于韩国首尔的大型金融服务公司以4.5亿美元的价格售给一家在全球投资的大公司。

斯维克家族（Swig）作为多年东家，犹太裔，是铁杆民主党，每年给该党捐款上百万美元。民主党当然要给这金主以回馈，于是约定俗成地，民主党籍的总统、议长一类要人来旧金山，必下榻在这里，一如共和党的大人物入住本市的圣·弗朗西斯旅馆。

韩国前总统卢泰愚

1990年6月初，太平无事的旧金山有了异样的动静，位于旧金山市区北部的钠山一带，多了许多警车，摩天大楼旁边有直升飞机巡逻。报纸和电视台报道，韩国总统卢泰愚到访，下榻于费尔蒙特旅馆。整个访问团包下主楼第七层，每

---

① 1平方英里约等于259平方米。

天2000美元的套房——731号归总统和夫人，它含两个卧室，一个厨房，一个客厅。

卢泰愚一行此次到来，是和正在美国访问的苏联总统戈尔巴乔夫举行会谈，讨论韩苏关系正常化和经济、科技合作交流。卢泰愚称这是"划时代的事件"，希望借此打开与苏关系正常化的大门，提高韩国的国际地位。

韩国人抵达次日，送餐部经理把我以及另一同事——菲律宾裔的达里奥找去，交代一桩紧要任务：侍候他们吃午饭。

时间是中午12时。我俩提前走进套房的餐厅作布置。食物已由大厨房备好，放在带轮子的加热箱里。我们是识途老马，并不紧张。餐厅里一张长方形桌子，一端摆着一张扶手椅，两边各放七张椅子。一共15人，除了我俩，还有一位，他叫约翰，是旅馆内意大利餐厅的副经理，白人，不到30岁，长相英俊。我们穿侍应生的制服，他却穿晚礼服。三人在一起低声闲谈，约翰说，是韩国方面提出的，侍候总统的必须是"模样好看"的年轻白人，得先经韩方官员目测和认可。言下不乏得意。

时间到了，我们三个各就各位。约翰站在桌端旁边，手拿一瓶用餐巾包裹的酒瓶，这是加州纳帕谷罗伯特·曼得维酒庄出产的"霞多丽"白葡萄酒，价格中等（一瓶约40美元），普通人也喝得起。特别处在于，约翰手拿的这一瓶，以及一瓶采自阿尔卑斯山的意大利"圣培露"矿泉水，都只属于总统，不得和任何人分享，这是韩国管总统饮食的官员预先说明的。其余就餐者喝的酒和矿泉水和总统的一样。

我第一次见到卢泰愚，这一年，他58岁，中等身高，典型的韩国国字脸，步履矫健，威严自在。约翰拉椅子，侍候总统坐下，随后，各人就座。这是工作午餐，省掉了客套。我们给各人面前的酒杯、水杯斟葡萄酒和矿泉水。然后，在各人面前摆下沙拉，往蔬菜上浇沙拉油。由于语言隔阂且总统在场，没有一个人提出特别要求。我和同事暗里庆幸，真省事。

　　刀叉声中，卢泰愚讲话，然后官员发言。我不谙韩语，只好瞎猜。既然工作是主轴，那么，在座的就是陪同总统的全部高官，如外交部长、驻美大使、总统的特别顾问、新闻官，如此之类。他们的议题，该是与下午将举行的会谈有直接关联。按理说，全属国家机密，但幸亏韩语不是谁都懂的语种，而且韩方在选侍应生时给旅馆交代过：懂韩语的不要。所以基本上除了韩方人士，在场其他人都不知道他们聊了些什么。

　　沙拉吃完，我们给每人上一碟浇上白汁的海鲈鱼。我扫视各位，及时添酒及矿泉水，所站位置离卢泰愚仅数英尺。将他的装束、神情看得一清二楚。他生来是英武之相，职务又加了分，遂有了一种无可替代的气势，使得他在任何场合，得以和所有部下区别开来。官员们纷纷发言，有时提高嗓门争论。瘦高个子的外交部长发言较长，可能是就各位的意见作综合。总统只管听，并不多话。

　　十多分钟过去，主食吃完，我们又给每人上一块乳酪蛋糕。可能时间到了，有的吃了一口，有的没碰，便站起来。待总统离开以后，他们鱼贯而出。本来还要上咖啡和茶，但来不及了。

这一顿，是正宗的美式。我正纳闷，韩国人的泡菜哪里去了？

当晚，我给第七层一个客房送新鲜蔬菜，走廊里飘着粥的味道，穿韩国传统服装的女子在身边碎步走过。几道房门都打开，可看到里面，女士们忙着做饭，担任指挥的是第一夫人。我走进一个房间，她们在用手提煤气炉煮粥，旁边有的是坛坛罐罐，都盛着颜色鲜艳的泡菜。我和貌似主管的女士聊了几句，她告诉我，在为总统及官员们准备晚餐。"吃不惯美国食物"，她以生硬的英语说。

美国前总统克林顿

20世纪90年代中期，一天上午，宴会部30多个员工刚刚给一个大型会议供应了早餐，都在员工食堂喝咖啡。领班金恩进来，宣布一桩事：下星期克林顿总统来，要在酒店内举办好几项活动。按照联邦调查局的规定，所有参与服务的雇员要接受背景调查。各人的档案已由人事部上交，现在是复核，确保无误。

说完，金恩开始唱名："马里欧，1947年生，对不对？"马里欧高声回答："没错。"所有人的出生年都爆出来，于男士是无关紧要的，尽管"不问年龄"是对所有成年男女通用的社交规矩。不料，好几位女生均已"资深"，平日最忌讳的就是芳龄露馅。金恩哪壶不开提哪壶："南施，1945年生。"南施脸红了，轻声回应，不敢看男同事们，她知道每个人都会发出意味深长的微笑。

总统一行驾到，酒店并没做特别的准备。唯独一人忙碌些。他叫汤姆·沃尔夫。别看头衔"concierge"并不惊人，中文的新译为"礼宾员"，旧译是"门房"。这一职位是任何一家豪华酒店的"门面"，沃尔夫先生尤其是全美旅馆业礼宾员的标杆。他是白人，年过五十，身高偏矮，个头敦实，行事不张扬，胜在办事踏实。

从前，美国的高级旅馆并无这一角色。沃尔夫年轻时入职于伦敦和巴黎的五星级酒店，1973年才回到美国，成为全国第一位礼宾员，他不但把欧洲的传统带进年轻而粗野的美利坚，还发起建立著名的"礼宾员协会美国分会"。每天，他身穿西装，戴标示姓名的名牌，耳戴对讲机，春风满面地站在大堂的专用柜台后，回答来自全球的宾客所提出的任何问题，快捷地解决疑难。

一位客人问他能否弄到一辆法拉利GTO跑车。这车子不但昂贵而且极为罕见，却难不倒万事通沃尔夫，他很快就满足了这一刁钻的要求。事后他解释：碰巧我是古董车迷。这一次，总统来了，沃尔夫要先向华盛顿来的总统随从了解总统在饮食上有什么偏好和禁忌，住宿方面有什么特殊需要，并把烹饪细节向行政总厨交代。

克林顿一行抵达后，乘坐被"空军一号"运来的两辆防弹专车前来，车就停在酒店的停车场。总统第一次露面，在可容纳3000人用餐的宴会厅。宴会厅实行最高规格的安保，总统进场前要动用十多个警察，并要牵警犬进行彻底检查。服务人员每次从大厅进或出，都有警员手拿金属探测器"侍候"。

正值壮年的克林顿，处于一生中的高光时段。虽然当时他与莱温斯基的秘密关系已经开始，但尚未暴露，他还是那个众人拥戴的明星总统。当时他演说时所系的湖蓝色领带十分抢眼，不久以后"莱温斯基事件"东窗事发，记者认出他和莱温斯基小姐幽会时戴的正是这条领带。

克林顿此来，是为芭芭拉·柏克瑟站台。传说柏克瑟女士是第一夫人的亲戚，此时代表加州出任联邦参议员，任期将满，正在竞选连任。她和总统同是民主党人，于公于私，克林顿为她呐喊乃义不容辞。

克林顿演讲，我听了五次。无一例外地，不带讲稿，嗓音粗听远远不如电视台播音员，略显沙哑，不算洪亮，然而，一开口，你就被深深吸引。他的记忆力惊人，收放自如，从不会吞吞吐吐，流畅，缜密，稳重而带机锋，大气磅礴，富于激情和逻辑力量。将现场录音转为文字，就是出色的政论或散文。我从来没发现他说过错话。

他和芭芭拉·柏克瑟并肩而立，左手搭在她的肩上。这样开头：

女士们、绅士们：请大家看清楚，我身边的女士，身高才五英尺二英寸①，然而，芭芭拉在华盛顿国会山的会议厅，是威风凛凛的巨人！举凡环保、妇女权利、枪械管制，所

_____

① 约158厘米。

有关乎国计民生的议题，她都是无畏的斗士。她的工作使全体加州选民得益。无论是沙林纳斯农田上的拖拉机手，还是卡梅尔海滨牡蛎养殖场的主人；无论是圣地亚哥码头的吊车手，还是洛杉矶罗兰岗的售货员，都明白芭芭拉是为他们全体服务的……

芭芭拉甜蜜地笑着听。场内所有人都起立，热烈鼓掌。

1999年，大选季开锣，克林顿总统将任满两届，不必为自己竞选，但为"娘家"民主党的候选人站台是必要的。他又来到旧金山，下榻在费尔蒙特。旧金山市警察局为此，派了近50名持盾牌的"镇暴队"进驻，因为门外必有示威，一旦失控，警察就得出马，警棍、催泪弹、水枪侍候。领队的警长在酒店内的员工食堂和我闲谈，告诉我：但凡总统一类大人物驾到，本市必额外花一两百万美元，用来支付警察加班的开销。

当天的本地大报《纪事报》披露：克林顿在距离旧金山市区40多英里的帕里阿图市某大富豪的山庄举行筹款会。入场券分三种：5万美元，能够进入屋内，与总统谈话，进餐，合照；2万美元，进入后花园，可以参加酒会，吃小食，和总统合照；1万美元及以下，进入前花园，可以短暂地见到总统。记者指人分三等为歧视，语带讥刺。

上述餐会我无缘参与，但1999年冬天一个晚间，在旅馆内的"皇冠厅"，我目睹了克林顿总统的拍照绝活。他来旧金山湾区给民主党籍议员、市长等助选。某电脑企业花巨资，请总统来他们举办的私人酒会，发表演讲并拍照。我和同事们在站立的客人中间游走，送上小吃以及葡萄酒、鸡尾酒。克林顿发表讲话后，与所有人合照。

负责拍照的是白宫的专业摄影师，和总统的配合堪称天衣无缝。如果对方是男士，总统向他点头，微笑，同时伸出右手，对方亦然。两手相握的同时，总统靠近对方的身体，摄影师说一声"看这里"，两个人比肩的合照在"咔嚓"声中完成，全部过程约3秒。如果是女士，便把握手改为亲脸颊。定格的姿势是总统轻搂她的腰部，耗时也只是4秒。和上百人拍照，只要一二十分钟。

克林顿的另一省时绝技也值得一提，那就是以左手写字。2004年6月，他的自传《我的生活》即将面世，出版社大肆造势。这本书尚未付梓就登上畅销书排行榜，网上和书店的预购超过200万册。克林顿本人来旧金山签售，买书者在下城闹市排的队环绕了几个街区。前总统笑成一张扑克脸，坐在桌子旁，一个个手拿新书的人轮流走近，总统伸出右手，与之相握，同时，以左手签名。从容、得体，还有余裕时间说闲话。若换一个用右手写字的，和人家握手，可不能用左手，那是教养，只能把笔放下，握过手，再拿起笔。二者相较，时间差不了1分钟，但且想想，他一天要签名上万次，这个时间加起来就很多了。

克林顿在世纪交替时卸任，后来又以"前总统"的身份来过几次，但现任总统和前任总统的保安待遇大为不同。如今，坐的是普通客机，交通工具只有两辆多功能车。

据说，先前总统专机"空军一号"闹过天怒人怨的笑话：1993年5月18日，它违反立即起飞的规定，停在繁忙的洛杉矶机场的跑道上，导致两条跑道关闭近一个小时。另一架待降落的客机在空中盘旋了17分钟，原因是临时请了本地一个理发师上机替总统理发。经传媒揭露，社会哗然，反应来了。5月26日，三辆KSOL电台的汽车行至金门大桥，突然停下，车上人下车后，其中一人替另一人理发，5分钟后离去。桥上西行交通阻塞3个小时，车龙长达8公里。这一恶作剧让该电台被罚款150万元。4年后，海湾大桥免收过桥费3天，花的就是这笔钱。

21世纪初，前总统克林顿前来出席一个盛大晚宴，我在晚宴前例行的酒会服务，自己出了洋相。事情是这样：酒会结束，客人们都离开，前往晚宴大厅。克林顿没走，和影星莎朗·斯通聊得兴高采烈。后者于1992年出演电影《本能》的女一号，风头一时无两，几年过去，身材略胖，但依然艳光四射。克林顿和她该是老相识，所以斯通敢于舍"总统先生"而直呼"比尔"，这是我亲耳听到的。我在他们旁边整理食物台，挪动一块云石时用力过猛，云石把一个瓷花瓶碰裂了，里面的水漏出，眼看就要流向他们脚下。我紧张极了，好在，他们马上迈步出门。

晚宴上，克林顿做主题演讲，主题是全球艾滋病的防治。

他指出：现在全球有4200万人感染了HIV病毒，很多人死亡了，但是，只有30万生活在富裕国家的病人得到药品。即使通用药物不是很贵，一年也需要350多美元，这个价格太高了。所以，我们要努力降低抗击艾滋病病毒的药品价格，我们需要有一些制药公司降低价格，提高药品质量。上个月，我在和制药公司洽谈，发现服用一年药物，花不到140美元。我相信这价格还可以降低。目前，我们把这些药品提供给四个非洲和加勒比海地区的国家，一个病人一天只要30美分。我们的目标不止于此，要使所有人都得到廉价药。

我最为惊服的，是他宏观地总结全球的现状时，所举出的上百个数字，都凭记忆，如：非洲国家肯尼亚，原有HIV携带者若干，拿到廉价药的病人，前年多少，去年多少，今年多少，百分比多少，准确至个位或十位。接下来，是刚果、坦桑尼亚、埃塞俄比亚、赞比亚……条理井然，雄辩无比。

第一夫人来演讲

1997年秋天，一天大清早，宴会部忙起来了。在小而雅致、三面落地窗尽收金山海湾美景的"亭子厅"，我们给桌子铺上雪白的桌布，摆上经过特别抛光的银质刀叉和餐盘。大家都小心翼翼，上头说，这是本地民主党人的重要集会，第一夫人将发表演讲，弄砸了可不得了。酒店的头头，从总经理到餐饮部主任都到场督战。

一位个子袖珍得出奇，嘴巴也巧得过分的白人小姐，拿着宾客名单跑进跑出。这位第一夫人的侍从，职司宴会的安排，人小鬼大，每10分钟出一个新点子，座位加若干减若干啦，一会说须摆上酒杯一会又说须撤掉啦，第一夫人的位子在中央怕人碰着，太靠边又有失身份啦。

侍应生们给支得团团转，还得强装出职业性笑容。末了，连她也不好意思了，先告罪："唉唉，你们一定要打我的屁股了，劳驾，再帮一次忙。"央求我们把其中一张桌子换成大号的。这群工龄至少15年的资深员工当然不敢哼声，待她走出去才嘟囔开：妈的，什么第一夫人？又是亏本生意。每个人的午餐才收19美元，比一般最低标准还要低。酒店为了公关，吃哑巴亏不说，累得我们忙来忙去都是竹篮打水！

一个一百来人的午餐，要是平时，个把小时就准备妥帖了，这回折腾五个小时。末了，小个子女人不胜其郑重地检查过放着第一夫人名字卡片的座位，掸掸套上雪白布套的椅座，像是询问又像是自语："不脏吧？她不爱脏东西。咳，管它呢！屁股什么也看不到。"继而哈哈笑起来。我们这才擦擦脸，大大吁了口气。

不料，她旋即引进一位白宫来的小伙子。他叫安迪，见到人，那张来不及长胡子的脸满满地堆着微笑，但办事近于吹毛求疵。他四处查看过，急忙招来宴会部经理，说，那演讲台不牢靠，要想法固定下来，因为第一夫人发表演讲时，会不经意地推推讲台，若讲台从两尺高的台子掉下，可不是玩的！经理检查过，说，讲台脚部的轮子已给固定，之所以还会移动少许，那是因为轮子的"刹车"开关留着小小空隙。安迪果断地说："不行，要换。"于是搬来另外一个讲台。安迪又提出，讲台内的水壶和杯子所放位置不对，第一夫人若要喝水，必须弯腰低头，姿势不雅观。那好，换一副，安迪还是嫌杯子太高，拿出放进不顺手，最后给换成矮小的玻璃杯。

稍后，白宫的安全人员来，作最后一次检查。十来个人，加上一条专门嗅炸弹的狼狗，里里外外，每一张椅子、每一个空调出气口、每一条缝隙，都不放过。别忘记，此前已进行过至少两次，头一次是一个星期前，先头部队预作勘查，已相当彻底。第二次是今天大早，主要是查看四周环境，安全人员考虑到宴会厅处于高楼的包围中，人站在对街一家俱乐部的楼顶，可以透过落地窗看到第一夫人，决定把窗帘全部放下，宁可牺牲掉光线。至于侍应生，也逐一经过保安部门审查，确定既无犯罪记录，平时又没有过激言行，更不会是恐怖分子（鉴于近来美国与伊拉克的紧张关系，如果酒店雇员中有伊拉克移民的话，恐怕会被请出去）。

这时，一位高视阔步的白人女性在两三个手下的簇拥下进来，雷厉风行地召集众侍者，就午宴程序作了扼要说明。原来，她是第一夫人的贴身随从，即所谓"生活秘书"。她先请求负责音响的人员再试一次麦克风，确保不出岔子。她说："上个月总统在芝加哥演讲，麦克风坏了，起先那20分钟尽是噪音，气死我了！"无意中把"大内总管"的身份抖了一抖。

然后她查看为第一夫人特别准备的茶具，指明众多茶包中必须含不带咖啡因的"立顿"牌红茶，还要蜜糖和脱脂牛奶。还检查了矿泉水，看见都是来自欧洲阿尔卑斯山的"爱为安"，她皱皱眉，向宴会部经理说，第一夫人只喝国产货。

宴会部经理气急败坏地跑到仓库提货，才知道偌大的酒店，就是没有国产矿泉水。他急得跺脚，打算用舶来品冒充，"我就不信她能品出美国产和欧洲产的有什么不同！"

转念一想，如果露馅不得了，便吩咐部下跑步到不远处的小杂货店，买上一打国产矿泉水。经理苦笑着说："第一夫人爱国嘛，有什么办法？"

11时半，好几位穿警服的本地警察进来，看臂章官阶至少是"沙展"，即警佐，神色凝重庄严，俨然肩负匡扶社稷大任的人物。看来第一夫人一行已进入酒店，这一群警察坐在警车上负责开路。怪不得从昨天深夜起，酒店外围的大街就竖起警察局"不准停车"的告示，为的就是给护驾车队腾出位置。

宾客已陆续进来，在宴会厅前签到，戴起了名牌。戴着耳机或拿手提电话，因腹侧带着武器而使外衣鼓鼓囊囊的保安人员，在厅外长廊里严防密布，一双双眼睛鹰眼一般，似是不经意其实作着最高度警戒，随时把没戴名牌的浑水摸鱼之徒揪出来。好在，子民不会乱闯禁地，连宴会厅门外的花园也不涉足。几个不懂看英文"禁止通过"告示、不识好歹的欧洲游客，伸长脖子向园内好奇地窥探，让警察给赶走了。

依原定时间表，午餐该在12时半开始。宾客们也早已就座，都是当地政坛翻云覆雨的人物。其中一位，是民主党籍的中年白种女性，她要竞逐旧金山湾区某县参事这一公职，凭着天大面子，请动第一夫人来助选。尽管第一夫人不像老公总统先生那么日理万机，宵衣旰食，但也得为全国为数众多的地方议员及官吏摇旗呐喊。好在自从她的千金小姐切尔西在旧金山附近的斯丹福大学上学，这一带便得天独厚起来，第一夫人为公为私，都来得频繁一些。这个午餐会，竟选人除了宣布政纲，还要筹款。有第一夫人压阵，钱当然来得快些。

时间早过，第一夫人还没露面，宾客们似乎不急，也许是出于礼貌，都自顾捉对儿聊天。贴身侍从似乎着急了，因为夫人的日程环环紧扣，误了这一场，往下的也全得延后。"总管"不停地打电话，终于了解到，夫人去美容院保养指甲，稍多花了时间。走出美容院，又忙于与人合照。因为请求拍照的人大大超出预计，她在镜头前脱不了身。不可责怪人们"附骥尾"过分狂热，与第一夫人同框，既是身份、身价的象征，也是信用、信誉的凭据。在街上的摄影档和第一夫人的相片（和真人一样大小）合照，也要花个十块八块呢！

终于，保安人员走动起来，一片忙碌。通向宴会厅的各处大门，都被白宫、本地以及酒店的安全人员堵上，暂时一律禁止出入。一群记者打头，镁光灯大闪特闪。在警卫的包围下，第一夫人雍容地走来，后面跟着几位联邦或州的议员、政坛新旧明星、历年来热心捐款的"金主"。

第一夫人笑容灿烂，保养得宜的脸孔上，脂粉没有特意覆盖五十岁的皱纹，恰恰显出成熟的、内涵丰富的高贵气度。这位"母仪天下"的女性，不像前任第一夫人——布什总统的贤内助芭芭拉那般宽厚慈祥、带点家庭主妇的俗气，她干练自信，机敏雅致，偶然流露出不服老的女人所特有的气质。她与夫婿克林顿总统的外观和风度，代表"战后婴儿潮"一代的后现代新格调。尽管以口没遮拦和保守著称的参院议长金契瑞背后骂她为"母狗"，她越权干政的作风也偶受诟病，但近年来美国国内舆论对她却颇有好评。

全体起立，热烈鼓掌，第一夫人进厅就座，餐会开始。在忙着上菜递咖啡的空隙，一位见惯大场面的老侍者，偷偷地对同事说："看见了没？第一夫人今天不穿套裙穿长裤子，中看多了。她的小腿粗得不像话，早该学会遮丑啰！"另一个感叹道："权力这玩意儿真妙，怪不得谁沾手谁上瘾。你看，我们老百姓要是幸运，不闹家变，一辈子才弄上个把配偶，男人即使离婚，一辈子顶多娶两三个老婆，未必个个体贴殷勤。你看人家第一夫人，身边有多少忠心耿耿的男男女女，都那么年轻有为！"

新闻界大腕摩尔

20世纪80年代末，我在送餐部上班，早上8时多一点，我负责送一份"美国早餐"（含熏肉加炒鸡蛋、烤面包、橙子汁和咖啡）给塔楼的1002号房。我推着上面放着食物的带轮子折桌，先敲门。一位白人绅士微笑着打开门，迎我进去。

房间里面十分明亮，窗帘全拉开，旭日把最好的光线洒进来。可以断定，这位客人昨晚睡得好，大早起来，洗了淋浴，十分之神清气爽。我一边把折桌打开，把一张椅子拉来，一边暗暗琢磨，他为什么这么高兴，莫非昨天中了六合彩？我布置好了，要招呼客人落座。这瞬间，神差鬼使似的，我对他说："莫耶斯先生，请就座。"

见到客人，力求称呼具体姓名，而不是放之四海而皆准的"先生""女士"，　这一守则90年代以后才写在五星级旅馆的员工手册上，那年代尚未流行，但我这次做到了。惊奇的是客人，他坐下，我在他膝上铺上餐巾。他笑呵呵地问我："你，怎么晓得我的名字？"

我说，莫耶斯先生，我只要在家，每天傍晚7点，就和成千上万的电视观众一样，和您见面，怎么可能不知道？

他仰起头，右手拿的叉子叉着一块熏肉，本来要往口里送，却停下，哈哈大笑。没有什么比这一刻更富成就感了，我加上一句："我十分喜欢您的评论。"他差点站起来和我握手。

我并不是拍马屁，不过，实话没说全。真实情况是这样：前几年，我集中精力学英语，收看电视新闻练习听力是每天的日课。那个年代，美国晚间黄金时段新闻主播有"三巨头"：哥伦比亚广播公司的丹·拉瑟、美国广播公司的彼得·詹宁斯和国家广播公司的汤姆·布罗考。我独爱拉瑟，原因是他的发音好懂。而这位莫耶斯先生，是坐在拉瑟先生左侧的评论员。前者把头条新闻报完，他就讲数分钟，对重要新闻作扼要的分析及精到的评论。我看他的脸孔看了三四年。

粉丝在旁，快乐的莫耶斯先生更是乐不可支，和我聊开了。

看样子你是中国人？

是的，我来自中国。

噢，我刚刚去了一趟上海。

很喜欢新闻吗？

是的，我天天看CBS的新闻，还看别的书，比如文学。

太好了！中国的文化传统很悠久哦。我这次在上海，访问了好几位作家。

记得名字吗？也许我读过他们的著作。

有一位是Lu Xun。

您访问过Lu Xun？我问，缓慢地把Lu Xun说了两遍。

他肯定地说，是的，出色的作家。

我的脑筋转了一圈，想不起上海哪个作家叫Lu Xun。莫非他指的是鲁迅？我不敢贸然提问。

谈到这里，想到他要吃早餐，不能多叨扰，我便告辞了。

后来，我在图书馆翻到一本美国传媒界名人录，从中查到他的资料。我见他那一年，他五十出头。往前一二十年，即20世纪60年代，他担任总统的特别助理，还成为了约翰逊总统的新闻秘书。

"阁楼"掌故

一

20世纪80年代初，全美媒体都围绕费尔蒙特旅馆的"阁楼"（Penthouse）大做文章，将之名为"全美国最昂贵套房"，每晚宿费为1万美元，2022年涨到一晚1.8万美元。

"阁楼"的老式豪华是货真价实的，它位于旅馆主楼的顶层（第七层），面积为6000平方英尺，含有面积超大的卧室两个，大客厅一个，将金山海湾尽收眼底的阳台，可坐60人的餐厅，大厨房。两层的圆形图书馆，以红色螺旋楼梯连接。天花板是以天堂为主题的壁画。还有一个桌球室，墙壁全部镶嵌彩色瓷砖，图案是在中东伊斯兰教堂见到的，以繁复富丽著称，设计者亚瑟·厄本·波普是美国波斯艺术的先驱。

入住的名人数不胜数。约翰·肯尼迪总统在这里留下香艳的绯闻：有一次，他在这里和影星玛丽莲·梦露幽会，不巧第一夫人上楼，梦露从厨房后面的小门溜出，沿"之"字形窄楼梯到下一层，安全离开。

20世纪70年代，老板本杰明·斯维克（1893—1980）曾把阁楼当作自己的寓所。本杰明·斯维克生于麻省一个金融家之家，成年以后从事房地产生意，获得成功。1940年，他移师西海岸，1945年购下费尔蒙特旅馆。

阁楼不但是大人物下榻之处，还因为地方大，名气响亮，成为本地人举办豪华派对的热门胜地，我与同事三天两头在这里侍候客人。

二

先说一个诡异的故事，当事人都是同事，我向本人求证，她言之凿凿，信不信由你。

话说2008年，送餐部的经理吩咐女练习生玛丽把见面礼送到阁楼去。这是旅馆待贵宾的一个规定：客人进门前，把诸如鲜花、水果、巧克力糖、香槟酒以及欢迎卡放进房内显眼处。玛丽把礼物带上阁楼，因经理告诉她，客人还没来，她没敲门，坐直通阁楼的电梯上楼，以电子钥匙打开大门。正要跨入，里面走出一位老太太，身穿粉红色睡袍，和颜悦色地问玛丽："你好，有事吗？"玛丽大感意外，连忙道一声"抱歉，打扰了"便关上门，坐电梯下去。

玛丽回到送餐部，向经理抱怨，你的信息不准确，害得我差点闯进去，人家不但已入住，还在午睡呢！

经理说不可能，打开电脑一查，客人并未到达，而且预订它的客人是一家大企业的执行长，中年男子，和老太太根本对不上号。经理赶去阁楼，敲门，并无声息，用电子匙开门进内，什么人都没有。紧随其后的玛丽傻了眼，叹息道，谁还相信我？刚才里面明明有一个老太太……

旅馆雇员们议论纷纷，都不信在送餐部干了十多年的玛丽说谎。一个老员工提醒：20世纪90年代前，旅馆生意长旺，有的是钱，为了彰显特色，所有和布料有关的用品，如餐巾、桌布、客人专用的睡袍，颜色统一为粉红。老太太所穿的，就是从前的睡袍。那么，老太太该是鬼魂，有人说，她就是本杰明已去世的太太斯维克太夫人。

三

1994年，一部名叫《玉焰》（*Jade*）的惊悚片在旧金山市区开拍。制片人租下阁楼，为期一星期，一来，有好些镜头须在阁楼拍；二来，可作全体工作人员的吃饭、休息处。我被送餐部委派，独自包办这个团队的饮食。

剧组的主脑是制片人，开销全部由他掌握。这是个50多岁的白人，行事谨慎，一看就不是阔手大脚之辈。其次是导演，40多岁的白人。按照旧金山演艺工会的严格规定，任何剧组来这里拍片，必须雇请本地人。电工、布景工、灯光、录音、清洁、搬运，共二三十人，都是年轻白人。他们的分工严格，不可"捞过界"，比如，场内遗下垃圾须清理，别看作举手之劳，不是谁都可以干，必须由清洁工来。工会这样规定，为的是保障各人的饭碗，至于为此制片人额外付钱，那不关工人的事。

除了从大厨房搬运三文治、沙拉、面包和各种饮料，供应早、午、晚三顿之外，剧组整天不能缺少的是咖啡、茶和汽水。为此，我整天待在阁楼，用餐期过去，我事情不多，得以就近观察拍片。

影片的男一号是早已在电视屏幕上见了无数次的大卫·卡罗素，他担纲的连续剧《罪案现场》近年热播，他饰演冷峻、机智的侦探。在这部片中，他饰演的是旧金山地区的检察官。

这样的大牌，是一寸光阴一寸金，不会腻在剧组等导演叫的。他要一切就绪，才乘机从迈阿密的摄影棚飞过来，镜头拍完就离开。在大西洋之滨，另一个男一号——侦探肯恩一角等着他。女一号也差不多，都是来去匆匆，不浪费每一分钟。

所以，剧场算得上"角色"而留下的只一位，是位50多岁的白人男士，他一边啃火鸡三文治，一边和我聊天，告诉我，他是演话剧出身的，在剧中饰演以贪腐出名的州长一角。他待了四天，演完自己的戏份就离开。

而香港称为"茄喱啡"的群演，是在本地招的。有一镜头拍的是在大厨房里警匪追逐，需要一群厨师做陪衬。数十人都是旅馆现成的厨师，每人拿150美元，以平日穿的白色制服加高帽子出镜。在阁楼电梯前担任接待员的白人小姐，住在市区，是接到经纪人的通知前来的，只一个镜头——当管签到的会议接待员，拿250美元。她进门，在化妆室被专业化妆师"加工"一番，换了服装，便上场，拍完就走。后来我看片子，她现身不到1分钟。

导演威廉·弗莱德金，在片场大家叫他比尔。别以为这职业崇高优雅，他活像黑社会的老大，满嘴粗话。也难怪，他被制片监督着，开销一旦超过预算，就挨警告。而这临时团队，由旧金山影业工会会员组成，个个是熟悉行情的"老兵油子"，按合同办事，分内事必做好，分外事休想请得动。

一次，在大客厅拍戏，客厅隔壁的阳台坐满了人，都无所事事，吃喝，聊天，干赚工资。每人的时薪四五十块，一天内超过8小时是一倍半。制片人对他们又恨又怕，赶走是不行的，片场需要钉一根钉子，只能由木匠出马。导演在客厅正要喊"开麦拉（开机）"，被厅外的嘈杂声惹怒，站在阳台上吆喝："听着，你们一个个都给我闭上鸟嘴！别以为我没法治你们，上星期被你们敲去30多万加班费，这一次休想！他妈的，光会占便宜……"顿时一片肃静。轮到制片人紧张了，如果这一群人罢工，那可是要命的，于是连忙招手，请大家进厨房吃甜点和冰淇淋。

四

1993年，阁楼入住了一群来自迪拜的贵宾——沙特阿拉伯王子以及家眷、随从。他们此行的目的，据旧金山《纪事报》透露，是检查身体，换言之，是吃喝玩乐。按服务标准，入住阁楼享受"24小时管家"的待遇，也就是说，里面须有一名随时听吩咐的侍应生，我是其中一个。

王子带来的仆从有七八位，轮不到我们去侍候。所以，我等身为管家，只需待在厨房，以备不时之需。和我们腻在厨房里的，是一位随王子来的特殊人物——咖啡师。他尖嘴猴腮，年过五十，个性诙谐，英语带浓重的中东口音，但足够流利。他独沽一味——煮咖啡和茶，工作轻松，巴不得有人陪着。他告诉我们，他是埃及人，干这一行近20年。他把手提箱内所有家当拿出：配套的彩色瓷杯、托碟、五花八门的香料、咖啡豆、茶叶、研磨机、托碟、器皿，全摆在操作台。

早上，主人还在房间内，他闲着也是闲着，便给我和我的同事泡咖啡。广东俗语"天旱三年饿不死伙头娘"，说得是：下人因近水楼台，能享到与主人类似的福。他往铜壶里头倒下砂糖、桂皮粉、小豆蔻粉、咖啡粉，再注入滚热的水，顿时，浓香四溢。他得意地说，让他们尝空气好了。稍后，给每人斟下一杯，还送上几枚类似曲奇的椰饼，那是沙特阿拉伯的特产。

午饭以后，王子他们要喝咖啡。我在旁观看，咖啡师所调制的咖啡，面上呈现金色。我问是不是金箔。他摇头，说是油脂。油脂从哪里来？他稍加解释，咖啡豆须挑选，要深度烘焙，越新鲜越好，还要讲究研磨度，磨得越细油脂越厚。

王子是来这里玩的，起床很迟，早餐是自助式，食物放在长桌上，随人喜欢。午饭正式一些，是纯阿拉伯风，由大厨房煮几大盆羊肉、牛肉，搁在餐桌，王子和众人一边高声说笑，一边取食。清一色男子，从不见女眷，天晓得她们躲在卧室里怎么样打发日子。

这一行离开前结账，一共花了27万元。两个随从抬着一口大行李箱到前台去，里头盛的是美钞。前台四个雇员点了一个上午。王子走了以后，留下一笔糊涂账——联邦调查局派了两个探员驻守，以保证他们的安全。探员坐在阁楼门口，闲得发慌，就上网租电影看。不料王子一行没替他们付钱，他们又不肯自掏腰包，说是职务需要，于是几千美元的账挂了好久。

五

1994年秋天，州长办公室给旅馆下了订单，州长威尔逊要在阁楼举行筹款餐会，参加者是企业界人士，预计宾主合共50人。餐厅放上五张圆桌，每张坐10人。州长的安保规格颇高，宴会开始前警察带警犬进入，里里外外搜查，确保没有炸弹。

宾客拿着请柬来签到。餐券不便宜，每位5000美元。扣除这顿饭的开销，剩余部分作为州长竞选连任的经费。来者都是大公司的执行长、董事长、财务长一类要人。

威尔逊在四个保镖的护送下进场，大家并没有鼓掌，更不欢呼。他微笑，和各位握手，寒暄，就餐前有一个历时30分钟的鸡尾酒会，地点在阳台。

这位共和党籍州长的官声不错。他1935年出生，当过律师，从政后担任过三届圣地亚哥市长，1991年出任加州州长。此时全州的经济陷入大萧条以来最糟糕的局面，财政赤字高达六七十亿元。他第一任期结束时，盈余达160亿元。

餐会开始，威尔逊作了施政演说，然后是自由发言。

叫我惊讶的是，上台的都没给州长说好话，批评的方式各有不同，或尖锐或温和，一致的是不满州长的政策，从税收到各项法规，如何捆绑企业的手脚。有人出言威胁，不及时改正，我们的公司就搬到别州去。

州长虚心地倾听，不予反驳。餐会的末尾，作了简单的回复，承诺一定慎重考虑，采取对策。

以下一幕是我万万想不到的：散席后，州长与客人逐一握别，然后，他和幕僚们在客厅里聊天。我们在旁收拾东西，他们并不介意，谈话我们都听到，主题是检讨今晚州长发言的得失，幕僚对"老板"的指摘比刚才的企业家还不客气，简直就是训孙子。"哪里有这样说话的？不是白白给人话柄吗？"一个秘书模样的年轻人拍了拍州长的肩膀说。年近60岁的州长大人连连点头，表示接受。

六

1994年间，我在送餐部，接受了一个任务：给阁楼的客人送上工作午餐，是自助餐，活计简单。

我先进内布置，放好盘子、餐具。时间到了，把大厨房做好的三文治和甜品运上去，放在桌上。

客人陆续进入，许多人我是认识的。李察的大儿子小李察，80年代受当董事长的老爸提携，当上旅馆集团的副董事长，但把一桩事搞砸，不到三个月就被爸爸撤职。他来得最早。还有马文的小儿子，叫乔，被叔父安插在旅馆担任经理。

这个花花公子，有一次喝醉，驾车在旅馆外撞死一个妇女。好在老爸付出天价赔偿金，他免于坐牢，从此规矩了。还有李察的两个女儿，她们没一点富家小姐的气派，波西米亚风装束。1980年，旅馆大罢工，清理房间的女工都站在旅馆外的纠察线示威，无人干活。李察的女儿们乖乖地穿上工作服，进各个客房换床单，吸尘，干得蛮合格。

很快打听清楚，这是斯维克家族为分家产而开的特别会议。

自从1945年本杰明·斯维克买下这家旅馆，本杰明的两个儿子——马文和李察兄弟，老大马文在地产界翻云覆雨，风生水起；老二李察在旅馆业坐镇，成绩平平。20世纪80年代初，《福布斯》杂志开列"全美三百名富豪"名单，第298、第299、第300名分别是本杰明的三个后裔：马文、李察和他们的姐姐丹尼斯。各人名下的财富在6亿美元上下。

到这一年，马文已去世，李察病重。斯维克家族的第三代决定把所有旅馆卖出，把家产分拆。这个会议关系到每一个人"拿多少"，非同小可。所以，家族成员到齐，都带来了自己的律师，各人如临大敌。

有一个取笑犹太人的刻薄笑话：50个犹太人在游泳池戏水，有人提议举行潜水竞赛，第一名获奖金1000元。比赛开始，所有人都在水下憋着气。裁判等了好久好久，没人浮上来，只好再等，最后发现，全在水下憋死了。

斯维克家族并不曾以吝啬著名，待员工不错，没干伤天害理的事。如果非要举"劣迹"，我所亲历的只一桩：马文的大儿子丹尼是律师，再婚娶了名人之后，在小报被宣扬了一阵子。1992年圣诞节，他在家里举行派对，所有食物和服务人员均由旅馆派出，我们一行12人，搬运食物，布置户外宴会场地，从早上忙到晚间10点，每人拿到的小费仅仅是17元。

会议当然是关门进行的，无人知道各方如何过招。我冷眼旁观，不断有人从会议室走出，尾随着自己的律师，在角落里窃窃私语，可能是讨论对策。

"维纳斯人厅"轶事

　　1947年，由大名鼎鼎的室内装潢师特雷帕主持的费尔蒙特旅馆翻新工程完成，焕然一新的"维纳斯人厅"有如欧洲的宫殿，从此，它成为全市首屈一指的夜总会。几十年下来，上台演唱的大牌歌星，名字一长串。最具历史意义的，该是托尼·本内特1961年在这里首次演唱名曲《我把心留在旧金山》。每个周末，乐队和歌星在台上表演，台下，穿燕尾服的侍者在桌子旁穿梭，送上鸡尾酒和菜肴。

　　其中一位驻唱歌星——詹姆斯·布朗（James Brown，1933—2006），黑人，被誉为"美国灵魂乐的教父"，说唱、嘻哈和迪斯科音乐的奠基人。一生录制了逾50张专辑，单曲超过119支。1965年和1987年获得格莱美两项大奖。我曾经侍候过住在塔楼最豪华套间的布朗及他太太好几次。

　　布朗其貌不扬，矮个子，偏胖，不修边幅，总是一副大大咧咧的土豪架势。开始那些年经济状况不错，他以及他带来的伴奏团队都受周到的礼遇。毕竟，驻唱按合约是能拿到丰厚出场费的，不管观众多少。到了90年代，他陷入财务困境，连来这里登台的收入也预先花掉。

我是怎样知道的？送餐部给客人提供三餐，一般以信用卡入账，但小乐队（他带来的四个年轻黑人）给送餐部下单，居然要付现款。这可是万中无一的例外。那一次，乐队点了晚餐，负责送餐的侍应生按常规办事，把一桌子沙拉、牛扒以及饮料送进房间。乐队的头头签了单，开始吃。侍应生离开房间，回办公室销账。

　　这时，送餐部经理接到前台的紧急电话：他们不能赊账，必须马上进房间收现款。侍应生赶回去，人家吃在兴头上，要他们付现钱，他们一律摇头，说没有，连信用卡也拿不出。侍应生无奈，走出门外，给前台打电话，问怎么办。前台说，把食物撤走。于是，侍应生回去，在乐手们嘟嘟囔囔的抗议中，把桌子推出房间。乐手们抱怨说，我们都吃掉一半了。侍应生说，找你们的老板去。

　　当然，作为老板的布朗，不至于不准在旅馆内吃饭。一天中午，他从套房打电话，为自己和第三任太太点了午餐，并不奢侈，每人一客俱乐部三文治，一块栗子蛋糕，加上咖啡。账单上标出的总数为60多美元。我把食物放在一张带轮子的餐桌上，推上22楼，开门的是布朗先生。

　　布朗和他的太太，我见过多次。多数场合，布朗神情欠佳，尤其是他的白人太太，不到40岁，脸色苍白，总是一脸晦气，坐在长沙发上不理睬人。老公要低声下气，劝她起来吃饭。但今天不同，布朗先生穿旅馆提供的高级睡袍，刚洗了澡，神采奕奕，一反过去的冷淡，居然和我这个既非美女又不是同族裔的下层人聊起来。

　　"你是亚洲人？"他笑嘻嘻地问。此时，靠在窗口，背后是蔚蓝色海湾，天使岛前后的白色游艇，有如天鹅。他的厚嘴唇裂开，我想，从那里吐出多少美妙的歌曲，早在近30年前的1965年，就以一曲《老爸的新袋子》获得格莱美最佳唱片奖。

我连忙说："是的，中国人。"

"噢，真巧，我下月去亚洲巡回演唱。"

"太好了！去哪些城市？"

"台北，新加坡，首尔，东京……"

"亚洲歌迷有福了！布朗先生，也许阁下有所不知，亚洲人选'全球最受欢迎歌星'，把您排在第二。"

"是吗？"他紧张地靠近，直视着我。

"你从哪里知道的？"

"当然知道，我从亚洲来的嘛！"

我对西方音乐所知极少，布朗的灵魂乐只偶尔听过。迈克·杰克逊几首最热门的歌充其量哼得出一两段，仅此而已，何曾有发言权？不过是逗笑取乐，英语叫"Bull shit talk"。不料他当真了，可见，"人爱奉承"乃是和"人总是要死的"一样的真理。

"呵呵，那么，谁是第一？"

我略加沉吟。他的头微俯，更靠近我，仿佛在等待法官的判决。

我响亮地说："第一名是迈克·杰克逊。"

他豪迈地笑起来，握着我的手，连连说："感谢感谢。"

这时，他睡眼惺忪的太太从卧室走出。他迎上去，对她说："甜心，这位先生刚刚告诉我，亚洲人把我选为全球最受欢迎歌星第二！"她太太竟笑了，吻了他一下。这是我所见到的，他夫妻唯一的欢乐与亲密的镜头。

布朗忽然省悟，问我："账单呢？"我来前领班已交代，账单不必交布朗签，由陪他来的演出公司经理签即可。我说："不必您签。"

"给我。"他下命令。

我只好把账单递上。他拿起笔签了名字，加上小费：200美元。按常规，小费为账单总数的15%到20%，也就是10美元至15美元。他太大方了！我连忙道谢，祝他亚洲之行成功。

回到送餐部，我把账单交给领班。领班说，他的签名没效，接着把小费200的一个零划掉，我只拿到20美元。领班是流行乐迷，他告诉我，最近，布朗先生的演艺生涯达到高峰，刚刚获得格莱美终身成就奖。怪不得他心情这么好！

回过头去说说布朗的舞台——维纳斯人厅。布朗这次演出结束不久，夜总会结业。据说是全美老式夜总会最后一家，连年亏损，一年至少赔60万美元，虽然留下极佳的口碑，也要断臂求生。

然后，旅馆从银行贷了一笔款子，陆续将客房以及供会议、派对用的厅、室翻修。维纳斯的古典风格被抛弃，换上明快、简约的现代气派，墙壁由深红变为奶白。谁也想不到，这次装修闯下大祸。

千禧年到了，旅馆跟往年一样举办迎新年盛宴。宾客买上一揽子门票，内容包括鸡尾酒会、晚宴、舞会，住宿一晚。价格为每人500美元，只有中上层人才付得起。新世纪第一年更不可错过。一切正常进行。晚宴设于维纳斯人厅，宾客约200人，男士要么晚礼服，要么西装，女士一律长裙。特设的菜单为法式，一共七道，每一道配不同的葡萄酒、香槟、干邑。那时是晚间8点，高价聘来的海岸乐队和歌手开始表演。

穿一袭黑色晚礼服的女报幕员对着麦克风说：下一个节目，请欣赏……话音刚落，舞台上方发出异响，两道黑烟喷出。客人们鼓掌，欢呼，谁都以为这是为下一个节目制造的特殊效果。谁知黑烟遮蔽了舞台上方。"下雨了！"有人惊呼。天花板上安装的消防装置自行启动，水从数十个喷水器洒下。

舞台上的表演者呆若木鸡。报幕员摊手耸肩，无法回答宾客的质问。宾客们纷纷站起，拿起餐巾遮住头部。"雨"继续下，不算大，然而持久。所有的桌子、椅子，餐桌上的鲜花和餐具全都湿漉漉的，还好在只上了第一道菜——鲑鱼卷，客人基本上已吃完。受不住了，大家往外面逃，站在走廊里，叽叽喳喳地议论。

室内"下雨"，在本旅馆并不罕见。属下一家专营亚洲菜式的"汤加厅"，顾客用餐时刻听到雷声，然后是潇潇的雨，水汽往脸上扑。然而，那雨是下到水池的。

值班的副总经理和餐饮部主任赶来。事故的肇因查明，是为消防系统翻新的专业公司惹的祸。按联邦的相关法规，公共场所必须安装自动灭火器。这种装置的开关是石蜡做的。一旦室内发生火灾，温度升高到临界点，石蜡被熔化，"水龙头"给拧开，水便喷出来。经理当机立断，请客人到大堂稍事休息。

宴会部及杂工部所有人立刻动手，在和"维纳斯人"只隔一条走廊的"黄金厅"内，重新摆上桌子、椅子，安装临时舞台，舞台前铺上木地板作舞池。30分钟过去，已在洗手间把衣着和妆容整理过的宾客走进黄金厅，把湿漉漉的外衣挂在衣架，重新落座。

添酒回灯重开宴，吃过主食小牛肉，男士请女伴去跳一曲《蓝色的多瑙河》。依然衣香鬓影，弦歌飞扬。零时接近，倒数，庆祝新一年将临，拥抱，祝福，喝香槟，跳舞，节目一个不漏。

旅馆为了致歉，宾客的全部开销免单。合计20美万元的损失由保险公司承担。"维纳斯人"厅里的高级地毯被水湿透。工程部在四处放上高速鼓风机，日夜开动，吹了好几个昼夜。世纪如此交替，独一无二，所有参与者都不能忘记。

2011年，我从旅馆退休。生命的精华消耗在"饭碗"上，良可慨叹。谁不是这样呢？好在，留下了丰沛的记忆。

第三辑

烹饪行业人物志

唯钱是问的詹姆斯

一

人对"第一次"的印象总是特别深刻的，第一封情书，第一次上班，第一次见面，第一次热吻。对于记忆来说，"好的开始是成功的一半"这一西洋谚语可以改为"任何一个新的开始都可能成为全部记忆的一半"。每当我想起詹姆斯，一个画面必然插入，栩栩如昨。

那是1981年的春天，在旧金山蒙哥马利街44号富国银行大厦地下室的马车餐馆。我是被唐人街职业培训中心派来实习的，平生第一次在人人说英语的地方上班，干的又是从来没干过的活计，说不紧张是假的。这地方，我前一个星期五下午来过一次，被当调酒师的中国人带去见老板。这位调酒师待人极好，可是他在酒吧忙着，于是我先进办公室见了老板杜培先生。

喜怒无常的杜培先生此刻心情不错，他把我领到餐厅，高声叫："詹姆斯，过来！"詹姆斯正在厨房里搬运银器，听不到，老板提高嗓门吆喝："你躲哪啦？给我出来！"待在餐厅的，只有一个侍应生——南斯拉夫移民巴比，他刚刚侍候完吃早餐的客人，看老板急了，赶紧跑进厨房，把詹姆斯叫出来。

詹姆斯愣头愣脑地走来。老板的怒气还没涌上脸，便被詹姆斯压下去："杜培，别嚷，我忙着呢！你知道，我这阵子事情最多，你雇我，可不是要我站在这里等你吩咐的。""就你多嘴。"老板笑了，看得出来，詹姆斯并不怕老板。

老板拍拍我的肩膀，对詹姆斯交代一句："你负责教他。"便回身走了。詹姆斯追过去，要贴在老板的耳边说私己话，可是太矮，踮起脚也够不到耳边，只好大声说话。他们的对话我约莫听到，詹姆斯向老板提出，新来的跟他学，可不能分掉他的小费。老板呵呵笑着回答，小伙子是不要钱的，放心。

詹姆斯回过身，和我握手，说地道的广州话。我那时没有英文名字，他叫我的姓"阿刘"。他姓蔡，他领我到更衣室去，拿了一件酒红色夹克，让我穿上。这就是练习生的制服——白衬衫在内，外加夹克，戴蝴蝶领带，穿黑裤子和皮鞋。

"我该干什么？"我站在餐厅，看着忙个不停的詹姆斯，胆怯地问。他不耐烦地说："我事情多着，你先看我干，什么时候有把握了，自己动手就是，收盘碗，还用教吗？"我不敢多问，跟在后面，看他去厨房后面的仓库，把桌布和餐巾放在小车上，运到餐厅的工作间，在餐厅忙活——铺桌布，摆银餐具，按下大型咖啡机的开关，制午餐用的咖啡。我这跟屁虫显然妨碍了他的手脚，他不时白我一眼，或者没好气地说，让开让开。

说话间，餐点到了，第二次世界大战期间在大西洋当美国海军驱逐舰舰长的杜培先生恢复了指挥官的雄风，站在离门口不远的登记台后，5位练习生站在他两旁。

这家餐馆的老规矩，开门的头半个小时，侍应生要侍候落座的客人，而练习生暂时没盘碗可收，便担任带位。我站在詹姆斯的后面见习，5位未来的同事都是中国人，年龄和我相仿，都客客气气地和我握手，但没机会彼此介绍。在发起火来当众痛骂太太的老板的眼皮下，谁敢说悄悄话？

第一次在西餐馆干活，如果这就是高尔基式的"大学"，我修的第一个学分叫"紧张"。我的天！当客人潮水般涌进来时，侍应生们穿行于人丛，在酒吧、餐厅和厨房三点之间冲锋陷阵。

打下手的练习生要么听从侍应生的吩咐，为客人送面包，倒冰水，递咖啡，要么把客人业已埋单、离开的桌子清理干净，重铺桌布，摆银器。一切都在默契或低声的争吵中进行，节奏极紧凑。

我不敢随便，先看詹姆斯干活，第一拨客人吃过，脏碗碟逐一放进工作间里的塑料盆，由我搬进厨房。詹姆斯的机敏，我算是见识了。这家伙，身高才1.57米，在人群中闪转腾挪，特别灵活，但是他对我不友善，动不动就喝斥。我心里窝着火，想不到一进来就受这小个子欺负！

忙乱了两个小时以后，客人们回到各个大厦里头的办公室去。只干午餐的侍应生们和收款员结好账，下班前要给练习生付酬劳，按规矩，要付他所赚小费的15%，但由于客人付的小费多半是现款，难以查核，因此尺度各别。具体到詹姆斯，因为他不但资格最老，是练习生们拥戴的头头，而且干活卖力，更要紧的是，侍应生不给足，他敢于撕破脸和人家吵，所以多拿到几块钱。

这阵子，詹姆斯紧张地盯着他辖区的侍应生们，生怕他们"忘记"付钱，逃之夭夭。南斯拉夫移民班尼已把制服换下，大模大样地走过，詹姆斯打个眼色，班尼停下，从西装口袋掏出5块，詹姆斯接过，没说话，看得出并不满意，但班尼是明星侍应生，客人多，老板也让他三分，詹姆斯不敢抗议。

希腊移民汤尼在远处，被詹姆斯叫住，汤尼"哦"了一声，连忙掏腰包，只塞给詹姆斯3块。詹姆斯把他的手推开，说，你敢剥削我？瞎眼了！汤尼说，今天我才侍候了12个客人，两个不给小费，拢共赚了22块。汤尼装出可怜相。詹姆斯说："你连我都敢骗？10号台的小费8块，9号台5块半，15号台账单24块多，给你30块，声明不必找。你今天的小费如果少于40块，我当你的狗！"汤尼尴尬地苦笑，给詹姆斯加上3块。詹姆斯一边数钞票，一边对我说，"看见吗？这混蛋，不使劲榨，油水出不来！"

餐厅的事情，最大的好处就是，时间过去，一切归于宁静。到高峰期，侍应生在厨房可能为了客人抱怨牛排太生而和头厨大吵，侍应生之间也为了把出手阔绰的客人抢到自己的"领地"而钩心斗角，客人离开以后，都和好如初。

打仗似的午餐期过去，詹姆斯的脸部松弛下来，领我进厨房，介绍我和厨师认识，请二厨尤金给他分午饭时，捎带给我一份。我顿时对这小个子感激涕零，两个人坐在厨房后面的长桌旁边，边狼吞虎咽，边拉几句家常。

原来詹姆斯是我的小同乡，他老家是山下的小村庄，村名我知道。然而，詹姆斯对"老乡"没有套近乎的兴趣，旧金山的台山人太多了。这次短暂的交谈，并不热络，却教我对他增加了敬畏：啧啧，标准的家乡话，标准的广州话加上略带口音但流利无比的英语，不简单的矮子！

二

我跟随詹姆斯当见习生才一个星期，就因为一个练习生请长假，空出一个位置，由我替补。我由此获得拿小费的机会，干一场午餐拿到10块，够买一天的菜还有余。新移民是容易满足的。詹姆斯也为摆脱了我而松了一口气，身为餐厅最低级的练习生，拥有跟班，一如家丁坐上老爷的专用轿子，并不舒泰。

我慢慢发现，18岁从中国香港来旧金山的詹姆斯，早已彻头彻尾地洋化，表征之一，是"我的就是我的"这一观念异乎寻常地牢固。练习生的职责之一，是替侍应生摆位。我是新手，怕动作慢，提前上班，从厨房洗碗槽附近的储物架，把刀叉、碗碟、咖啡杯运到所负责的"马鞍厅"去。

我看到一辆手推车，便拿过来，把餐具放上去，正要往外推，詹姆斯进来，一看，皱了眉头说："车子是我的，你最好自己找一辆。""行，我把餐具放好，马上还你。""不行，我这一刻要用。"他毫无通融余地，把我放上去的餐具全卸下，推走车子。我摇摇头，心里说，来这个国家找人情味，难啊！

我从职业训练中心毕业以后，"马车"旋即雇我为全职员工，中午当练习生，晚上当清洁工，职责是把餐厅所有的地毯都吸一次尘。

这家餐馆位于金融区中心，和别的餐馆不同，它的生意主要是星期一到星期五的午餐，尤其是下雨天（写字楼的白领无法到外面去，只好涌进这里），以及每天夜晚8点前的酒吧。夜间极少客人进来吃饭，但它有的是名气，不敢不备点存货。

晚餐期间只留下一个厨师、一个侍应生和一个练习生。练习生还有一项特别差事——为喝酒的客人准备免费的下酒小食。这个练习生，就是詹姆斯。晚班的侍应生，本来是澳大利亚移民查理斯，他一辈子干这行，精通顶级法式服务，詹姆斯向他学到不少独门功夫。不过查理斯上班是三天打鱼两天晒网，他请病假的理由是：参加朝鲜战争时腿部中弹，现在又发作了。詹姆斯则说这家伙是酒鬼，口袋里有点小钱，买醉去了。

查理斯不来，老板也不雇人代替，由詹姆斯唱独角戏。好在吃晚饭的人极少，詹姆斯愉快胜任。我晚上8点回到餐馆，开始清洁地毯，看到詹姆斯侍候客人的全过程，由此，发现他"洋化"的第二个表征：彻底地务实。说白了，就是极端爱钱。

那一次，灯光暗红的餐厅里头，只一张雅座（即半圆形沙发围着圆桌）有两位客人，是一对从俄亥俄州来看旧金山金门大桥的老夫妻。我一来出于好奇，二来也想学习（总不能来了美国当一辈子下手），隔着屏风观察詹姆斯的举动，从头到尾，大开眼界！

他先上"马天尼"（美国流行的鸡尾酒），再推荐客人几种精致的前菜。客人点菜的当口，詹姆斯淋漓尽致地发挥口才，把店里最昂贵的"惠灵顿式烤小牛肉"大吹特吹，让客人觉得如果不点它就是和看不到金门大桥同等的遗憾。再就是怂恿人家喝120元一瓶的加州红葡萄酒，最后，以激将法让饱嗝连连的律师事务所合伙人和妻子都吃下"烤阿拉斯加冰淇淋蛋糕"，这种甜点是本店的招牌。

只见詹姆斯把小车推到客人跟前，在蛋糕上浇上白兰地干邑，用打火机点着酒精，蓝幽幽的火苗映照着三张脸。吃完晚餐，客人拍着肚皮作出评价：不但在旧金山属于最好，在他所流连过的全球所有城市，也是顶尖的。

晚饭后，站在雅座前的詹姆斯和缓缓品味龙舌兰甜酒的客人闲谈，以旧金山最热闹的渔人码头为话题，詹姆斯把古今逸闻肆意渲染，一口英语，那流畅，那准确，那谐趣，在非美国土生的中国人中，绝无仅有。

这一晚，我在一个不开放的餐厅吸尘，詹姆斯进来，他心情好得无以复加，急于宣泄："阿刘，猜猜，刚刚和我握手告别的客人，给多少小费？"我说："你把他们当成国王和王后来侍候，能少吗？"他料定我这刚刚进城的"大乡里"没有想象力，抢先说了："72.39美元！""干吗带零头？""账单是227.61美元，客人给我3张100元钞票，说不用找了。"

"厉害！我干一天也赚不了这个数！"我佩服得五体投地，我的时薪是4块5毛，8个小时下来才赚36块，加上午餐所赚的小费，一共不过40多块，还要纳税。"论服务水准，你超过大多数侍应生，可是你当练习生当了10年……""唉，我这么矮！我好几次要向老板提出，让我升职，走到办公室门口，就是没勇气进去，算了，别自讨没趣。阿刘，你个子高，学好英文，将来一定行。"我连连点头，来到这个国度，得有一个终身职业。练习生毕竟是过渡，侍应生或者调酒师却可以干到退休。

詹姆斯本来在8点下班，但为了这对被自己的即兴笑话逗得笑疼肚子的夫妻继续愉快地用餐，他延迟了半个小时，这属于自愿，并无加班费。好在损失有所补偿。

厨师已下班，厨房由他主宰，他旋开煤气炉，把头厨预先为他留下的大号牛排放上煎板，料理出口感恰到好处的美食。他把盘子端到餐厅一角，撒上胡椒粉，有滋有味地嚼着。他又叫我过去，说："不急，聊聊天嘛！你这活我从前干过，一个小时就搞定了。"难得这小子这般友好，我坐在他对面。他说，为什么我喜欢干餐馆这一行？爱吃。看，一天下来吃多少，喝多少？一个子儿不花。晚餐嘛，趁老板不在，头厨每天靠我去酒吧给他拿啤酒，当然要互惠，下班前一定给我留下好东西。

詹姆斯吃饱了，该回家了。最后一桩事是数钞票，这是一天所赚的小费。原来，心甘情愿地当练习生是有理由的，他的赚钱门路硬是比一般侍应生多。

餐馆所在的富国银行大厦共42层，除银行本身之外，还有数以百计的企业，它们举行餐会、生日庆祝会、迎送同事的派对，往往要"马车"送食物和饮料，这差事一直由詹姆斯包办。此外，午餐、晚餐以及给喝酒的客人送下酒小食，侍应生们也要给詹姆斯付酬。

这个晚上，把堪称破纪录的70多元小费算入，詹姆斯赚了120美元左右。我在旁看着，没在意数目，因为他的神情太吸引人了！只有巴尔扎克笔下的守财奴葛朗台才这般陶醉！他摩挲着俗称"绿背"的钞票，点了两遍，发出细雨般的簌簌声，他嘴唇间随着发出近于欢呼的"啧啧"声，满得要溢出的成就感，花一般绽放在脸上。

他把数目记下来，用橡皮筋扎好钞票，出门前到酒吧去，请和他熟得不得了的调酒师米基把几沓1元钞换成20元钞。我手拿着吸尘器的长柄，看他穿着厚夹克的背影在玻璃门后消失，忽然想到，这种人活在美国社会，是最为得宜的。

三

我在"马车"干了两年以后离开了，和詹姆斯不再是同事，但有来往。我的第一辆车——八缸雪佛兰，是从詹姆斯的弟弟贝得那里买的X手货。成交后，车子换油、换刹车器之类，还得请贝得做。贝得为了方便，让我把车开到詹姆斯的车库。我由此发现，詹姆斯修车是把好手，伴了他大半辈子的"卡米罗"，是他花500美元从白人邻居手里买下的，本来破烂不堪，他换掉引擎，把车壳的旧油漆磨掉，重新喷一次，由黑色变为耀眼的橙红色。在单身汉时代，车就是他的情人，只有在心情特好的休息日，才开到海滨的加州1号公路兜风。

如今，这辆够老的座驾自然升级为古董。詹姆斯修车的全副本领兴许是从贝得那里学的，怪不得哥俩特别热乎。我去詹姆斯的家多了，还发现这小个子是万能工匠，他家车库中央有一根直立的支柱，为了能在车库珍藏宝贝"卡米罗"，詹姆斯把它锯掉，换上一根"工"字铁作横梁，这工程，是他自己用修车的千斤顶完成的。

既然成为朋友，少不得一起吃午饭，喝咖啡。詹姆斯坚定地实行一个原则——AA制，他不揩朋友的油，你也别指望他请客。他替朋友修车，劳务费必定是一个子儿也没少要。"亲兄弟明算账，彼此不吃亏，交情才能维持。"这是他在分摊账单时道出的理由。

马车餐馆里的半工练习生，一共5位，都是中国人，年龄也相仿。只有香港来的比尔和詹姆斯过了30还是单身。后来，比尔娶了"过埠新娘"，我们都参加婚礼。詹姆斯也收到请柬，不但来得晚，而且穿邋遢的衬衫和带油污的牛仔裤，在一律西装的宾客中格外刺眼，但他不在乎。我们和他开玩笑："下次该是你了吧？"他苦笑不答。

我了解他的心态，在平日的闲谈中，他几次对我说，成家是肯定的，但先要攒够钱："老婆进门，一看你是穷光蛋，还看得起你？"我开玩笑："妈的，你只吃不拉，百分之百的守财奴，天天光小费存下来也够瞧了。"他得意地嘻嘻笑着，说："有是有点，三十好几，还没和女人睡过呢！舍不得，太贵。""那总得解决吧？""在洗澡时，干干这个。"他做了个意味深长的手势。

詹姆斯在35岁那年，给我们送来婚礼的请柬。娶的是广州移民来的姑娘，比他小10岁，个子比他高。是他的母亲托媒婆介绍的，两人见过一次面，连约会一类预热也没有，一步到位。詹姆斯说，我没意见，她要是愿意，过门得了。女方看在钱的份上，果然应允。詹姆斯唯一的弱项是矮小，房子、车子、存款，要什么有什么。务实的广州姑娘倒干脆，先结婚再恋爱。这姻缘，却出乎意料地美满，两个儿子如今都已20出头，一个从大学毕业，一个在上大四。

詹姆斯思考和行事彻底西化，尽管只在美国上过一年社区大学，并不懂哲学。美国流行的"工具理性"，他是这样理解的：只有钱是值得追求的。他从来不谈女人，更不追女人，一半出于对身高的自卑，一半出于不愿花钱。不过，在家庭生活方面，他表现出东西方式交混的复杂态度。

他的父母是20世纪20年代出生的，在台山老家养下5个儿子。20世纪50年代初，出入境管理依然宽松，母亲以"父母从美国回到香港，要求她去见面"为理由，申请获得批准，带着次子詹姆斯以下的4个孩子到香港去，父亲和长子留在家乡。后来母亲留在香港，在九龙旺角当摊贩，70年代初，在美国开餐馆的外公怜惜独力撑持家计的女儿，为她以及孩子申请移民，从此詹姆斯一家五口在旧金山落户。滞留家乡的父亲当着小学的体育教员，长子当了农民。

1980年，父亲和长子成了改革开放以后的第一批移民，被拆散的家庭终于团圆。可是，长达28年的分离造成了致命的隔阂，母亲和父亲合不来，并没有同床共枕。在西餐馆当厨师的长兄，和在香港长大、在美国受教育的4个弟弟也形同陌路。

詹姆斯对母亲孝顺，对父亲和哥哥却没有感情，极少来往。即使一起长大的4个兄弟，成家以后也分为两派，老二詹姆斯和幺弟一派，当印刷工的老三和当邮递员的老四一派，除了母亲生日这一类不能不坐在一起的场合，大家不但平日没来往，还相互搬弄是非，发生摩擦。

然而，这只是一方面，另一方面是詹姆斯对孩子的态度。他的太太一口气生下两个儿子，长子的满月酒，我们参加了。次子满月时，詹姆斯因父亲去世，无法如期做满月酒。拖了3个月，他在家里为小儿子张罗了一个派对，把我们这些旧同事都请去吃红鸡蛋。

他神情凝重地对我们解释，这个派对万万不可省略。如果不举办，小儿子长大后，知道自己满月，父母没庆祝，光庆祝哥哥的，可要恨死父母。我哈哈笑起来："去你的，孩子将来计较这个啊？"他说："一定会，养孩子，可不能偷工减料！"

四

从第一次在马车餐馆见面，到今天，其间相隔31年。如今我们都进入暮年。路过詹姆斯的家门，只是打了1秒钟的照面，从前他那么生猛，如今一头灰白头发。从20世纪90年代到21世纪的10多年，我见到他的次数不多，好在每次都有那么一点儿"意思"，叫我想到一个稍带哲学意味的问题：在美国怎么活较为快乐？

头一回是在1994年冬天。那时，我早已离开"马车"，在旅馆当全职侍应生，并在下城的"铁马"意大利餐馆当半工。一个晚上，我从"铁马"下班，拖着奔波了一整天的沉赘的双腿，口袋里塞着100来块小费，走进地下的电车站。N线电车开到，我踏进去，空荡荡的车厢里，一个戴鸭舌帽的小个子，裹紧晴雨两用夹克，坐在门旁的双人座上，是詹姆斯！

我惊喜地打招呼。他依然叫我"阿刘"，尽管他早已知道我入籍以后有了洋名字Ray。两双中年的手相握，他的手极为粗粝，而且有力，连我这等粗人也差点受不了。我知道，他在餐厅收拾碗碟不消说，在家里，修汽车，建栅栏，换便盆，铺水管，安装热水器，使用的工具从扳手到电钻，不爱戴手套，练就了金刚不坏之掌。"还是老本行？""当然啰，你知道我爱吃，还爱数现款。"他知道我早已是侍应生以后，拍了一下我的肩膀，说："我不早就说过嘛，你行！谁说企台下贱？发了，人家还蒙查查。"

"嘻嘻，今晚我小有斩获。"詹姆斯的眉毛竖起来，笑使皱纹更加明显，他的脸提醒我，当年过了25岁乘巴士还因为"长得嫩"而买半票的小个子，早已到了中年。"赚多少小费？"我知道，他的"好事"肯定和钱有关，一如花花公子的"韵事"必带脂粉味。

"今晚淡得要命——你知道，大罢工以后，'马车'的生意更糟，只差关门了。好在来了五个律师，也许是赢了官司吧，落座时说好要喝个痛快。我反正没别的事，便盯紧这一桌，一个劲劝他们喝，三个小时下来，一个个大男人的舌头打了结。我去酒吧结了账，一看，才消费250块，按15%算，只拿到30来块，不过瘾。我做了点小手脚，先把包括小费在内的总数写上，这是试探。这些家伙，是全世界最狡猾的，万一给他们识破，一个电话打给老板，明天我在家等候开除的电话得了。

付账的老先生仔细地看了账单，没说什么，把万事达信用卡甩在桌面。我暗说，成了！这样，我才正式开单，以原来的总金额为基数，再加上15%的小费。这么一来，在几乎没有希望赚到10块钱的晚上，弄到55块。关键是这个……"他从口袋掏出一支铅笔，告诉我，第一次填账单，要用它；第二次，用橡皮擦擦掉，重新填一个"总数"。"做这一行，脑筋要活泛，铅笔要有一支。"他教育我。我又一次被他的陶醉震撼。只有这样疯狂地热爱数目微小的金钱的人，才容易满足。在电车上碰面后不久，他终于离开供他白吃白喝20多年的餐馆业——"马车"宣布清盘，关门了。他转到一所小学，担任电工。天晓得他什么时候考到电工的执照！

第二次见到他是在我家。那是美国房地产市场进入另一个高峰的1998年。他拿着工具箱经过我住的第44街，我把垃圾桶推出门时碰见他，又是一番惊喜。请他进屋，在客厅喝咖啡，聊了个把小时。这次，詹姆斯一个劲地谈房子。

原来他到这一带来，原因是去年在离我家同一个街区的45街买了一栋房子，出租给一对医生夫妇。医生最近买下房子，搬走了，他来刷油漆，做点修补，好再次出租。他手舞足蹈地向我陈述买房子的经过，怎样出低价试探，怎样还价，怎样趁检验房子再榨卖方5000元。

我并不十分在意他叙述的内容，着迷的是他的激情。一如从前激赏他在餐厅面对为数极少的客人作的即兴脱口秀。房子的买卖、修理、出租，这类干巴巴的过程，经过他的如簧巧舌，变成了生动无比的博弈。我问，你买了几栋房子？他强忍着富于成就感的笑意，躲躲闪闪，在追逼之下，默认，最近几年买了3栋，两栋是单家庭住宅，一栋含两个单位。

"妈的，悄悄发大财啦！"詹姆斯搔着钢刷似的短发，谦虚地说："你说得轻巧，我得供房呢，一个月非得这个数，地产税没算。"他伸出九个手指，我猜是9000元。我约略算了他和太太的收入，凭那财力不可能实现这样大的飞跃。后来我向詹姆斯的一位朋友打听，他告诉我，詹姆斯前几年中了六合彩的二等奖，奖金接近25万元，纳税后剩下18万，他拿来当头款，在3个月内买下这些房产。

发下这笔相当于他夫妻三年净收入的横财以后，他严格地对包括母亲在内的亲人保密，生怕兄弟来"打秋风"。不过，他太爱说话了，有一次，和不算亲密、没有资格向他借贷的普通朋友胡吹，说漏了嘴，于是这消息便传了开来。

五

从詹姆斯的家门经过之后，能够回忆起来的情节，大略如是。如果把"记人"这一宗旨稍作提升，面对"在美国怎样处世"这一严峻问题上，我以为，詹姆斯的生存方式是具有相当代表性和实用性的一种。

叔本华在《论心理》中说及："很多人需要外界的活动，因为他们没有内心的活动。相反的，凡是后者不存在的地方，前者便可能是一种非常讨厌的东西和阻碍物。"詹姆斯是极端实际的人，他天然地继承了中国农民的传统基因，在这个极端现实的社会，他一辈子极少遇到"钱摆不平"的难题，安定和极少外力干预的生活，使他能够完全地贯彻"钱就是一切"的主义。

这个人，是标准的劳工，尽责的丈夫，上班时把分内事干得漂漂亮亮，但别指望他帮助别人，他不会干没钱赚的笨事，"不来钱"的荣誉，他绝对地排斥。所谓诗情画意，风花雪月，生与死，精神寄托，灵魂的上升与沉沦，如此这般的玄虚问题，从来不会浮现在他塞满数字与工具名称的脑瓜子里。

只要不生病，他就是行动家。走进他的家，你马上感到，男当家了不起！厨房是他装修的，所有金属把手都擦拭得闪闪发光，所有器具的摆放都有章法。后院的栅栏，不像别的人家一般，不是木料腐烂就是有了缺口，他家栅栏一色的红木，还涂上红油漆，阳台和楼梯，每年涂上一层防水漆。车库更有看头，橙红色宝贝车旁边，是中药铺一般的格子柜，各类工具，钉子、螺丝、管子，无不井然有序，看着舒心，干活时伸手就拿到，这经营的苦心与奥妙的学问，越是行家越能体会。

詹姆斯的年龄和我近似，可以预期，他的晚年是充实的，只要手脚能动，他都能给自己找到事情，从为3辆车子换油到给儿子的房间加一个书架。他是愉快的，他太容易找到乐子了，发闷时走进那家咖啡馆，"粉丝"们又要围着他，问：怎样申请加建许可证？水管系统是不是一定要附带排气管……而且，他是底气充足的，奋斗了一辈子，成果令他满意，单是名下的房屋，不会少于4栋，价值超过300万元。我还没说到他的退休金以及其他来钱的门路。

　　叔本华把构成"每一生物内在中心"的东西命名为"生活意志"。大略而言，詹姆斯的生活意志，就是"向钱看"，倒也活得有滋有味。

又见戴夫

一

想不到我又见到戴夫，以一种怪异的方式，距离上次握别36年之后，在挪威邮轮公司属下的"出走"（Get Away）号超级邮轮上。

我、老妻及数位老友前天飞抵哥本哈根，昨天登轮。今天整天在海上航行。已进入公海，同来的朋友去赌场和老虎机过不去，老妻和闺蜜逛商场。我独个儿在自助餐厅，拣了一个靠窗的位置，悠然而坐，读一点纪伯伦，看大量的风景。

轮船在波罗的海（Baltic Sea）上航行。面对着层层舒卷的微浪，我感到好玩。将Baltic的原发音译为汉语的翻译家，不知是不是格外富于幽默感，把海送给与"菠萝"同音的"波罗"？粗看海面，尤其是太阳光下呈橘色的一片，形状和"菠萝"的表皮不是有几分相似吗？如此类推，南中国海近海岸线一带，浪涛浑黄，可名为"南瓜的海"；大西洋和北冰洋交汇处，排浪耸立，可称为"榴梿的海"。

"你们先去，我在这坐一会儿。"后面响起浑厚而略嘶哑的男性嗓门，地道的美式英语。不必回头看就猜到，是一位和我们来自同一块大陆的白种老绅士。但这声音怎么有点耳熟？我警觉地自问。不经意地掉头，他正在用小匙慢条斯理地搅着乌黑的咖啡。满头银发，纯一不杂，被"菠萝"状的海浪衬着，闪着微微的光。八十开外了，不胖不瘦，气色极好。我暗里称赞。

他抬起头，对着大海凝神。我暗里端详，似曾相识呢！是谁？又回味他的嗓音，遂肯定，从前不但见过面，而且算得上是熟人。就在菠萝般的浪，在船舷撞出一丛雪似的"果肉"之际，我脑际闪过一个名字。是他！不能再等。

我站起来，走近他，干咳一声。他面对我。

"先生，冒昧地打扰一下，请问……您是不是戴夫？"

他没回答，微笑，凝视我，和我刚才一样，在思索：这位华裔老头子哪里见过？

我提醒他："康丽思。"

他兀地站起来，大叫："我的上帝，你是雷蒙！"两个老人拥抱在一起，互相拍打着背部，哈哈大笑。我把我的咖啡杯拿过来，与他面对面坐着。

"多少年没见了？"

"足足36年！上一次在哪里？在费尔蒙特旅馆的员工餐厅前。"我说，这一幕是记得清楚的。

他想起来了，回应："就是就是。那是我最后一次走进费尔蒙特。"

"然后呢？说说你的经历。"我说。出于礼貌和对等原则，我先把自己这36年简略地报告：离开"康丽思"后，在费尔蒙特旅馆干了27年，2011年退休。

戴夫边听边点头，说起自己。他离开"康丽思"以后，和太太一起开餐馆。先在旧金山湾区南部山景城的一座购物中心开。租期满了以后，在太浩湖赌城内一家大赌场承包了一个餐厅，开到2006年，老了，不干了，在湖边买了别墅，两口子住，钓鱼，莳弄花园，冬天也去滑雪场，但不敢冒险了……

两个老人谈得正高兴，一白人老太太急吼吼地进来，对他说："走，差个搭子，你必须参加。"戴夫不情愿地说，等等，我和老朋友聊得正高兴。老太太嘻嘻笑着，对我点头，解释说："以后有的是机会，对不对？"戴夫耸了一下肩膀，随她离开，到四楼的麻将房去了。连再见也来不及说。

我看着他们的背影，惊叹：世间的偶遇何以如此奇妙！

二

1983年，我在康丽思餐馆当练习生。康丽思是西雅图一位靠开餐馆致富的白人开的，康丽思是他的姓。

第一家开在西雅图市一处著名景点的观景塔顶层，成功以后，老板在旧金山地标式旅馆"费尔蒙特"地下租下一部分，装修为分店。以美国菜如牛扒、鱼排为主打，有钢琴师演奏，20世纪70年代是全市数得上的名店。担任侍应生的都是东方女性，我担任下手，和这群穿花式各异的和服，穿木屐，走路娉娉婷婷的女子们一道侍候客人。戴夫是全店最资深的，替这个老板打工超过15年，头衔是"行政总厨"。

戴夫在俄勒冈州出生，父母是中学教师，他读完两年制社区大学的烹饪系后一直当厨师，是高加索人种中的优秀者，身高1.85米，挺拔、英俊，仪容整洁，性情温和。谁见了他，都马上感受到亲和力。

我上班第二天，和他闲聊几句，忽然发现，他和昨天看到的电视广告里的厨师很像，便问："CNN一则广告的主角是不是你？"他说："是啊！"哦，明星就在眼前。那广告是这样的：一个食客坐着试吃名叫"詹姆斯苹果派"的糕点，一身雪白的厨师站在旁边。食客吃了一口，称道它的味道。厨师拍拍他的肩膀说："你够格当大厨了。"随后把高高的白帽子戴在食客头上。

戴夫说，拍广告并不复杂，广告公司的经理先和我联系，我答应了。一天趁餐馆没开门，摄影师带来器材和幕布，布置一个场地。他就"给食客戴帽子"的动作排练两次便开机，半天拍完。"詹姆斯苹果派"是老板的朋友出产的，奉老板的命令帮忙，没要钱。戴夫说，老板待他不薄，每月的薪水之外，还送一个大旅馆内的停车位，在那车库停车，要40元一天。

戴夫主理厨政的功夫非同一般。走进厨房就发现，炉灶干净，地面清爽，从冷库到储物架，所有物品、用具，无不整齐有序，拿取方便。这是我见过的文明程度最高的厨房。他管人不必训斥，轻轻一说，手下就乖乖地遵命。

我常常听到厨房里笑声不断，以为他是被生活厚待的幸运人。不料，有一次工间休息，他和我坐在一起，他问起我的家人，我说有太太和两个孩子。接着随口问，你呢？他低头喝咖啡，迟迟不答。最后，嘟囔一句："All passed away."我知道，"pass away"的意思是死亡，可是，怎么可能"全完了"呢？只好懂装不懂，作出模棱的表情，不敢问下去。他被触动心事，心里痛，也不愿多说。

事后我向日裔侍应生洋子打听。原来，5年前，戴夫在这里上班时，位于利治文区的家起火，他的太太跑出来，看两个孩子陷在火海，冲破旁人的阻拦，重新进家门寻找，结果全出不来。好端端的家，剩下戴夫一人。戴夫的太太是韩国人，10年前是康丽思的侍应生，两人谈起恋爱，婚后组建家庭，有儿有女，一场火把家毁了。

康丽思的侍应生中，有一位是戴夫太太的闺蜜，叫淑贞，比戴夫大5岁，已守寡多年，儿子上了初中。她怕戴夫受不了，一有机会就去陪伴，给他做饭，以东方女性特有的温柔，搀扶戴夫渡过难关，两个人慢慢产生了爱情。夺命火灾过去两年后，戴夫搬进淑贞的住处，二人成为夫妻。

我在康丽思上班时，淑贞已辞工，在一家韩国餐馆当领班。据说是戴夫的主意，夫妻在一起工作，怕引起利益冲突，产生矛盾。淑贞有时趁下班来这里，看望当年共事的姐妹。她模样端丽，落落大方，虽比丈夫年长，但两人十分登对。

我还发现，这对夫妻眉宇间都隐藏着某种东西，可名之为"哀切"。于戴夫，该是那次惨变的残余。至于淑贞，她

---

① 即今韩国首都首尔。

闺蜜也透露给我，她与前任丈夫在汉城①一起长大，高中时的同班，婚后极恩爱。举家移民旧金山不久，在韩国餐馆当经理的丈夫，深夜下班回家，过马路时被醉汉的车子碾死。人说的"患难夫妻"是结合之后受苦，戴夫与淑贞却是在结合前，用"苦难"打卜爱的根基。

我进康丽思后不久，因经济不景气，旅馆业生意大受影响，连带使这一家从门前排长龙的巅峰状态跌至低谷。当总经理的大胖子很急，连老板也从西雅图飞来督战。戴夫身负振兴餐馆的重责，格外勤快，天天提前几个小时上班，为的是推出新馔。其中一种，是法国菜中的甜品"舒芙蕾"，戴夫作出改造，减低甜度而突出干邑的醇厚香味，多次试做，请员工品尝并提出意见，成功以后，作为给食客的赠品。

康丽思的员工，厨房部以白人为主，餐厅则全是亚洲人，20多位侍应生，来自日本、韩国、越南、中国、菲律宾，清一色的资深女性，没有40岁以下的，最老的是日本大阪来的由乃和北海道来的真由美，分别为63岁和60岁，都是餐厅开张之日招进来的。

戴夫是这群女子中的"贾宝玉"，她们不约而同地宠他，时不时逛街时"顺便"买围巾、衬衫、袜子送给他。又因为戴夫是共同的好友淑贞的丈夫，举动不能过分，止于浅层次调情。戴夫熟知女性的小心眼，不敢对任何一位给予特别待遇，以保持微妙的平衡。这么一来，于女性群，他只能是单向的受者，以至作为"大丈夫"的古道热肠无从反馈，只好施予另一方。于是我成了他扶持的对象。

好几次，我临下班，他在厨房叫住我，说："带回家。"那是从仓库拿的鸡、猪排、牛肉之类，都是即将过期的，既然卖不掉，只好处理，通常他只送给厨师。有一天，是我的休息日，我在家接到总经理的秘书来电，要我去医院体检。我问为什么，她说有人举报，你患了乙型肝炎，这是传染病，按规定，不治愈是不能在餐厅上班的。

这可是无妄之灾。我这才省悟，近来上班，女侍应生们一致疏远我，是什么原因。我去医院作了检查，拿了"已有乙肝抗体"的结论给总经理，谣言才平息了。我不晓得是谁捣的鬼，把这苦恼告诉戴夫，他说，没事就好，你从来是我的好兄弟，别说没病，要是有，我对你嘛，只会更好。我感动得差点流泪。

三

在康丽思干了一年多以后，我去费尔蒙特旅馆人事部参加面试被录取，在送餐部担任练习生。最后一天我向戴夫辞别。他说，好好，在这里，限于"只用女侍应生"的老规矩，你干得再出色也当不上侍应生，大旅馆有升迁机会。

因康丽思在费尔蒙特旅馆里面，它的情况我随时能了解到。我离开三个月后的一天，餐期中，康丽思出了事故——排气管爆炸。这家餐馆的厨房是封闭式的，但煎牛排和龙虾的操作台是敞开的，设于餐厅的一侧。铁煎板下的燃料，不是普通的煤气或电，而是从夏威夷订购的特级木炭。只有这种热带果木烧出来的炭能产生近1000℃的火焰。

高温度烧炙下，牛排的汁液被封存于肉内，不会渗出，从而确保鲜嫩。煎板上的巨大排气管，多年来没清理，积累了大量油脂，有一次被飞溅的火星点着，迅猛燃烧，引起巨响。事故虽没出人命，但上了本地报纸。餐馆闭门整顿多日，重新开业后自然门可罗雀。戴夫负直接责任，虽没受处分，但心里很不好过。

3个月过去，我在员工食堂吃午饭，戴夫进来，把我邀去门外。他告诉我，他已辞职。我立即表示赞许："早就该出来创业了！""老实话，要不是你劝我，鼓励我，我没有这个勇气。"是的，我在康丽思时，多次和戴夫聊天，说到前途，必摆出他以及他太太的优越条件，结论是：必须豁出去。他说，已在海沃市一购物中心租下店面开寿司馆，眼下正装修。我明白他的策略，虽然专业是西餐，但日本菜是最近的时髦，他岳父家几代在汉城开日本菜馆，太太浸淫多年，有的是把握。我说，你们一定能成功。

他有点难为情地说："我这次找你，是要你帮忙，餐馆装修耗费巨大，钱用光了，能不能向你借，我付利息……"我想也不想，说："没问题，借多少我没把握，但会尽力。明天是休息日，我会去银行提款，后天这个时间你来这里，我把钱交给你。"他眼睛闪着异样的光，可能流泪了。美国人不兴私人借贷，要借就找银行，这次，他应该是走投无路了。

我冷静下来，才想到难办。移民才4年，头3年拼死命攒下的1万块，因投资失败，付诸东流，哪里有能力当债主？我不敢对妻子明说，若然，她一定竭力反对。没担保，连人家住哪里都不知道，不是肉包子打狗是什么？可是，友情难却，我还是决定相信他一次。

第二天，我趁太太上班，拿着活期存折去银行，将存折里的钱全部提出。交给戴夫的是3700元现款，我抱歉地说，全部家当在这里了。他说不少，正好救急，便匆匆告辞。回到家，我把事情经过告诉太太，默默地挨了一顿骂，但心里舒坦。不管结局如何，我都接受。

从此，我再也没有戴夫的消息，交钱时没向他要电话号码和地址，太太为此多次说，没想到你蠢成这样！我说，认命好了，不过两个月的薪水，这个亏吃得起。一年多以后，还是在员工餐厅门外，戴夫满面春风，向我还钱，是一张支票。"我太太特别感激你雪中送炭，非要我多给利息。"他说。寿司馆已开张，"生意好得难以想象"，他说完，赶回去主理厨政。我看着他矫健的背影，想，他才40多岁，闯天下正是时候。

四

一别就是36年。我曾给自己一本书命名为《三十六陂烟水》，借用王安石的名句以纪念自己移民美国36个寒暑。洋鬼子戴夫也有他的"三十六陂"。我常常想起这个移民初期的恩人和朋友，可惜音讯全无。

一位同胞说，来美的国人，移民也好，留学也好，对这个国度的总体印象，每每滥觞于"初期遇到什么人"，如第一个房东，第一个雇主，第一批朋友。若彼待以热诚，给予帮助，那么，他会说美国好；反之，就骂这个国家冷酷、歧视。我深以为然。也许，我就因为遇到了以戴夫为代表的好人，所以热爱这个第二故乡，一住40年，并不后悔。

戴夫被白人老太太拉去打麻将之后，我躺在床上，睁开眼，茫然对着天花板上微弱的天光，那是从关上的窗帘上方透进来的。我心里满满的是惊喜，真好，最近老念叨：不知戴夫怎么样，就来个不期而遇，在充满诗意的波罗的海！再想，有点不对劲。新冠疫情未见缓和，哪有可能乘邮轮？和他见时相对而坐，既没戴口罩，更没保持6英尺的社交距离。

哦，是南柯一梦！

我摇头，嘲笑自己的无聊。转念一想，好人戴夫，到了晚年，享受退休之乐是顺理成章的。何况他和太太，前半生都已把一辈子的苦受完。梦里他没有提及的太太淑贞，该已在85岁以上。愿他们都安好！

铁马餐馆的摄影大咖

20世纪80至90年代，我在旧金山下城的铁马餐馆当兼职侍应生，前后共8年。它位于著名的"马丹巷"一幢外表并不起眼的红砖六层建筑的地下，经营意大利菜，号称百年老字号，不过老板换了许多茬。它是移民社会最具代表性的缩影，也是地道的"文化大熔炉"。雇员数十，有本土白人、黑人，但大多数是移民，且以欧洲来的占多。国籍有：英国、瑞士、亚美尼亚、意大利、德国、法国、菲律宾、伊朗、南非、前苏联、洪都拉斯、萨尔瓦多、西班牙、捷克、匈牙利、越南、中国、日本……一般而言，大家相处融洽，偶有小摩擦，但无大冲突。

1988年秋天，我在"铁马"上班。和母国总统同姓的捷克裔总经理哈维尔先生把一个年轻人带到面前，对我说：他叫大卫，是生手，你负责教他。餐厅有两层，通常是先等楼下坐满，再把客人往楼上送。我是费尔蒙特大旅馆送餐部的全工，在这里只是半工，资历也浅，只能待在楼上。客人来得迟，比起楼下的资深侍应生，我有"培训"的闲暇。

大卫和我握手，他28岁，中等个子，脸上胡子浓密，一头褐色卷发。谈起天来，他自称来自南斯拉夫。不说也看出是斯拉夫人种，浓眉下一副深度近视眼镜，举手投足透出书生本色。他操着一口带母国口音但十分流利的英语，说话很讲究分寸。

　　我先带他到设在地下室的更衣房，拿出几件酒红色夹克，这是练习生的制服，让他挑一件。按规矩，还要打上蝴蝶形领带，他没有，我衣柜里有后备的，借给了他。训练开始，他怯生生的，餐厅里什么东西也不敢碰，十足的外行。我并不介意，新移民谁不这样走过来？让他从最基本的学起。好在，虽然他连咖啡杯的托碟和面包碟也分不清，但咖啡是每天喝的，服务程序一点就明白。还要教他怎样在餐桌上摆刀叉和碟子，客人就座后怎样送上冰水、面包和牛油。

　　大半个小时过去，楼下已满。前苏联来的女领班陆续开始带客人上楼。我忙开了，去酒吧拿鸡尾酒，让客人点菜，到厨房去拿食物，结账，人变成高速运转的机器。大卫怯场，老跟在我后面。我对他说，你怕什么，直接和客人打交道，人家要什么就给。他说好好，揩揩额头上的汗，鼓起勇气走近餐桌。才过片刻，他紧张地对我说："糟了，客人问有没有'马札林'，我不敢回答。"我说："那是人造牛油，地下室的电冰箱里有。"他不知道放在哪，我只好飞奔下三层楼梯去拿。

　　高峰期很短，一个小时以后，客人陆续埋单，回写字楼上班去。大卫解开夹克的纽扣，露出浓密的胸毛，拿一条餐巾擦汗，说：我的妈，美国的餐馆像高速公路的汽车！我说：对了，能不能赚上小费，全看手脚快不快。

午餐一共赚了小费36美元，我给了大卫10美元。告诉他，按规矩，你拿15%，即5.40美元，多给的算见面礼好了。我还要给酒吧的调酒师3块，净得23块。他很是感激，说他现在住在基督教男青年会附设的客栈，每晚交10美元，包月便宜一点，280美元，还是太贵，工作一有着落就搬家。从此大卫成为了我的固定跟班。

圣诞节临近，从郊外来下城购物的人多起来，"铁马"的生意火爆。总经理给楼上安排了四个侍应生。大卫是大家的下手，每个人都得给他小费，他收入多起来了，但他的书生气没收敛，老是慢腾腾的。做午餐生意的餐厅，因客人用餐时间短，翻台（指多少拨客人用同一桌子）愈多，收入越高。侍应生急了，免不了吆喝，大卫尽了力，却对付不赢，向我连连叫苦。我对他说，你帮他们好了，我自己能解决。

和大卫熟了，变为朋友。他告诉我，他拿的是留学签证，来美的担保人是一对在旧金山当律师的白人夫妇。"他们去我家乡旅游，在广场的喷泉前，想拍双人照。我正巧路过，他们请我按一下快门。我说，你们找对人了！进而解释，我是专业摄影师，来，多拍几张。我带他们，在附近景点猛按快门，拍了好几卷菲林。他们高兴极了，请我和他们一起吃午饭，还留下电话、地址，那是两年前。后来，我起了来美国见世面的念头，找不到经济担保人，便试着和他们联系，想不到他们爽快地答应了。我本来可以在他们家住一段，但不好意思。"

大卫和我谈得来，但其他同事嫌他笨，太忙时帮不了多少忙，却分去一份小费，言谈间露出轻蔑。一天午后，餐期过去，同事们在楼上吃午饭，几位侍应生拿刚才被客人投诉说事，责备大卫反应迟缓。大卫被激怒了，说："我不是干这一行的嘛，正在学，给一点时间好不好？"匈牙利裔的侍应生作弄他："哪一行你拿手，乞讨怎么样？"说罢大笑。大卫说："我是摄影师，大名鼎鼎，萨格勒布市谁不晓得萨米奇？"

我按住大卫的肩膀，让他冷静下来。悄悄对他说，这群同事，开玩笑有时过分，但心地不错，不宜闹僵。大卫没多说，气呼呼地躲到一边。下班后，和我一起在街上走，他愤愤地说，不要欺负人嘛！我难道会一辈子憋在这里？

他和我谈起过去。他姓萨米奇，父母是中学教师。他上大学，本科是艺术，毕业以后专干摄影。萨格勒布是克罗地亚的首府，他在那里出生，长大。

我好奇地问："你说你在萨格勒布知名度很高？"

"当然，有一次，我开车出城，在公路上违规拐弯，被两个巡警开车追上。我停下来，想，这下吃定罚单了。巡警拿走我的驾照，一看姓氏，问，你是不是主持《青年热线》的萨米奇？我说就是。'哎呀呀，遇上名人啦！'他们把我从车里请出，来个热烈的拥抱，说多么喜欢我的节目，罚单不开了。何止他们，我进酒吧，上电影院，人群看到，就围上来，我得逐个握手，给他们签名，拍合照。有时候，手握肿了，看到人群就躲。"

那么，摄影只是副业？我问。

他说，不，在电台主持节目，其中一个专题是《摄影和生活》，每天播出半个小时，接受听众提问，其他时间在摄影工作室。我年年为市里名气最大的图书公司制的挂历拍照，一年拍12张，要么人物，要么风景，都卖得很好。我这次买飞美国的机票，就靠刚刚到手的稿费。

次日中午，上班时，大卫把摄影集带来。这一天二楼的生意太差，大家没事干，围着大卫看彩色照片，大卫一边翻页一边解说。最抢眼的是裸照，一色性感女郎。"配今年的挂历，限量出售，书店门前为它排了长队。"大卫强压着得意，三个南美洲裔的侍应生看得眼睛发直，转过身去悄悄用西班牙语议论：这书呆子有几下子呢！从此不敢讥笑他。

穷，是大卫的头号问题。我除了给他额外的小费，别的忙帮不了。劝他多找一份活，他说不敢，"铁马"是他唯一敢留下的地方。原来，他以来美留学为理由入境，因筹不到学费，又逾期居留，成为非法移民，并没有工作权利。虽然早就花150元从墨西哥人那里买来假绿卡和假工卡，但不敢到别处冒险。"铁马"的老板是知道他底细的，之所以留下他，是因为同是南斯拉夫裔。年近40的老板，父母是"二战"难民，是从克罗地亚来美国定居的。

"铁马"新来一个侍应生，美国白人，叫安迪，从姓氏"帕洛克"看是犹太裔，年近30，外表英俊，自称在柏克莱加大历史系上学。他和我在二楼搭档，才过了一个星期，大卫便和他打得火热，决定入住安迪在柏克莱市租下的单位，租金每人出一半。大卫从青年会的客栈搬出。一个星期过去后，大卫对我透露："说你也不信，安迪的家底是这样的：没有床，睡在硬木地板上，衣橱里的衣服只两套，电冰箱空空如也，只有半盒牛奶。"我纳闷地说，安迪在"铁马"当全工，一个月至少赚两三千，差不多是中产呢！

"钱都这样花掉的——"大卫作了一个吸食古柯碱的动作。怪不得他在餐馆和安迪保持距离。

大卫在"铁马"干了大半年，站稳脚跟以后，顾客渐渐晓得他是"著名摄影师"，起因是这样的：他在一幅家乡风景照上签了名，托老板代他送给父母。老板的父母看了照片，那是他们童年所去的教堂，乡思顿起，挂着拐杖，双双来到"铁马"，让儿子搀着，上二楼，由我侍候吃午饭。

当然，他们此来是为了见老乡大卫。两个老人拥抱着老家来的年轻人，用家乡话交谈，说到动情处，抱在一起哭个痛快。客人和服务人员以为出了什么事，围了上来。从此，不但"铁马"的雇员对大卫另眼相看，大卫也在老板的默许下，向就餐的客人推销作品——拿出一沓，让对方挑选，每一幅10元。可惜，只热了一阵便冷下来。

大卫拿着新晒的一沓彩照，对我叹息："要是能出外拍，新的风景照一定抢手，你信不信？"我当然相信。我说，你可以趁休息日去郊外拍照，我当车夫。他摇头，说，先要买下好镜头。目前拥有的，是在老家买的佳能EDS4DD，花了一个月薪水，早就落伍了。"看到摄影杂志的新镜头系列，我马上去买彩票，花光当天赚的小费，但没中。"他说。

我说，别向我卖弄专门名词。他不好意思地说，好好，我要好镜头，明白吗？什么叫好？越贵越好。告诉你，我一存够1000美元，就去买一个尼康，属中下级，欲望暂时可满足。

大卫的苦心有了回报，他找到门路，把新闻照片卖给美联社和合众社，只要人家肯要，一张值150至200美元，比收盘碗强多了。问题是，待在餐厅，猴年马月才能等来"新闻"！

有一次，我走进"铁马"上班，一位个子矮小的白人进来吃午饭。有点面善，我想了一阵，记起来了，他叫麦可尔，这几天入住费尔蒙特旅馆内号称全美国最贵的"阁楼"套房，每晚1万美元。他从前任俄亥俄州一家银行的董事长，因贪污受贿，亏空巨额公款被董事会撤职，并受检控。他这次来旧金山，是被联邦法院传召出庭受审。我飞跑上楼，告诉正在摆位的大卫："快，新闻人物在这里！"大卫听我作了简单说明，淡然一笑，说，他的价值已经消失了，看了今天的《纪事报》没有？他受审的报道登出来了，晚了一步。

从此，我也成了大卫的"新闻渠道"。一次，我透露给他：大导演史蒂夫·斯皮尔伯格从洛杉矶来，入住费尔蒙特的420套房。他说，好，我去采访。我问，你凭什么？他说，当然不容易，不过，办法是人想出来的。次日，我问大卫去了没有。他没作答，只作莫测高深的微笑。

两个星期以后，我又给大卫爆料——"钻石"来了。大卫还没进入美国流行文化，不知道姓Diamond（钻石）的老太太，是正在热播的肥皂剧《谁是老板》中的女二号——女一号的老妈，我向他作了解释，也把她在费尔蒙特下榻的房号告诉他。他扶了扶眼镜，略作思索，说，我要看过她的演出才好说话。我说她住三晚，你得抓紧时间。以后便没了下文。

过了几天，我忍不住，向他要答案。他说，采访不成功，因为没办法进房间里头。我说，还以为你有鬼点子呢！他说，在欧洲对名人做突袭式采访多半行得通，他替电台做过好几次。即使没法做专访，但肯定能拍到理想的照片。美国人太重隐私，闯不进去。不过，早上，他在费尔蒙特旅馆大门外守了两个小时，终于拍到大导演斯皮尔伯格的照片，便发传真给母国的《明星周刊》，那是萨格拉市一家专登娱乐界花絮的刊物，他出国前常常投新闻照片。

大卫和我搭档一年，后来大有长进，不但成了熟练的练习生，而且能独当一面，在宴会上给客人送饮料，上菜。梦寐以求的新镜头终于到手。他说，这一年是他进军美国的"热身期"，下一步是闯荡好莱坞电影圈，看能不能进去当见习摄影师。

临走前，他一来要试新镜头，二来为友谊作纪念，要替我拍一组照片。地点是随机的，先在"铁马"门外。那是下午，斜阳透过一排栅栏洒在柏油路面，黑白线条间隔，他要我站在中央，拍了好几张。又到唐人街的花园角公园，以俗称"金字塔"的泛美保险公司大厦为背景，拍了几张。最后，他来我家，替我全家拍了一批。他确是天生的摄影家，极敏感，爱出其不意地捕捉神情，你和他说说笑笑，蓦地他举机"咔嚓"一下。几天以后，他把照片送来，果然是精品，尤其是在唐人街所拍的一幅，是我整个中年最具纪念意义的留影。

1989年夏季，他乘"灰狗"长途巴士去了南加州。一个月后，他从赌场拉斯维加斯打电话，我问他进军好莱坞一事有进展吗？他打个哈哈，说，还没摸到门径。为了眼前生计，在赌城一家意大利餐馆当侍应生。我说，幸亏你在旧金山学了几招。他说，多亏你这师傅，收入不错，下个月可以买更高级的柯达镜头了。

进入1990年，欧洲风云突变。我注意到，克罗地亚地区，克罗地亚和塞尔维亚两个民族爆发战争，我又想起大卫来，可是，他留下的电话号码停用了，这天涯浪子不知云游到了何处。

他拍的照片，如今还挂在我的书房里，看来艺术比友谊的寿命长一些。

女厨师试工记

一

冬天的洛杉矶，刚刚下过几场透雨，浅灰色的天空终于透出让人长长地吁气的蔚蓝。我压根儿没闲心去关注外界。下午，我接到一个电子邮件，按照指引，我让先生把我送到蒙特利尔的一个停车场，那是下午1时多。15分钟以后，手机响了，我接听。"请问是汪女士吗？我是宋先生的司机，叫我亨利好了。"我按照亨利的吩咐，在麦当劳快餐店门口，提着小行李箱，坐上亨利开的林肯牌加长型轿车。

这可是我平生所坐的最豪华的轿车。里面的雅致光洁，叫我差点不敢落座。一路上，亨利只和我说了两句话："来应征当厨师？"我说是。"好啊好啊！"听他的口音，是湖南人，30出头。车走了一段5号高速公路，然后拐进一条只有双车道的山间公路，盘绕在茂密的树林间，越走越是清幽开阔。然后，是一个从来没有到过的居民区，都是占地1英亩①以上，住

---

① 1英亩约等于6亩。

宅面积5000立方英尺以上的豪宅，两栋住宅的距离，相当于我所居住的阿布拉罕区的一个街区。

高围墙，大铁门，棕榈树，花圃，沿街一路看过去，与其说是惊奇，不如说似置身梦境，恍恍惚惚的。车在一处开满八角梅的山坡前放慢速度，在镀银的大铁闸前停下，才几秒钟，闸门自动打开，并没有岗哨之类。一条车道直通大宅右侧的小车库。亨利利落地下车，绕到右边，打开车门，做一个"请下车"的手势。我想，人家可真是训练有素呢！

亨利把我手提的行李箱拿过来，放在车库旁边。事后我才知道，这位专职司机接送过的应聘厨师已不下十位，一多半在面试这一关就被刷下来。亨利当天要把来人送走，在他看来，我在面试之后就会"走路"，他只要等一两个小时。

亨利领我从侧面走一条长长的走廊，进入宽敞典雅的大厅。全是中式家具，四面是雕花屏风和国画。我不敢东张西望，只注意坐在正面的仿明代太师椅上的两个人——一男一女。男子50开外，中等身架，腹部微微隆起。上身是家常夹克，下身是西裤，一对白色皮鞋。头发乌黑，梳理整齐，但脸色青中带白，似乎有暗病。光看那居高临下的眼神，就晓得他是无可置疑的主人。

隔着一个茶几，另外一边坐着的中年女士，脸上挂着谄媚的微笑，我一惊，似曾相识呢！想起来了，她是广东四邑人，广东话带乡下口音，但十分洋化，言谈必夹带英语，不让人家称她小姐，要叫英文名字妮可。她原来是蒙特利尔城里一家职业介绍所的秘书。我和她打过多次交道，最后一次是和她争论，两人都红了脸。这一次，她要是记仇，说我坏话，面试不黄才怪。再想，人来了，怕得这么多吗？

我暗里揣测，妮可在这里算什么角色呢？主人开腔了，一口带客家口音的普通话："汪女士，路上辛苦了！"我站起来，微微弯腰，算是回礼，说："宋先生，您好！""先介绍一下，这位是我的生活导师，妮可。"妮可站起来，曲了曲膝盖，我和她交换了意味深长的眼神和浅浅的微笑。

宋先生显然是交际能手，以一个笑话开场。"汪女士，如果我们没有记错，一个月前，你给我发过两次电子邮件，我没有回复你，知道什么原因吗？"我摇摇头。"因为你开头用上'尊敬的老板'。我不喜欢这个称呼，彼此平等嘛！"说罢呵呵地笑，声音有点干涩。妮可附和，夸张地笑。我纳闷，这有什么好笑呢？

冷场片刻，宋先生低头看一沓有文字和照片的打印纸。那是我以电邮发过去的第三张履历表。前两份都没有回音，激起我的挑战热情，偏要试试看！我第三次所发的，不但有历年所服务过的单位、对象，还把在家里烹调的菜式拍照一起发过去，附上一个恳切的要求：请允许我尝试一次！

我的"死磕"终于感动了他，他不再计较我依然称呼他为"尊敬的老板"。我们都不说话，妮可给我投来友善的眼神，让我知道，她不但不会拆我的台，而且要扶我一把。

宋先生读完，抬起头，看样子很满意。"已经写下的，不必啰唆了。我想听听妮可的意见。"妮可说："其实我和汪女士是老相识了，在工作上有过交集。""哦，世界这么小！你认为汪女士怎么样？""十分优秀！我指各个方面。""难道没有缺点？"妮可乖巧地看了宋先生和我一眼，坦然道："这人性子直，什么都藏不住，得罪了人，自己也不知道。""具体点。"我紧张起来。

"三年前，我在职业介绍所那阵子，介绍汪女士给玫瑰岗某企业的执行长当临时私人厨师，顶替回国探亲的那一位，说好干一个月，工资由我们代发。一个月后，我们把工资支票寄给汪女士。汪女士收到以后，马上打电话，抱怨小费被克扣。我说厨师不同于侍应生，没有小费。汪女士说，临离开时，管家特地交代，你干得好，老板说要给额外的赏钱，连数目都透露了。我说这事情不是我经手的，替你查查可以。我很快找到原因，是会计误会了，没有把介绍费和小费分开来。我马上给汪女士补发了。"

我暗中为妮可叫好，这个例子太给力了！"是我太冲动了，不应该的。"我说。妮可说："钱还在其次，这小费证明了你的工作，事关个人荣誉，应该争取。"

宋先生说："面试结束，下一步，试工一个星期，明天开始，月薪3000美元。"

妮可陪着我，先去把亨利放在车房角落的行李箱拿回，再带我去卧室。远远看到亨利抱肩站在门外。他脸上的神情，麻木里透出不服气：这女人竟被老板选上了！我得意地向他扬扬手。一路上，妮可这识途老马指指点点，我是进了大观园的刘姥姥。

首先，我晓得豪宅中主人和仆人之间的分界极为明显。车库和仆人宿舍在宅子的西面，主人住处在东面，中问以走廊连接。我的宿舍是一个蛮不错的套间，40平方米的面积，有自用浴室和洗手间。我把行李放好，拉上门。聪明的妮可看出我脸上的疑团，解释："服务人员进自己的房间，不用钥匙。……放心，走廊里有闭路电视，安全是绝对保证的。"

路过一个大车库，我知道亨利刚才停车的地方不过是小车库，这里才是正式的。严格地说，是车的储藏室，10辆轿车分两行停列，亨利刚才驾驶的林肯没开进来。本来，妮可还要带我转悠更多地方。手机响了，宋先生找她有事，她说声"失陪"，要离开。她办事细心，把一个电话号码交给我，说，白人尤金是这里的大总管，有事找他。走到门口，回过头来嘱咐：带高跟鞋没？我说半高跟有一双。她的眉头微微皱了一下，说，记得明天穿着上班。我暗里叫一声，天呀，普天之下有几个穿高跟鞋干活的厨师？

二

进豪宅时，是下午2点多。此刻快5点了。惦记着明天的任务，也要解决今天自己的晚餐，我便按照妮可的吩咐，给总管尤金打了电话。自我介绍以后，尤金在那边热情地说，欢迎！我马上过来！

10分钟以后，门铃响起。我打开房门。走廊上站着一个白人，40多岁，触目的啤酒肚，西装，领带，耳朵塞上微型听筒。他先以标准的美式英语和我说话，走在路上，就开始"晒"普通话，虽略显生硬但达意清楚。

管家的第一种本领是善体人意。他先把我带进厨房，这是我的"饭碗"所在，我最关心的就是它。厨房之大，教我倒抽一口冷气。天花板特别高，是这栋住宅的特点，厨房里也一样，因此显得格外空旷。一排西式的炉灶和中式专为"抛锅"而设的火力特大的煤气炉，并排的两个洗碗机，烤炉，操作台。我以专业工作者的视角看，检查了旋钮、开关。

　　"这是你的领土，进来，你就是女王。"尤金以开玩笑的口吻说。

　　"我这个'女王'，有没有下手？"

　　他耸耸肩，意思是没有。我暗里叫苦，炊具的距离这么远，做一顿饭单是走路已够呛。

　　"今晚宋先生和丹娜有应酬，晚饭不用你做。"尤金边说边打开电冰箱，指着里头的熟肉和面包，又指了指储物架上的芥辣瓶和美尼酱瓶，"来，我们一起吃点。"我说，我来。不一会，在厨房角落的小方桌上，尤金和我的面前，放着我做的三文治。

　　尤金对着我花了1分钟，端详着用小西红柿雕出来的玫瑰盘饰，眼睛发直，点了几下头。我看在眼里，暗里为不经意间露一手而得意。看来尤金已把我看作厨艺非同小可的高人。一顿晚饭下来，豪宅里头我该知道的，他都说了：

　　我的职位，在你们的国家，叫办公室主任。或者叫秘书长，但请你不要乱叫，宋先生不喜欢这套。宋先生的另一半，也不让叫宋太太，她嫌给叫老了，大家都叫她丹娜。宋先生强调平等。有两个司机，除了你见过的亨利，还有驾驶飞机的朗尼。妮可，是宋先生两口子的生活导师，这头衔也是宋先生安的。妮可是干什么的？采购食物，营养品，是她每天的主要职责，此外是为宋先生他们调理身体，拔火罐，抓中药，煮滋补品，还有，脚板按摩。妮可买进什么，你就煮什么。

尤金推开窗子，指着暮色笼罩下大如城市公园的后院，两位园丁，都是尼加拉瓜来的，一个叫荷西，一个叫奥兰多。"这里的伙计都是男的，就你一个女士，特别尊贵哟！"尤金说。尤金问我的名字，我说姓汪，叫我小汪好了。他嘻嘻笑，学狗叫了两声"汪汪"，说还是起个英文名好。"叫'艾米'好不好？"我说："随便。"从此刻起，我成了"厨师艾米"。

晚饭吃过，主人还没回来。尤金领我在豪宅内转了一圈。先看他自己的办公室，比我的卧室大一倍。分前后两进，前是会客室，放上长短沙发，咖啡桌，桌上的瓷瓶，插着精心布置的插花，以当令的芍药为主。它显示的不是尤金的派头，而是主人的气度。后进有大的办公桌，墙壁上有十多面屏幕，显示各个入口和其他重要位置的影像，有一个影像似曾相识，那是厨房。原来，尤金还负责保安。办公桌上有控制台，三排视频录像，覆盖了豪宅的里里外外。车子开近大门，尤金从感应器接到信号，车牌号和车内的人都经扫描，认证，然后，门自动开启。

还看了刚才妮可来不及带我看完的车库。尤金把灯光旋到最亮，一辆辆都受到最好的保养，车身锃亮。法拉利、劳斯莱斯"魅影"、保时捷S25、宝马740、捷豹、奔驰……尤金如数家珍，可惜我一概不懂。他走到一辆蓝色敞篷跑车前，作一个跳进座位去的姿势，说：开开眼界吧！全世界的顶级兰博基尼，1000万美元，美国才10辆。

我装腔作势地惊叹，其实，我对汽车只懂得驾驶。他又拍了拍一辆紫色的轿车，说，看，玛莎拉蒂中的王者，从0加速到时速100公里，只要4.7秒。我忍不住了，以开玩笑的口吻说："你知道我开什么车吗？2008年的雅阁，宋先生还不让我开进来呢！"他摊了摊手，耸了耸灵活的肩膀。

在握手告别的一刻，他郑重交代，作为一个仆人，哪些事不该知道，不该打听，不该问，更不该向外人说，那就是：和主人有关的一切信息，包括姓名、身份、职业，乃至地址。我差点跳起来质问："今天我来这里，是请亲戚送到玛莎大道的加油站。如果我长期干，每到休息日得请人来接，不就是因为你们不愿把地址透露给我吗？"但我忍住了，我要看看，宋先生到底是何等人物，我做的菜能不能征服他们。

洗了一个痛快的淋浴，打开窗子，看看夜色中的后院。路灯隐约的光下，有假山，玲珑的日本枫和天竺葵，一汪粼粼的池水，该是养着许多尾锦鲤的。小山上有一个八角凉亭的影子，远处，一个篮球场一个网球场，一个游泳池，还有一大片草地，该是小型高尔夫球场。

想到明天的早餐，做点什么呢？普通的，无论中式西式，都不成问题，但愿宋先生不出难题。晚上10点钟，我的手机"叮当"响了一下，来了微信，是宋先生发的。"明天早餐：新鲜蓝莓，鸡粥，小馒头，蒸淮山。时间：9时。"看来不难，我心里轻松了。

三

上班第一天，我不敢赖床，5时起来。穿戴整齐，记起妮可昨天郑重的吩咐，穿上了半高跟皮鞋。举一反三，我往嘴唇涂上口红，颊间轻抹胭脂，以淡妆配即将开始的烟熏火燎的生涯。我多了一个心眼，带了一双在厨房专用的防水胶鞋在身上，平底的。

我走进厨房，拧亮灯光。戴上白色帽子，系上围裙，开始干活。连开关也要一段时间才熟悉，别说这么多工具和食材了。操作了不久，后面响起脚步声。宋先生穿着粉红色绸睡衣推开门，把右手的食指放在嘴唇上，一个劲地"嘘嘘"。我回头，他压低声音说，太吵了！交代：任何时间，都要压低音量，原因是太太睡无定时，不能吵醒。"注意了，走路不能太响，任何时候没有例外。"他的嗓音不但带着威严，还有阴森森的威胁。我连声说"抱歉"，低头看看半高跟，暗里叫苦。

昨天走马看花，现在才看清，厨房就是微型超市。电冰箱占了西面的整面墙壁，带8道门、蔬菜、肉类、冰冻、冷藏、调味料、饮料，分类码放，井井有条。后来知道，这差事由负责采购食物的妮可担任，其中的一个原则是：时间不能搅乱，哪些先吃哪些后吃，哪些即将过期要拿去给雇工吃，都要分清。另外一面墙壁是分层储物柜，举凡鱼翅、海参、鲍鱼，各种药材、杂粮，应有尽有。

我由此得到这样的印象：宋先生两口子是 "民以食为天"这一格言的最忠实践行者，他们活在世上，就是为了吃。想到这里，我心里发虚，这样高级的挑剔的饕餮者，怎么对付得了！

7点钟，妮可进厨房，检查了一番，点点头表示"过得去"，但指出，诸多细节我还没有掌握，她会逐一说明，"想起来就对你说"。今天交代了早餐注意事项两条，其中一条是主人就座前，要在桌上放加蜂蜜的温开水。

妮可带我到小餐厅。越南花梨木做的圆形桌子，中央设置转盘，转盘中有一盆以郁金香为主体的插花。她带我去餐具柜，大略告诉我，餐具分两种，一是有客人来才用的，一是自己用的。我把妮可指定的瓷器摆在桌子上，那是景德镇的薄胎细瓷，从妮可的眼神看出，她怕我动作粗鲁，摔坏了。我特别小心。

早餐还算顺利。宋先生和太太吃得很快，吃完马上离开。我听到他们在早餐桌上悄声说话，似乎是约了客人见面，10点钟准时到。总算和宋先生的"另一半"打了交道，丹娜是正室还是小三，是长久的伴侣还是临时搭伙，这些均不得而知，宋先生对她宠爱有加，倒是一眼可见的。

早餐的过程是这样：宋先生落座，先轮着喝温开水和加蜂蜜的一杯水。我低声问他要不要用餐，他摆摆手，说丹娜快出来了，等一会。这"一会"，是40分钟，温开水都冷了，我换掉。加了蜂蜜那一杯，宋先生不让倒掉，"新西兰的卡码稀，可宝贵了！"我拿回厨房，没有微波炉，实在费事，只好倒进铜壶里烧。

丹娜披着半湿的长发，懒洋洋地进来。宋先生忙站起，拉椅子，让她坐下。她喝着我端来的蜂蜜水，嘟囔什么，似乎是昨天夜里起风，后院的树枝敲打窗户，把她吵醒了。我就近看，她35岁的模样，小脸蛋，大眼，弯眉，从前一定天天施浓妆，如今毛孔还留着痕迹。身高1.70米上下，和宋先生一般高，体重不会超过100斤，地道的骨感美人。我揣测，她从前干过模特，不是第一线的，也是车模之类，还可能当过高级公关。

丹娜对我的态度不冷不热，只在我替她斟茶，她说"够了"时微笑过，此外，从头到尾忽略我的在场。我在背后向她嘬了嘬嘴，心里说，别看不起人，你是哪根葱，迟早知道！主人离开以后，我在厨房换掉半高跟鞋，腿又酸又疼，我坐在凳子上捏了好久。

中午不必做饭，妮可用微信这样告诉我。我以为，试工第一天可以轻松打发，没想到妮可的微信又到。随后，女主人丹娜、她和我三方，用微信"开会"，敲定今天晚饭的菜式。我这才晓得丹娜的厉害，她虽然不是营养学、烹饪学的科班出身，所提出的问题不算古怪，但可以看出，她不是头脑简单，光会扮靓花钱的小妮子。

做饭的程序是这样的：首先，丹娜提出想吃什么，妮可根据季节和市场，说出能不能买到，最后由我回答会不会做这些菜。其实，对她们列出的菜单，我哪里敢说不？幸亏有网络，我连夜上教烹饪的网站恶补就是。

第二天，在"三方会议"以后出台的菜单如下。

早餐：牛肉面，香爆海参，蒸淮山，油菜心。
午餐：清炖白鸽汤，牛骨架，蒜爆意大利瓜，香煎雪鱼，油菜心。甜品：木瓜炖雪耳。
晚餐：养生粥，麻油鸡，腊味炒荷兰豆，蒜香青菜。

先解决早餐。我给妮可发一个微信："主人有什么特别要求吗？"回复到了："没禁忌，不要辣，必须好吃，好吃！"这阵子，妮可在有"小台北"之称的蒙特利尔的超市采购。

做"好吃的"！牛肉面是主食，自然要全力以赴。前一天晚上，我从冷藏库选出两根牛棒骨，加上葱和姜片，熬一锅高汤。先开中火煮开，取出牛骨，把渗出的血水冲洗干净，再花3个小时炖。锅盖不能盖上。蒸汽里的脸，不知是汗还是水，我用手揩揩，手变红了，原来把胭脂抹掉了，可以想象"大花脸"多难看。我赶紧躲进洗手间，出来时素面朝天。这么一来，我得到教训，不能先化妆再上班，要在端菜上桌之前化妆。与做高汤同时进行的，是把牛肉煮好。

第二天，手机的闹钟5时半准时响起，我起床，蹑手蹑脚地走进厨房，把门关紧，一切动作都十分小心，生怕弄出声音。准备停当后，我赶紧溜进厨房旁边的洗手间，从手袋拿出口红、眉笔、眼影膏，来一次速成化妆。然后换上半高跟皮鞋，对着镜子检查了全身上下，确保衣服整洁。

第三天，8时，宋先生走进餐厅，我侍候他喝两种水。半个小时以后，穿真丝睡衣的丹娜进来。我端出两碗牛肉面，以及别的配菜。不敢走开，站在桌子后面不远处。宋先生拿筷子夹一块牛肉，然后是面条，啧啧有声地吃。闭目片刻，仿佛要把味道咂准。

我紧张地看着他蠕动的颈部。他睁开眼，看着丹娜，两人交换一个赞许的微笑。我悬着的心放下来。凭经验，晓得他们喜欢。果然，过了10分钟，我进厨房拿热水壶，背后响起宋先生的叫声："喂，还有吗？我指这个……"他用筷子敲一下海碗的边沿。我回头看一眼，说："抱歉，就煮这么多。""分量嘛，倒不算少，就是太好吃，呵呵！"丹娜说："好吃也不要过量。这样就好。"不知道她是对谁说话，我不敢搭腔。

星期四的菜单如下。

早餐：*蒸海参，馄饨，蒸淮山，上汤菠菜。*
午餐：*红萝卜香菇炖排骨汤，支竹羊腩煲，豆瓣鱼，腊肉片炒莲藕，油菜心。甜品：桂圆糯米粥。*
……

菜单是有章可循的，但穷讲究没有止境。比如，蒸鸡蛋的表面，不能有水泡。我在宋先生的监督下，小心地用牙签把水泡逐一刺破。丹娜对小茴香深痛恶绝，有一次，我用它来当卤料，不巧她来了月经，格外敏感，当场摔筷子，宋先生要我马上把卤味冷盘撤掉。

更难办的，是宋先生两口子作息的时间不固定，心情也不稳定。有一天，宋先生说他先吃，丹娜那一份热在锅里。丹娜临时决定做面膜，左等右等就是不露面。菜端上来撤下，20分钟过去，说可以了。端上一次，人还是不来。看到宋先生的眉头皱起三道横纹，知道他嫌菜失去味道，我只好重新做。

连番折腾，一天下来，鞋子换了几次，妆也补了几次。晚上，我瘫倒在床上，好久才缓过气，起来洗澡。从家里带来的衣服只有两套，每晚睡前还要洗了，不敢用洗衣机，只好用手搓，晾在当风处，明天才能换上干净衣服。

夜晚，我躯体酸痛，尤其是被半高跟支撑过的腿部，几乎挪不动，入睡以后做的梦却生猛无比，充塞着菜单、菜单。早餐：葱爆海参，番茄面，蒸淮山，大白菜。午餐：鸡汤（备用），兔子肉片汤，牛骨架，蚝油炒菇，煎黄花鱼，上汤大白菜。晚餐：鲜虾馄饨，上汤菠菜，肉片辣炒豆干，桂圆糯米粥……

试工的第六天，见识了主人的另外一种气派。

那天晚上来了客人，被丹娜称为表弟的年轻人，听说正在东部的康奈尔大学念硕士学位。三个人的晚餐，菜单上加了缅因州龙虾，据说这位年轻人爱吃。这道菜倒不难做，涂上奶酪，放进烤炉就行。教我开眼界的是葡萄酒，主人不是酒徒，有客人才开瓶。

餐厅另外一边的酒窖，被妮可打开，让我进去参观。我的天，数百瓶，各种年份，来自加州最著名酒庄，如罗伯特·曼特维、佐敦、格罗。最古老的那一瓶是20世纪60年代的奥派斯。"宋先生的品位可不一般，知道吗？随便一瓶要1000美元，那一层，每一瓶至少5000美元。"妮可指了指酒窖顶部的一排说。

"宋先生只爱加州纳帕谷产的葡萄酒，他说就近的价廉物美，何必去法国的波尔多？"我这才知道，妮可还有一个头衔：品酒师。席间，她全程负责供应酒品。妮可小心地把高脚杯放在桌上，每人三只，高矮有别，都特别轻薄，线条极为别致，一看就知道是顶级"典藏版"。"只有酒杯是法国货。"妮可先往自己的酒杯倒下小量葡萄酒，手拿酒杯轻摇，闻了闻，抿一小口，验证酒没有变味，再给他们倒。

按宋先生的吩咐，这一顿中西合璧。先上沙拉。翠绿的菠菜周围，点缀着小番茄、黄瓜片和草莓，浇上蓝奶酪。妮可给这道菜配的是撒都尼白葡萄酒。

三个人亲热地碰杯，年轻的客人好几次要谈华尔街的股市，宋先生说："早说好了，不谈怎么赚钱，我没有兴趣。多聊聊怎么花，好不好？"男人之间谈什么，丹娜不搭理，专心欣赏自己的指甲，上面刚刚画上图案，据说是从比利华山庄请来的法国名师做的，得在三个月前预约。

第二道菜，中式为主，有蟹粉煨豆腐，香橙菠萝虾，小牛肉炒芥蓝。洋式龙虾由客人包办。喝的红葡萄酒是1996年的梦露。

最后一道南北杏仁木瓜银耳汤，配微甜的干邑。妮可送上爱尔兰咖啡。

我站在旁边侍候，看着这些得天独厚的同胞，想入非非。他们的钱怎么赚来的，我不知道。光看开销，一架我无缘见到的私人飞机加驾驶员，是什么数目？他们除了吃喝，还干什么？我只在前天下午，看到宋先生在自己后院的小型高尔夫球场里挥杆。据说两口子是高尔夫迷，为了看顶尖的名人赛，坐飞机到佛罗里达去，当天来回，像我们搭巴士一般稀松平常。

第六天终于过完，试工结束。晚上，我把厨房里的碗碟和炊具洗干净，放好。以为今天可以早点休息了。微信来了，要两碗冰糖炖雪梨，送往电影厅。电影厅在地下，可容纳30人。

一个小时以后，我捧着盘子走下楼梯。地下室的过道，灯光十分黯淡，我高一脚低一脚地走，生怕盘子一歪，前功尽弃，宋先生的卫生要求可够呛。有人在前面打开手机的手电筒功能，低声说，慢走。尤金来迎接我。我大大松了一口气：这家伙，连这也想到了。

宋先生两口子喝羹时，我在昏暗中看到，屏幕呈弧形，长度和电影院的近似，但影像更清晰，观影者一如置身梦幻世界。尤金看透我的心思，低声说，想知道这台电视机多少钱吗？三星中最新式的，12万元一台。

他们喝过银耳羹，继续看伊士活导演的新片《狙击手》，我捧着盘子离开。尤金为了套近乎，陪我往外走。我感谢他刚才引路。他得意地说："我知道不好走，你不是第一个嘛！"看来，在我之前，不止一位厨师在这里摔过。

"知道吗？宋先生喜欢你的手艺。"我说："谢谢。"

晚上临睡前，妮可发来微信，要我的社会安全号码等报税资料，说宋先生要聘请我为正式厨师。"恭喜你！"我的回复是："我回家以后再和你联系。"

试工结束，亨利开车把我送到上次接走我的停车场。在路上有点妒忌地说："我这段日子接见工的，连你是13个，就你中老板的意……"我知道他的潜台词。

我回到家，马上得了重感冒，发烧，咳嗽。半夜，我打开手机，给妮可发最后一个微信："谢谢你，我干不了，请结算我的工资。"

次日，我在华人报纸上，看到熟悉的招聘厨师广告，马上知道是宋先生刊登的。

朱老板这辈子

一

星期天午间，我和几位乡亲在唐人街企李街靠近天后庙街的兴鸿餐馆，一边大快朵颐，一边高谈阔论。在社交稀少、生活单调的异国生涯中，这种聚会差不多是唯一的奢侈。不定期举行，两年下来，形成了模式：位置固定——靠角落的大圆桌，基本成员固定，语言固定——正宗的台山乡音。不固定的是话题，天南海北，过去未来，骂街调侃，文学哲学，素荤雅俗。

每次我们据案大嚼时，从厨房里忙活得差不多的老板会拖一张椅子，在密匝匝的吃客群中打个塞子。他还没落座，朋友已替他面前状如佛像肚皮的白兰地酒杯倒上橙红色的"人头马"。碰杯声起，大呼小叫一阵，吸饱了油烟气的老板举了几次筷子后，专心喝酒，脸上泛起红光，开始海吹。他，就是这里的朱老板。

"1973年，从台山申请到香港去，难不难？"朱老板问。一乡亲答："还用说？登天容易多了。台山这侨乡，

'文革'时似乎一个也出不了，70年代也关死大门，成千上万的青年人只好'交脚'①。""你猜我是怎么出去的？"大家无不静听。

"我偷渡三次，1968年第一次，成功了，进了澳门的水域。却落在水警手里，被遣送回来。第二次，在中山的翠眉被抓。最后一次，步行到中山三乡，白天躲在山坳，夜晚被巡逻的民兵抓住，给押回县城看守所。公社的武装部长陈瑞昂骑单车把我领回村里。我在家躺着休息，等候随时举行的批斗会。想不到陈部长上门来，坐在床铺对面，细声软气地说：'不跑行不行？太危险嘛，摔死淹死值么？还害得本公社一次次挨县里点名批评。这样吧，你先找个对象，成个家。下次来了名额，我保证帮你就是。'部长的口吻叫我惊诧半天。"

朱老板和黄美玲1969年在乡村成亲。那年，他的养父结束了在菲律宾的洗衣店，退休后在中国香港定居。朱老板以和父亲见面为理由，拿父亲从马尼拉飞往香港的机票为证明，结果获得批准。

二

朱老板名振鸿，中等身高，圆脸，偏胖。据我在华洋社会三十余年所见，厨师无论中西，到领导一级，无论广东

---

① 交脚，粤语方言，偷渡的暗语。

人所称的"头厨",还是大旅馆内主理上千人宴会的"行政总厨",身形多宽广,腹部近于"便便"。说到脸孔,鉴于当今硅谷的科技新贵,有的是在健身俱乐部打造的肌肉男,"面团团作富家翁"一说未必成立,但"面团团作大厨"却差不多放诸四海而皆准。朱老板满月般的脸,并非横生的肥肉,而是象征着和谐与满足的丰腴,皱纹当然没多少,除了无肉的眼角。如果不是头发灰白且极少遭梳子和发型师修理,你也许以为他才40出头。

我每次步下十来级石阶,进入餐馆,必遇到朱老板的另外两位家庭成员——他的太太、当仁不让的老板娘黄美玲和小儿子辉棠。老板娘是大管家。我悄悄问朱老板:"说说,你当年是怎样把太太追到手的?"

朱老板瞥了一眼在桌子间忙于带位、点菜、送菜、收钱的贤内助,嘻嘻笑了笑,不大好意思地说:"那是1968年,我在村里务农,那时会议多,大队的头头看我做的菜好吃,三天两头把我调到大队部当伙头军。美玲从县城的中学回来不久,当大队的辅导员,上台讲课,口才硬是了得,下面几百人,静静地听。我想,这清秀女子不简单,越看越中意,便托大队的书记去说亲。就这样,谈起恋爱来,简单得很。"

朱老板边说边看着执手超过40年的太太,"她过门时是肥人,生下第一个崽以后,苗条到现在。"旁边走来走去的太太听到大意,微笑着点头。小儿子是母亲手下的侍应生,圆脸,身型偏胖,脸相在厚重中透着俊秀。青年时代的朱老板,应该就是这模样。

当然，兴鸿餐馆内干活的不只他一家子，还有几名原籍也是台山的女侍应生，都年轻，伶俐。厨房里有5位：洗碗，炒锅，抓码，打杂。传统的家庭式小店，拢共六七十个座位，侍应生没有统一的制服，女性穿深色花围裙。它不但代表职业，而且实用，举凡点菜用的簿子、账单、圆珠笔，连同至关重要的小费，都放在正中的口袋。老板娘亦然，她的与众不同，显示在雍容的气度上。

"兴鸿"的生意很好，在唐人街的同行们被金融海啸整得叫苦连天之际，中档餐馆长期维持这样的局面，算得上凤毛麟角。它的优胜处在于平衡，不论是各同乡会口味正宗的元老们，还是嘴巴刁且善于捕捉"好吃又便宜"机遇的业余美食家们，都爱来这里摆酒席，吃工作午餐或小聚。而且众多的洋人，从金融区里不辞劳苦地赶来的西装客，颈下晃着照相机的游客，到操着一口西班牙语的中南美洲移民，也前来光顾。可见它对付中西顾客的两套菜单，都能投其所好。

三

兴鸿餐馆开在3层高砖造楼宇的底层，离地面两米多高。因没有自然光，也没窗户，要整天开电灯和抽风机。朱老板说，9年前选上它，是看中其"旺财"的位置。他东到纽约、波士顿，西到雷诺、沙加缅度，在许多华人聚居地，发现开在"土库"的餐馆生意都不错。从风水学看，符合老子"江海为百谷王者，以其善下之"的说法，一如侨乡的祖屋，多取"四水归塘"的格局。

不过，朱老板成气候，并非靠风水。他的厨艺是数十年间练出来的，名气是由"好菜"产生的。1973年，他拿着单程通行证从家乡到香港，两年间，当过跟车员、送货员，都干不长，在酒楼却兢兢业业，从洗碗工，到杂工，再到泡制鱼翅、鲍鱼、海参，技术含量相当高的"上杂"，最后当上炒锅工，月薪两千多。

　　1975年清明节，朱老板通过早年来美的妹妹担保，从西雅图入境，在奥克兰机场下机。从此，这位拿绿卡的年轻人雄心勃勃地闯荡，一个行李箱，一套专用刀具，伴他从纽约到波士顿，从马天那到盐湖城。其中不乏"自作孽"，最为刻骨铭心的一次，是1983年在旧金山唐人街，进赌场输个精光，小儿子又因摔伤被送进医院，叫天不应，呼地不灵，唯一的支撑是忠诚的妻子。

　　朱老板在旧金山找到的第一个职业，是在华盛顿街"金龙"当杂工。这家餐馆名震全美乃至全球，是后来的事。朱老板在这里，厨艺出现飞跃，是因为先后师事四位香港名厨。不是猛龙不过江，那年代，唐人街的大型餐馆有眼光且有财力的老板，都到香港招聘，继而在门口贴的海报和报纸登的广告，写上"香港著名食府×××主掌厨政多年的×××师傅到任"，以求轰动效应。

　　"金龙"尤其大手笔，一下子把伍旺、谭新、何阿夭、大蛇鬼四条汉子招致旗下。这些在香港喜相逢、海城、六阁等名店独当一面、各擅胜场的好手，在这里合作愉快。朱老板不声不响，处处留心，学习前辈的独门功夫。谭新操持数百乃至上千人的婚宴、寿宴、侨社春宴，善从大处落墨，注重总体调度，细节全交给手下办理；阿荧则相反，每一菜式，从选料、刀工到火候、卖相，务求色香味无一不备。两年密集的训练，朱老板不但掌握了领导厨房的全副本领，师傅们的拿手小菜，比如陈冠英的黑椒牛仔骨、襄衣蛋、大肠炒芽菜，叶强的百鸟归巢，也都学到诀窍，并有所改进，收入他的私房菜谱。

1977年9月4日，"金龙"上了全美新闻头条——唐人街两对立青年帮派火拼，两名少年枪手趁对立派的人马在里面吃夜宵，以冲锋枪扫射餐厅，造成5死11伤，死者包括两名游客。枪声大作时，朱老板在厨房的粉面档煮馄饨面，流弹在肩膀旁飞过。30多年后，有一天他返旧地，弹孔犹在。

离开"金龙"以后，朱老板和友人在"金龙"附近开了"顶好"餐馆。他使出看家功夫，以首创的"咸鱼鸡粒饭""琵琶豆腐"和"骨香龙利球"打响招牌。干了两年，欣欣向荣之际，因和合伙人产生纠纷，只好将餐馆出让。

四

1983年起，朱老板成了加州华人饮食界出名的"游侠"，哪家餐馆新开张，哪家食府岌岌可危，老板们便想起这个善于制造奇迹的头厨。旧金山的"美丽宫"、沙加缅度市的"荣华"、雷诺市的"颐和园"、奥克兰市的"新香港"……许多家粤菜重镇的厨房，都留下了这位寡言少语、埋头苦干的大厨的手迹。

旧金山一家大型港式茶楼，以刁钻出名的女老板倚重他的威望，不敢卸磨杀驴；他也尽量容忍她的唠叨，待了四年。此外，在其他食肆，他都待不长，少则几个月，多则半年，老板一来心疼每月付出的4000元以上的高薪，二来以为"朱仔鸿"不过"程咬金三板斧"，随便找个亲戚朋友便可取代，时机成熟便让他走路，连借口也懒得找一个。有的老板心存愧疚，不敢面对有功之臣，躲起来，委托手下给他交上最后一张工资支票。

头厨"朱仔鸿"领教"过河拆桥"多了，渐渐学会自保。他在沙加缅度最大的中餐馆当家时，花了三个月，使它起死回生。可容纳700名食客的大餐厅，天天爆满。越南裔老板喜不自胜，每次进厨房，都拍着朱头厨的肩膀说好话。一次，推心置腹地道："当初你来见工，我和你一谈完话就拍板，要你明天上任，够干脆吧？为什么？就冲着你长相有福气，能旺市。我眼光不错嘛！"

干到第四个月，朱头厨看出蹊跷来，咦！干吗老板的小舅子动不动闪进办公室，把预订酒席的菜单翻来覆去地看，还做笔记？这活计，放在平时，除了头厨，是没人过问的。朱头厨警惕起来，是老板授意的，下一步，这进厨房才一年的愣头青就要取而代之。

朱头厨看清情势，认为自己还可待两三个月，于是，他不动声色，向越南裔老板建议：目前生意虽好，但要注意，主流社会的食客以西餐为主，我们吸引他们的，仅仅是"新鲜"而已，在洋食客吃腻之前，菜单必须重新设计。老板连连点头。几天后，头厨以"出新"为宗旨的烫金菜单出炉。

果然，一个月后，老板让朱头厨卷铺盖走路。往下，轮到新上任的半拉子大厨吃苦了。前任坐镇时，准备充分，各样新奇菜式，要么从电冰箱搬出急冻的备用品，要么即时制作，有条不紊，轮到他，一遍遍地看中英文对照的菜单，急出一头汗。别说"仙鹤神针""龙穿凤就""富豪伴太子"闻所未闻，就连"良乡桂花鸽""麒麟海参""荷包大海参""豆腐嵌江瑶柱""银钩炒海蜇"也似懂非懂。

热衷于尝新的食客点的菜，写在单子上，潮水般涌进厨房的抓码台。抓码工搔着头，问头厨怎么配料。新头厨光顾发呆。为了遮掩，粗制滥造一盘盘"杂烩"搪塞。顾客摔筷子骂娘，疲于奔命的餐厅经理挂出"暂停营业"的牌子。半年以后，餐馆关门。

谈到当年那份刻意打埋伏，叫小气老板吃苦头的"革新型"菜单，朱老板眉飞色舞："'翡翠华腿镶大虾'容易做吗？把金华火腿和冬菇泡软，切丝，铺在剖开的大虾上，这你做得来；老猫收老虎做徒弟，没教爬树一招，我的绝技没亮出来——把好多种佐料混起来，快炒，加秘制酱汁，浇在蒸熟的大虾上，又香又好看！

"'仙鹤神针'如今失传了，功夫太烦琐，耗不起呢——要把乳鸽的骨头去掉，里面填满鱼翅，这才是第一道工序。再说，像'麒麟石斑'这种有口皆碑的菜式，半桶水的角色没法把功夫做全，不会在蒸熟的石斑鱼上铺上一层'极品'菜。什么叫'极品'？官燕、银芽、鱼翅的杂锦，教食家赞不绝口的恰恰是代价高昂的陪衬物。"

说到兴头上，朱老板呷了一大口朋友带来的加州纳帕谷"撒吞腻"红葡萄酒，呵呵大笑，并不理会坐在旁边、专心吃咕噜香肉的洋情侣投来惊诧的目光。

<h1 style="text-align:center">五</h1>

2000年，朱老板夫妇买下兴鸿餐馆。"兴鸿"的多位前任东主，有一位是李磐石先生，他经营了30多年。晚年他给家乡捐款70万美元，创立教育电视台，成为备受尊敬的慈善家。他的财富的一部分，就是在这里积累的。李磐石退休后，9位中国人集资27万元，将它装修一新，起名"香雅"，这些参股者，伙计、老板一身二任，一起干了9年，直到其中的大多数到了退休年龄，才转让给早就被公认为"厨艺了得"的头厨"朱仔鸿"。

近10年间，"兴鸿"成了唐人街的品牌。生意上了轨道以后，朱老板心情轻松。朋友来了，他就着花生米喝点白兰地或青岛啤酒。兴起时高唱青年时代在家乡滚瓜烂熟的《大海航行靠舵手》，还能捏着嗓门唱粤剧《搜书院》里的"一轮明月照海南"，高吟鬼才伦文叙的歪诗，什么"先生放学我回来，睇见天门大打开"。座中的乡亲起哄：跳个舞如何？朱老板跃跃欲试，要把在收款机前忙于算账的太太拉来合舞，太太轻轻骂他一句，他才讪讪走开。

六

2010年3月中旬，离朱老板退下来不到两个星期。一群乡亲在"兴鸿"，吃罢他巧手烹调的"梅子排骨"，把盏闲聊。朱老板追述了他的童年。他原本姓谭，家在白水乡，父亲是摆摊小贩，养下四子二女，他是老三。朱老板自豪地说，谭家出了三个大厨，我之外，大哥先在香港，后来又在波士顿当大厨，两家酒楼都叫"龙凤"，名气可大！弟弟也是白水乡最有权威的厨师。

朱老板7岁那年，当上朱洞乡朱应贺夫妇的螟蛉子。朱应贺在菲律宾经营"立华"洗衣馆，朱老板和养母、妹妹在村里生活。因有侨汇，家境不错。振鸿从小不爱上学，1959年在台城侨中上初中，两年间，以贪玩闻名全校，天天逛街，看电影，打台球。每个星期天从学校回到家，养母给他的两三元零用钱都花在玩上，有时连月初母亲给的8块钱膳费，也在台球室花光。他旷课之多，到了学校无法容忍的地步，终于受到退学的处分。

回到家乡后，他能不出勤就不出，以捉田鸡捕蛇为生，带上花100元买来的猎狗，见天在山野闯荡。看到蛇洞，便用火攻。蛇无法忍受，从洞里窜出，猎狗穷追。他说，狗可有灵性呢！如果是毒蛇，它的颈毛高耸，停在不远处，回头看主人的神色。如果是无毒蛇，它纵身一跃，咬着蛇来邀功。每"一番墟"（为期五天），都捉到一笼。不摆摊卖，嫌琐碎，拎着笼子到台城牛屎巷，批发给蛇贩，每次都赚上二三十元。这数目，在20世纪60年代，可抵上国营商店售货员工资的两三倍。不过，他赚来的钱，都和朋友花天酒地散掉，并没有节余。

多年以后，朱老板回乡，第一个愿望是找到前武装部长陈瑞昂，但恩人早已去世。朱老板给家乡捐出人民币20多万元，用于修路，建文化楼，修整村庄，寄托对恩人的怀念。

朱振鸿如此热爱烹调，在出让餐馆的合约上，额外还加上一项：他可以随时带食物进厨房，自行炮制。

五个理查德

在旧金山定居四十余寒暑,在和我成为同事的白人中,有五位的名字都是"理查德"(Richard),并非我和这个名字有天然的缘分,而是英语社会,相对于千千万万个姓氏,名字偏少,男性常用的不外乎约翰、大卫、杰克、理查德、亨利等数十个。巧合而已。他们和我认识时都年轻,而我在中年。他们姓什么,我忘记了,姑且以编号区分:理查德1号、2号、3号、4号、5号。

1号理查德

1号理查德和我同受雇于一家大酒店,他是厨师,我是侍应生。两人干活的地点相连,一来二去,便熟悉了。

1号个子不高,虎背熊腰,一头金发,小胡子浓密,尾端翘起。他做菜利落,很受行政总厨喜欢。上班时至多打个招呼,开一两句玩笑。但有好几次,我和他一起下班,步行到七个街区外的车站去,需时一二十分钟。那是一段下坡路,旁边行驶着一路摇铃、叮叮当当作响的缆车,但我们不坐。

他和多数美国人一样，胸无城府，说话没有顾忌，尤其是谈自己。

"我过去有一种特长，你有所不知——煮古柯碱。"他淡淡地说。我差点跳起来。古柯碱和海洛因是那年代最流行的毒品，名字我是知道的，而它也和食物一样，需烹饪，且技术分段数，则闻所未闻。

"别紧张，我早戒了。不过，在好几个吸毒圈，名气还响亮，三天两头有人邀我，让我煮给他们享用，报酬是我免费吸。我才不干，把电话关了。"他继续说，"如果戒毒不成功，还能上班？是女友的功劳。她和我同居，只开一个条件，不碰毒品。我答应了。哪敢乱来？被她发现，马上被踢出门。算来已三年多，当正常人，太好了。

"你不知道多惨，我和她认识前，人生一塌糊涂。半夜嗨得要命，驾车回家，车子控制不住，从18辆车旁边擦过，侧面凹进驾驶座，我被夹在里头，差点送命。

"吸毒是从18岁开始的，老爸送的生日礼物。他和我妈离了婚，心里难受。我的生日到了，他送一包给我，算是礼物。我恨死这坑人精，他死了我没参加葬礼。毒品害人，我戒掉这么多年，还有可怕的后遗症，那就是心慌突然袭击，我正在灶上煎牛扒，整天好端端的，就那一秒钟，心里害怕得要命，仿佛魔鬼在背后要砍掉我的头。我全身冒冷汗，什么也干不了，抱头蹲在地上。这一刻千万不要有人催我，责备我，我很可能扬起切肉刀。我必须立刻和女友通话，一听到她的声音，我就恢复正常了。唉，离不开她。"

说到这里，我俩下了钠山，走在平地上。那是市中心，街上霓虹灯和路灯辉映。黑人乐手在打鼓，吹双簧管。乞丐毫不客气地窜到面前，要你施舍。1号说："当年我和他们只差一步。"

一起乘滚梯到设于地下的车站。他和我一样，坐N号电车。我问他，你住哪里？他说在科艺街。我知道，那一带，电车轨道两旁新建了公寓。我问，你是不是住新房子？

他得意地回答，正是。接着，他以侥幸加感恩的语气，诉述女友怎么向父母借贷，凑够头款，怎么和房产商过招，拿到百分之五的折扣。"这辈子，从现在开始，住上自己的屋子！从前，是随老爸流浪，没房租交，被房东驱逐。"说着，我看到他翘起的胡子上有东西闪烁。他发现我注意到了，赶紧抹掉，那是眼泪。

"喂，你有没有房子？"

我说有，十多年前买的。

他大惑，哪来这么多钱？从你的国家带来的？

我说我来时1块钱也没有，靠岳家资助。买房子靠分期付款，和你一样，只要有工资，并不难。

他嘟嘟囔囔地说，妈的，我在这片土地出生，硬是比不上你们这些空着手来的外国人。

2号理查德

旧金山闹市联合广场一带，有一条巷子，被列入"十大历史性地标"，它叫马丹巷，1906年特大地震前，它叫墨腾街，是红灯区的中心。全部建筑物毁于地震及大火，重建以后，巷子内多是出手名牌的铺子。从东北进巷子，可见一个铸铁做的马头钉在砖墙上。下方就是一家老字号意大利餐馆，名叫"铁马"。我在里面先当练习生，后来升为侍应生。

那是20世纪90年代之初，一天中午，餐期开始前，经理把一位挺拔的高个子白人带到我所负责的二楼，对我说，你带带他。他就是2号理查德。两人握手，互通名字。他不是新手，刚刚从华盛顿州迁来旧金山，在这里找到的第一个工作，此前在西雅图的餐馆干了3年。

"铁马"的生意一向不错，客人坐满楼下的餐厅，后来的才往二楼送。在二楼干活自然轻松，但同时小费赚少了。没办法，楼下的侍应生是清一色的欧洲佬，资格比我老得多。客人没上来，有的是时间，便和2号聊天。他爱谈他的女友，她是他高中毕业晚会的舞伴，定情至今已10年。这一次，是顺她的意思才迁到举目无亲的旧金山的。"如果不搬呢？"我问。"她就离开我。"2号搔了搔浓密的金发说。

"妈的，你在那里勾搭上另一个是不是？"

"不是，哪敢？如果被她抓获，她肯定'咔嚓'一下。"他做了一个使用剪刀的手势。女子用剪子割掉男子的阳具，是去年传遍美国的案例。拿剪子的女子是南美洲移民，不堪喝醉酒的丈夫的家暴，趁他烂醉动手。

我说，想不到你人高马大，被娘们管得服帖。

她啊，是当年的校花，谁都看不上眼，只喜欢我。为什么？因为她在超市上通宵班，我天天接送，风雨不误。在一起很久了，有她就有家。我不离开西雅图不行，因为结交了三个酒友，天天下了班去买醉，起不了床，旷工成了家常便饭，女友干脆和我一走了之。她说你不走我走。

2号手脚敏捷，侍候客人中规中矩。但有一次，我和他一起负责一个40多人的派对，摆位时他拿起玻璃酒杯，用嘴巴对着杯口，吹一口气，再用布擦拭杯子内侧。我笑骂他，可别让客人看见。他不解地问：怎么啦？这样擦杯子，又快又干净。我说，别人的口水你爱不爱吃？

我大惑，这坏习惯哪里学来的？很可能是小馆子，他一个人干，没人管。不过，他能说会道的优势很快被犹太老板看中，要调他去旗下另一家餐馆当副经理。他当然欢喜，又怕没经验，做不长。把我邀去唐人街一家茶楼，一边吃烧卖、虾饺一边商量对策。我问，你怕什么？他说他前去就职的那一家，位于人潮汹涌的葛里大道，单是逃单就够对付。我说，不要怕，试三个月，不行，回来和我搭档就是。你问了女友没有？他说还没有。我说，她一定为你高兴，谁不想自己的男人升职？

果然，他就任新职去了。两个月后，他路过"铁马"，进来向我打招呼。一身西装领带，是经理的派头。喜滋滋地说，很满意。老板拍了拍他肩膀，说考验一年，就让他坐上经理的位置。"到时我有独立办公室，请你来，关上门喝两杯！"他说。我说："你行。"他扬起脸，得意非凡地挥手，走了。

又过去三个月，一天深夜，他给我家打电话，我接听，他在那头哭。我惊问出了什么事。他说，女友走了！我说你追她回来。他说，从前我下跪，痛哭，自打嘴巴，最后她心软，回头。这一次偷偷乘飞机去了纽约，电话、地址都不留，一刀两断。我问，你伤害了她？

话筒只传来牛哞似的哭声，我喝叫几次，他才停下，告诉原委。又是酒精害的。当上副经理以后，他晚上负责关门，酒吧的酒可以随便喝。开始时他对自己说，不要碰。有时工作压力大，忍不住，开了两瓶啤酒。一天天下来，越喝越凶。

酒气哪里瞒得过枕边人？她劝他，他收敛一阵子。遇到不顺心的事，又喝开。终于，一次下班驾车回家，车撞了行道树，散了架，被警察落案酒驾。女友把他保释回来，次日，她失踪了。

我知道，他精神濒临崩溃，竭力劝他去找心理医生。他不搭理，一个劲说，活着没意思。

我爱莫能助。第二天起，给他的住处打电话，没有人接。第三、第四天也是。在没有手机的年代，我能做的只有这么多。我并不知道他的住址，只听他提过，他和女友租下的公寓在市场街以西。

好在，这几天本市电视台没提及那一带有人自杀。第五天，他的电话停用，这倒教我放心。那公寓，他退了租，当然把电话、水、电的户口停掉，结清账目，回老家疗伤去了。

3号理查德

3号，是从洛杉矶迁来的，才25岁，脸色苍白，个子高瘦，不但有3年经验，而且口才出色。他来"铁马"见工，马上给老板录用。他住在5英里外的北岸区尾部，不搭公交车，也不骑自行车，去哪里都用滑板，但比毛头小子谨慎，没忘记戴安全帽。

他来上班时，是一年一度的圣诞购物季，马丹巷人头涌动，其中有不少提着葡萄串似的购物袋走进"铁马"。我见识过这小子推销的本领，客人中的中年女性特别容易被他的幽默感迷住，笑成一团。他永远是一本正经，但业绩居然压倒占据最好桌子群（指"翻桌"最快）的老侍应生。

有一次，员工在二楼午休。他打开一张小报读。那小报我是熟悉的，叫《旧金山之声》，由无家可归者协会出版的，8个页面，版面简陋。每一期出版后，流浪汉手拿着，在车站滚梯的出口兜卖，一份1元，买者寥寥。我出于好奇，买过一份。我问3号，好看吗？他不置可否，只说，我的小说登了。我眼睛一亮，问，哦，我能读读吗？当然，你拿去好了。

晚上下了班，我乘电车回家，在车上细读了。小说不足2000字，题目是《童年的小屋》。太吸引人了！梗概是这样：

我是16岁的男孩子，独自居住在屋子后院的小屋子已5年。屋子是祖父购置的，传给父亲。父亲娶了母亲不到3年就死于车祸。我和母亲相依为命。母亲在小学当教师。母子俩活得好好的，我上小学四年级时，却遭遇剧变。母亲在男朋友的引诱下，染上毒瘾，教职丢了，男朋友离开了，家里陷入贫困。母亲无法自拔，仗着有几分姿色，在夜总会当脱衣舞娘，三天两头带不三不四的男人到家里来，有的是家暴成性的流氓，母亲给打得头破血流。我就偷偷报警，随后，警车拉响警笛，开到家门口，进去逮人。这种事发生了好几次。我再也受不了，和母亲决裂，搬到小屋住。我拒绝母亲给的钱，请学校提供帮助，另找监护人，并拿到政府发放的救济金。因为监护人住得近，我不必离开小屋子。

就这样，倔强的孩子在没有空调的小屋子住了5年。母亲好几次敲门，要和唯一的儿子谈判，重新建立亲情。我隔着门对她说，你不改变生活方式没得谈。事情在我16岁生日那天有了转机。母亲不但捧着插了蜡烛的蛋糕上门，还带来一位热情的社工。

社工把证明文件交给我。我看了，文件是医生和社会服务局一起签署的，详细列明：母亲参加戒毒中心的"治疗和新生"计划，为期一年，已彻底戒掉毒瘾和酒瘾。学区也重新聘用她，下学期开始任教。我终于和母亲恢复关系，两人紧紧拥抱，大哭一场。小屋子第一次响起笑声。

我读完，第一个感觉就是，如果不曾亲历，写不出强烈无比的现场感。次日上班，我对理查德说，不要挂"小说"的招牌了，里面的"我"就是你，对不？他点点头。何况，文学语言十分老到、简练，冷幽默感十足，藏在里头。我拍了拍他的肩膀，说："美国文坛的新星可能就是你。"

他说，不对，我压根儿没打算当作家。我爱和流浪汉们混在一起，成为好朋友，你要有兴趣，下了班我们去桥底下访问他们，条件是带一打百威（啤酒）。我婉拒了，说，他们太脏，无法忍受。他说，我有一次喝醉了，被他们留下，在帐篷里睡，蛮好的。女朋友开始时和你一样嫌弃他们，慢慢却接受了。她是我在教堂唱诗班上认识的。

理查德干了半年，辞了工。他来领最后一张工资支票，顺便上二楼向我道别。我问他是不是找到新工作。他说不是，要和女友一起去非洲的肯尼亚，加入教会组织的志愿队，两个人去乡村学校教英语。

"如果没别的事，我们会在那里留下来，结婚，生孩子。"他说。丝毫不为那里的恶劣条件和危险而担忧。

4号理查德

4号高个子，卷发，相貌英俊，他是我在铁马餐馆从练习生升为侍应生以后的第一个搭档。第一天履新职，他私下对我说，他曾向老板进言，说我干活好，当然啰，英语没法和我们比，所以老板给了我机会。在"铁马"，侍应生都是老白人，多数来自欧洲，只有我一个中国新移民。我感激他。

他姓Pollard。一位一星期来吃四次午饭的客人，是下城一带最大旅游公司的董事长，也姓Pollard，是犹太人。他告诉我，Pollard在犹太人中是大姓。我问4号，你是不是犹太人。他不高兴，反问，是怎么样，不是怎么样？我摊开手，表示没法回答。

事后他解释，提起姓氏，教他想起爸爸。他是和爸爸吵翻了才离开家的。家在哪里？在费城。他费劲地回答。18年了，我没理会他。妈妈也不管？我5岁那年她和爸爸离了婚，以后再没消息。

4号住在旧金山海湾东边的柏克莱市，来旧金山要坐地铁。每次上班他都带着书。有一次我看他拿着《丘吉尔传》，问他好看不？他说，不好看也得看。我问为什么。他说教授布置的。他说，他在柏克莱加州大学念历史系。我不明白，他在这里是全工，也就是说，每天得上午班、晚班，哪里有时间去上课？但不好问。

他和老板的关系颇为微妙。"铁马"的原老板姓库里格，是南斯拉夫人，经营了7年，到退休之年，交给儿子尊尼。尊尼外表文雅，像教授不像生意人。在大学修的主科是钢琴，梦想学成后，登台当专业表演者。可惜技艺不怎么样，只好认命。幸亏老爸交给他的是全盛期的餐馆，他接班以后颇轻松。

4号和尊尼的私交不是一般的好，他简直是奴才，为尊尼效劳最是乐意。动不动就去尊尼的家，开铲草机，清理屋顶的排水管，送尊尼的太太去看病。尊尼的一辆二手车，钥匙在4号手里。一次，4号激愤地骂尊尼笨："我不让他把赌注押在酋长队，不听，栽了。回到家有好戏看。"让我感到好奇的，是他情人一般的亲昵语气。不过，他声明不是同性恋者，尊尼有家室。

因为我是半工，每天上一个午班就离开。厨师阿晨是我的同乡，他知道底细，对我说，理查德和头厨都有毒瘾，傍晚躲在地下土库吸古柯碱。"5点一过，这两个家伙就呵欠连连，眼睛睁不开。去一趟土库，10分钟以后上来，精神抖擞，换了个人。"但我不曾看出来。

老板尊尼终于栽在赌球上，欠下巨款，餐馆无现金周转，只好盘给另一个犹太人。尊尼带上家小，迁往拉斯维加斯。理查德和尊尼同进退，也迁往那里。拉斯维加斯市赌场遍地，不愁找不到工作。

5号理查德

名叫理查德的朋友中，他年龄最大，46岁，按新标准虽是青年，但外貌显老，皆因头发和胡子都长。5号是美国标准的流浪族，和妻子结婚近20年，不要孩子，爱搬迁，一个城市至多住两年，然后飞往另一个城市。他们都是白人，找一个能糊口的差事易如反掌。

理查德夫妇从盐湖城飞来，先在廉价旅馆安顿，有了收入以后就迁入租金便宜的Studio（一个大房间，含浴室和厨房，无间隔）。在旧金山，他妻子进一家律师事务所当档案管理员，理查德去哪里都当侍应生。

他有两大嗜好，抽烟和读书。不干活时，一根接一根地抽，只用一根火柴。说到读书，他是我在美国40年见过的书迷中"最痴"的一位，一如饿坏了的年轻壮汉，什么都能吃，他呢，只要是书就读得天昏地暗。他搭巴士来上班，必带上书，都是平装袖珍本，塞在夹克口袋。

铁马餐馆过了中午的餐期，除了楼下留下两位侍应生之外，别的都休息。如果不外出，就待在二楼。他永远是这样的姿势：靠着沙发，旁边放着一个小时以后便满载的烟灰缸，戴上眼镜，读书，谁叫也不应。我悄悄注意上他读的书，都是小说类，要么爱情，要么侦探，要么猎奇。我趁上班的间隙，问他，哪本书最好看，哪个作家最喜欢？他眨巴一下蓝眼睛，反问我："你去餐馆吃饭，是不是每一次都吃上最爱的？吃完，会不会进厨房问是谁做的？"我摇头。"读书还不一样？管得这么多！天啊，每一本都吸引我，读完一本就吻一次封面，真过瘾！"

　　有一次，午休时我读公刘的长篇回忆录，里面写到，当"右派"在农场劳改的年头，因妻子离去，独自照顾襁褓中的女儿，种种苦楚。读到最后，我难以抑制，伏在桌上哭泣。万万想不到，三尺开外的理查德，也在用纸巾捂着脸，发出"呜呜"的饮泣声。

　　我仗着平日能和他开玩笑，走过去，问："怎么啦？"他带着哭腔说："玛雅死了，好惨！"我把他放在桌上的书拿过来，书名是《落基山的玫瑰》，作者是女性，并无名气。这本是三部曲的第三部。理查德一直追看，女主人公玛雅撑到最后，撒手，没戏了。我没说话。他突然摁灭烟头，凝视我的脸，说："咦，眼睛红了，你也是……"我点头，指着桌上的中文杂志说："给它害的。"

　　两人沉默少顷，约好似的，哈哈大笑。是的，都丢了男子汉的脸，为了书。

　　他把一根万宝路递给我，命令似的，替我点着，自己也点了一根。说："原来我们都是书迷。"我说："哪里比得上你？"

旅游旺季到了，理查德辞了工，转到游客最多的本市热门景点"渔人码头"的一家餐馆去。一个月后，他趁休息日来下城逛书店，提着一大袋书拐进"铁马"来和我见面。他把一本记事簿打开，得意地让我看：8月27日，$392。8月28日，$433。……9月1日，$401……"什么数字？""每天赚的小费。"我惊呼，比我们多三四倍！"铁马"号称金融区的著名食肆，侍应生一天至多赚100美元，那是20世纪60年代。

他说，我拼命赚钱，明年辞工，全年什么也不干。

"只干一样：读书。"我和他异口同声地说。